글
누
림
세
계
명
작
선

귀여운 여인

안톤 체호프 소설 선집

국문학 교수들이 추천한
글누림세계명작선

개인의 내적인 모순과 갈등 그리고 진실

귀여운 여인

안톤 체호프 Anton Chekhov 소설 선집
이정은 옮김 · 김동식 해설

Anton Chekhov'
Short Stories

글누림

차 례

골짜기

1

우클레예보 마을은 계곡 깊은 곳에 있는 마을이다. 신작로나 정거장 쪽에서 마을을 보면 종각이나 염색공장의 굴뚝만 눈에 띨 정도였다. 종종 길을 지나가는 외지인이 마을에 대해 물어보면 '목사님이 장례 때에 생선알을 먹던 마을이지요.'라는 대답을 듣는 것이 고작이었다. 공장주 코스츄코프의 장례식에서 원로목사가 굵직한 생선알을 맛있게 먹었다 한다. 그때 사람들은 목사의 옆구리를 쿡쿡 찌르기도 하고 옷자락을 잡아당기기도 하였으나, 목사는 너무 맛이 좋았기에 염치불구하고 생선알을 먹는 데만 정신이 팔렸던 것이다. 그는 접시에 담긴 생선알을 다 먹어치우고, 통에 든 4파운드의 생선알까지 깨끗이 처치하였다고 한다.

그 후 여러 해가 지나고, 그 목사도 세상을 떠난 지 오래지만, 생선알 이야기는 사람들의 기억에서 오래도록 잊히지 않았다. 그것이 벌써 10년도 전에 일어난 하찮은 일이었음에도 다른 어떤 기억보다 선명하게 기억될 정도로 마을사람들은 단순하였던 것이다. 그리고 마을사람들의 생활은 빈한하였다. 아무튼 그만큼 사람들은 이 마을에 대하여 달리 이야기할 거리가 거의 없었던 셈이다.

언제나 열병이 감도는 것이 이 마을이었다. 여름에도 땅이 끈적끈적하였고, 오래된 버드나무가 그늘을 이루어 응달진 울타리 근처에는 진흙이 마를 날이 없었다. 공장으로부터 늘 쓰레기냄새와 무명을 염색할 때에 쓰는 시큰한 초산냄새가 흘러오곤 했다. 세 개의 무명공장과 피혁공장은 마을에서 좀 떨어진 곳에 자리 잡고 있었는데, 모두가 조그마한 공장들로서 직공들의 수를 다 합쳐도 삼백 명을 넘지 못하였다. 특히 피혁공장에서는 악취가 심하게 풍겨 나왔다. 목장에는 쓰레기가 산더미처럼 쌓였으며, 가축들은 시베리아페스트에 걸려 신음하였다. 관청에서 공장 문을 닫으라고 지시하였으나, 경찰관과 보건의가 공장주로부터 매달 10루불씩 받고는 눈을 감아 주었다. 그리하여 작업은 지금도 여전히 계속되고 있었다.

마을 전체에서 석조건물에 함석지붕을 씌운 것은 두 채 밖에 없다. 그중의 한 집이 면사무소이고, 또 하나는 예피판 에서 온 그리고리이 페트로비치 츠이브킨이라는 상인의 2층 집인데 교회 맞은편에 위치하고 있었다.

그리고리이는 식료품 가게를 내고 있지만, 식료품은 간판 에 불과한 것이어서, 실제로는 보드카 술이며, 가축, 피혁, 빵, 심지어 돼지의 매매까지도 다 하고 있었다. 그는 무엇이든지 닥치는 대로 장사를 하였다. 예컨대 외국에서 수입하는 여자 모자에 꽂는 까치 털을 주문하여 두 개에 30카페이카씩 붙여 서 팔기도 하고, 산림을 사서 나무를 벌채하여 팔기도 하며, 돈놀이도 하였다. 아무튼 잇속이 빠른 영감이었다.

이 영감에게 두 아들이 있었다. 맏아들 아니심은 경찰서 수사계에 근무하고 있는데 집에 돌아오지 않는 날이 태반이 었다. 둘째 아들 스체판은 가게에서 아버지 일을 거들고 있 다. 그러나 그는 몸이 허약하고 귀까지 먹어 장사에는 별로 큰 도움이 되지 않았다. 그의 아내 아크시니아가 언제나 일 이 많았다. 그녀는 아침 일찍 일어나서 밤이 깊어서야 침대에 들곤 했다. 그녀는 용모가 아름답고, 날씬하며, 명절에는 언제나 모자를 쓰고 양산을 받고 외출하였다. 그러나 평소에는 치맛자락을 접어올리고 열쇠 뭉치를 짤랑거리며, 헛간에서 움으로, 움에서 가게로 종일 돌아다녔다. 그럴 적마다 츠이부킨 영감은 눈을 빙글빙글 굴리면서 흐뭇한 얼굴로 며느리를 바라보며, '저 애가 여자의 아름다움을 전혀 모르는 귀머거리 둘째 아들의 아내가 아니라, 맏아들의 아내라면 참좋겠는데⋯⋯.' 하고 안타깝게 생각하였다.

영감은 가정생활에 대하여 남다른 취미를 갖고 있었다. 그는 세상에서 자기 가족을 무엇보다도 사랑하였으며, 특히 형사로 있는 맏아들과 둘째 며느리를 사랑하였다. 아크시니아는 귀머거리인 이 집 작은 아들에게 시집 온 후로 놀라우리만치 장사에 수완을 보이기 시작하였는데, 누구에게는 외상을 줘도 무방하고, 누구에게는 줘서는 안 된다는 등의 사항을 환히 꿰뚫고 있었다. 그녀는 열쇠 꾸러미를 맡고 있었는데, 자기 남편까지도 믿지 않았다. 주판을 튕기며 계산을 맞춰보는가 하면, 농부들이 흔히 하듯이, 말의 치아를 검사해 보기도 하였다. 집안에는 하루 종일 그녀의 웃음소리와 외치는 소리가 끊이지 않았다. 그러나 그녀가 무슨 언동을 취하든 영감은 언제나 단지 웃음을 머금고 이렇게 중얼거리는 것이었다.

'그래, 그래! 참 우리 며느리 신통하지…….'

영감은 오랫동안 홀아비로 지내왔으나, 며느리를 맞고 1년이 지나자, 그 자신도 마누라가 없이는 못 견디게 되었다. 그때 우클레예보에서 40보르스트 쯤 떨어진 곳에 살고 있는 와르바라 니콜라예브나라는 처녀가 물망에 올랐다. 나이는 들어 보였으나, 집안이 좋고 용모가 아름답고 온순한 처녀였다. 그녀가 2층에 거처하게 되자, 마치 창문에 유리를 새로 낀 것처럼 집안의 모든 물건이 환해지는 것이었다. 성상 앞에는 등불이 켜지고 테이블에는 눈같이 흰 커버가 씌워지고, 창문과 정원 앞에는 빨간 꽃봉오리가 달린 여러 화초가 놓이게 되었다. 그리고 식사 때에는 식구들의 한 냄비에서 각각 떠먹는 것이 아니라 한 사람 앞에 접시가 하나씩 배달되었다. 와르바라 니콜라예브나는 언제나 기분이 좋아 부드러운 눈웃음을 띄울 뿐 아니라, 집안의 모든 식구들에게 항상 싱글벙글 웃는 듯이 보였다. 그녀가 온 이후 거지나 순례자들도 곧잘 안뜰까지 들어오게 되었다. 전에는 없었던 일이다. 그리고 창문 아래서는 이 우클레예보 마을 아낙네들의 애처로운 노랫소리며, 술주정 때문에 공장에서 쫓겨난 사나이들의 허약하고 메마른 기침소리가 들려오곤 하였다. 와르르바라는 그를 반갑게 맞이하며, 능청스러운 눈으로 그의 얼굴을 바라보고는 한숨을 쉬고 머리를 흔들었다.

"이 사람아, 아니 어떻게 된 거야. ……스물여덟이 되도록 총각 신세를 면치 못하니 에이구 쯧쯧……."

그녀는 부드럽고 나직한 목소리로 말하였으므로 다른 방에서는 '에이구 쯧쯧' 하는 말 밖에는 들리지 않았다. 그녀는 남편과 아크시니아에게 귓속말로 소곤거리기 시작하였는데, 그들은 마치 무슨 음모자들처럼 교활하게 보이고 쉬쉬하는 눈치였다.

아니심을 장가들이자는 의논을 하였던 것이다.

"에이구 쯧쯧, 제 동생은 벌써 장가든 지가 언젠데……." 하고 와르바라는 말하였다.

"자네는 장터의 수탉처럼 아직도 짝을 얻지 못하고 있으니, 딱한 일이야. 색시를 구해야지. 그렇게 되면 자네는 직장엘 나가고, 안사람은 집에서 일이나 도우면 좀 좋아. 자네 같은 젊은 사람이 혼자서 멋대로 살고 있으니 될 말인가. 세상의 이치에 따라야 해. 쯧쯧, 자네나 거리의 떠꺼머리 노총각들은 한심도 하지."

츠이부킨네 집안에서 며느리를 삼을 때에는, 부잣집에서는 으레 그렇듯이, 우선 인물이 잘 생긴 아가씨를 고르는 것이어서, 아니심에게도 먼저 인물 좋은 아가씨가 물망에 올랐다. 신랑감 아니심은 사실 별로 뛰어난 데가 없는 평범한 사나이였는데, 키가 작고 몸은 약골이었으며, 두 볼은 바람이라도 든 것처럼 부풀어 있었다. 눈을 좀처럼 깜박거리지 않아 항상 사람을 노려보는 듯하였으며, 불그스레한 턱수염이 거칠게 자라, 무슨 생각에 잠길 때면, 그 수염을 잘근잘근 씹는 버릇이 있었다. 그리고 술을 좋아하여 얼굴이나 걸음걸이에도 주정꾼의 티가 나 보였다. 그는 예쁜 아가씨가 있다는 말을 듣고 이렇게 말하였다.

"그야 당연하지. 나도 애꾸눈은 아니니까. 우리 츠이부킨 집안 아들 치고 못난 사람이 있나!"

도시에서 그다지 멀지 않은 곳에 트루구예보라는 마을이 있었는데, 근자에 그 마을은 절반은 도시에 편입되고 나머지 지역은 그대로 남아 있었다. 이 도시에 편입된 지역에 어떤 과부가 조그마한 집 한 채에 살고 있었다. 함께 살고 있는 그녀의 딸 리파는 너무나 가난한 처지라 품팔이를 다니곤 하였다. 리파는 트루구예보 마을에서는 얼굴이 아름답기로 소문이 났지만, 집이 너무 가난하여 아무도 청혼을 하는 사람이 없었다. 그리하여 마을 사람들은 저마다 '어떤 홀아비나 늙은 영감이라면 가난을 문제시하지 않고 아내로 삼거나 첩으로 그 후부터 아니심은 휘파람을 불며 집안을 이 방 저 방 돌아다니거나 깊은 생각에 잠겨 마치 땅속까지라도 꿰뚫어 볼 듯한 눈초리로 마룻바닥을 물끄러미 바라보는 것이었다. 그는 부활제가 끝나는 다음 일요일에 결혼을 하게 되었는데도 조금도 기뻐하지 않았다. 또 약혼녀를 보고 싶어 하는 기색도 없이 혼자서 휘파람만 날리고 있는 것이었다. 그의 결혼은 순전히 아버지와 계모의 뜻에 의해 성립된 것이었고, 집안일을 돌볼 여자가 필요하기 때문에 아들에게 장가를 들이는 것이 이 고장의 풍습이기도 하였다. 아니심은 근무처로 떠나면서도 조금도 서두르는 기색이 없었지만 다른 때와는 뭔가 달라 보였다. 그는 종종 눈에 거슬릴 정도로 난폭한 행동을 하는가 하면 실없는 말을 지껄이기도 했다.

3

쉬칼로보 마을에는 동방교를 믿는 자매가 양장점을 하고 있었는데, 결혼식 때 입을 새 옷을 이 양장점에 맡겼다. 그리하여 재봉사들이 가끔 몸 치수를 재려고 찾아와서는 오랫동안 차를 마시며 이야기를 주거니 받거니 하였다. 와르바라는 검정 레이스와 유리구슬이 달린 주황빛 옷을 맞추고, 아크시니아는 앞가슴이 노랗고 치맛자락에 무늬가 있는 연두색 옷을 맞추었다. 옷이 다 되자, 츠이부킨 영감은 옷값을 현금으로 주지 않고 자기 가게에 있는 물건으로 지불하여서, 재봉사들은 조금도 필요하지 않은 초봉지며 정어리 조림이 들어있는 꾸러미를 안고 실망한 표정이었다. 그들은 마을을 벗어나 벌판에 이르자마자 언덕에 주저앉아 엉엉 울었다. 결혼식을 사흘 앞두고 아니심은 새 옷으로 갈아입고 집에 돌아왔다. 윤이 나는 고무 덧신을 신고, 넥타이 대신 작은 구슬이 달린 빨간 노끈을 매고, 새 외투를 걸치고 있었다.

그는 성상 앞에서 정중히 기도를 드리고 나서, 아버지에게 인사를 한 다음에, 10루불의 금화와 10루불 반짜리 은화 몇 닢을 아버지에게 주었다. 그리고 와르바라에게도 같은 금화를 주고 아크시니아에게는 5루불짜리 금화를 주었다. 이 돈들은 어디서 모았는지 모두 새로 주조된 것으로 햇빛에 반짝이고 있어 더욱 탐스러웠다.

아니심이 의젓하고 엄숙한 표정을 지으려고 애를 써서, 얼굴이 약간 찌푸려지고, 두 볼은 바람을 넣은 듯이 불룩 나왔다. 그의 입에서는 술 냄새가 풍기고 있었다. 아마도 그는 정거장을 지날 때마다 식당에 달려갔던가 보다. 그의 태도에는 여전히 좀 과하게 느껴질 정도의 거칠음이 있었다. 이윽고 그는 아버지와 함께 점심을 들고 차를 마셨다. 와르바라는 새 돈을 손으로 뒤집어 보기도 하고, 도시에 가서 사는 마을 사람들의 소식을 물어보기도 하였다.

"모두들 괜찮게 살아요. 하나님의 은총으로 잘 지내고 있지요."

하고 아니심은 말하였다.

"다만 이봔 예고로프네 집안에 불상사가 생겼을 뿐입니다. 그의 늙은 마누라 소피아 니키포로브나가 폐병으로 세상을 떠났지요. 저마다 죽은 영혼의 명복을 빌기 위해 2루불 반씩 내고 다과점에서 추도 만찬회를 열었는데, 진짜 포도주가 나왔어요. 이 마을에서 간 농부들도 역시 2루불 반씩 회비를 내기로 했는데 그들은 체면을 차리느라고 아무것도 먹지 않더군요!"

"2루불 반!" 하고 아버지는 고개를 저으며 말하였다.

"왜 이해가 가지 않으세요? 그곳은 시골과는 달라서 음식점에 가서 식사를 하려면 한두 가지는 주문하게 돼요. 또 친구들이 모이면 함께 술을 나누며 날을 밝히지요. 그래서 결국은 한 사람 앞에 3루불 내지 4루불은 가져야 돼요. 거기에 사모로도프라도 끼게 되면, 그 사람은 항상 식사 후에 코냑이 섞인 커피를 마셔야 한답니다. 그 코냑이 잔돈으로 60카페이카나 하거든요.”

“그 백수건달이······.”

하고 영감은 흥분하여 말하였다.

“아니, 그 허풍선이가······.”

“저는 요새 사모로도프와 단짝입니다. 아버지한테 써 보낸 저의 편지는 모두 그가 써준 거예요. 그 친구는 글을 잘 쓰지요. 그런데 어머니, 그의 됨됨에 대해서 말씀드려도······.”

아니심은 즐거운 얼굴로 와르바라를 향해 말하였다.

“어머니는 얼른 곧이듣지 않을 거예요. 우리는 그 친구가 아르메니아 사람처럼 피부가 검기 때문에 ‘코끼리 파수병’이라고 부르고 있어요. 그 친구의 일이라면 자기 손바닥을 보듯이 뱃속까지 환히 들여다볼 수 있어요. 그리고 그 녀석도 제 심정을 잘 알고 언제나 그림자처럼 저를 따라다녀서, 우리는 완전히 떨어질 수 없는 사이가 되어버렸어요. 그 친구도 어쩔 수 없이 내가 없으면 흥이 안 나지요. 그래서 내가 가는 곳이라면 어디든지 쫓아오지요. 어머니, 아무튼 나는 눈 하나만은 아주 정확해요. 가령 시장에서 농사꾼에게 셔츠를 판다고 해요. 그때 내가 ‘어디 봐, 그 셔츠는 훔친 거로군!’ 하고 말하면, 그건 영락없이 훔친 물건이라는 것이 드러나게 돼요."

"그걸 어떻게 알 수 있나?"

하고 와르바라가 물었다.

"어떻게가 어디 있어요? 언뜻 보기만 하면 아는 거지요. 무심결에 그 셔츠 쪽으로 눈이 쏠리기 때문에 아는 거지요. 그뿐이에요. 그래서 같이 근무하는 형사들은 나더러 언제나 '아니심이 또 도요사냥을 떠나는군.' 하고 말하지요. '도요'란 훔친 물건이라는 뜻이에요. 누구나 훔친 물건을 어떻게 보존하느냐 하는 것이 문제이거든요. 세상은 넓지만 그 물건을 훔칠 곳은 흔치 않으니까요."

"지난 주일에 군트레프네 집에 도둑이 들어 큰 양 한 마리와 새끼 양 두 마리를 훔쳐갔는데 어디 찾아줄 사람이 있어야지…… 딱해서 볼 수가 없더군요……"

"그래요? 제가 찾아드리지요. 걱정할 것 없어요."

결혼식 날이 가까이 다가왔다. 아직 쌀쌀하였지만 맑게 갠 상쾌한 4월이었다. 마을에는 말굴레와 갈기에 여러 가지 색깔의 리본을 장식한 삼두마차가 방울소리를 짤랑거리며 새벽부터 돌아다니고 있었다. 까치들은 이에 놀라 버드나무 가지에서 시끄럽게 깍깍거리고 있었고 종달새는 츠이부킨 집안의 결혼식을 축하하는 듯이 지저귀고 있었다. 집안에서는 여러 식탁에 기다란 생선, 햄 속에 양념이 든 통닭, 멸치 통조림이 든 상자, 여러 소금절임, 보드카와 포도주병 등이 벌써 차려져 있었고, 삶은 순대 냄새와 새우젓 냄새가 풍겼다. 츠이부킨 영감은 구두 뒤축을 울리며 식탁 옆에서 여러 종류의 칼을 갈아 주고 있었고, 사람들은 계속 와르바라에게 말을 물어보곤 하였다. 그러자 그녀는 당황한 듯한 얼굴로 코스츄코프 댁에서 온 남자 요리사와 흐르이민 댁에서 온 여자 요리사들이 아침부터 일을 보고 있는 부엌으로 뛰어가는 것이었다. 그리고 아크시니아는 머리는 지졌으나 아직 저고리도 걸치지 않은 채, 코르셋 바람으로 삐걱거리는 새 장화를 신고 벌거숭이 무릎과 가슴팍을 내두르며 뜰 안을 회오리바람처럼 이리저리 뛰어다니고 있었다.

온 집안이 떠나갈듯 하였다. 고함을 치는 소리가 나는가 하면 잘못했다고 비는 소리도 들려오며, 한길을 오가던 사람들도 활짝 열어젖힌 대문 앞에서 발길을 멈추곤 하였다. 이 모든 일들이 이 집안에 경사스러운 일이 있음을 집밖에 알려주고 있었다.

"새색시 데리러 간대!"

말방울 소리가 짤랑짤랑 울리더니 마을 저쪽으로 사라졌다……. 두 시가 지나자 마을 사람들은 언덕 위로 뛰어 올라갔

하고 아니심은 말하고 나서 한숨을 내쉬었다.

"하나님은 없어요. 어머니, 그러니 그런 생각을 할 사람도 없구요."

와르바라는 손뼉을 치며 한바탕 웃고 나서, 놀라운 얼굴을 하고 그를 바라보았다. 그녀는 그가 매우 괴상한 사람으로 보이는 것이었다.

아니심은 어리둥절하여 말하였다.

"아니 하나님이 계실지는 모르지만, 믿음이 없는 것이겠지요. 저의 결혼식 때만 해도 저는 제정신이 아니었고, 그때는 저도 양심이 찔려 눈물이 났어요. 마치 암탉의 품에 안긴 달걀 속에서 병아리가 울기 시작하는 듯이 말씀이에요. 그리하여 결혼식을 올리는 동안에는 하나님이 계시다는 생각이 들었지만, 교회에서 한 발짝 밖으로 나오자 그런 생각은 다 사라져버렸어요. 사실 하나님이 있는지 없는지 어떻게 알 수 있겠어요? 저희들은 어릴 적부터 그런 것을 별로 모르고 자랐어요. 그 대신 어머니의 젖을 빨 때부터 '장사꾼에게는 장사꾼의 요령이 있다'는 것만 배워 왔어요. 아버님도 역시 하나님을 믿지 않아요. 어머니는 군트레프가 양 몇 마리를 도둑맞았다고 하셨지요? ······제가 그걸 찾아내었어요. 쉬칼로보의 농부가 그걸 훔쳤더군요. 그 녀석은 양을 훔쳤지만 그

양털은 아버지한테 돌아오고 말았어요. ……바로 이런 것이 신앙이 아니겠어요."

아니심은 눈을 껌벅이며 머리를 흔들고는 말을 계속하였다.

"목사도 하나님을 믿지 않습니다. 장로나 집사는 물론이고요. 그들이 교회에 나가고 계명을 지키는 것은 세상 사람들이 자기들에 대하여 나쁜 소문을 퍼뜨리지 못하게 하기 위해서고, 어쩌면 심판의 날이 정말 돌아올지도 모른다고 생각하기 때문이지요. 요즘은 모두들 인간이 연약해지고, 부모를 공경하지 않게 되었다는 것 등으로 해서 말세가 되었다고 떠들어대지만 모두가 부질없는 소리예요. 어머니, 저는 인간들이 양심을 갖고 있지 않기 때문에 여러 가지 불행이 일어난다고 봐요. 저는 모든 것을 꿰뚫어보는 눈을 갖고 있기 때문에 잘 알고 있어요. 가령 어떤 사람이 셔츠를 훔쳤을 경우에 저는 곧 알아낼 수 있어요. 어머니는 어떤 사람이 음식점에 앉아서 차를 마시고 있는 것을 보면 그 사람은 차를 마시고 있다고 생각하시겠죠. 그러나 제가 보면 차 같은 것은 안 보이고, 그 사람에게 양심이 없다는 것이 다 보여요. 종일 다녀봐야 양심을 가진 사람은 하나도 찾아볼 수 없어요. 아마 그 까닭은 저마다 하나님이 계시는지 안 계시는지 이렇게 말했어요. '저는 부초키노에다 벽돌공장을 세우고 저 혼자의 힘으로 운영하고 싶어요.' 그러나 시아버지는 못마땅해 하셨어요. '내가 살아 있는 동안 가족들이 헤어져서는 안 돼. 다 함께 뭉쳐서 살아야 하는 거야.' 하고 말씀하셨어요. 그러자 아크시니아는 눈을 부라리며 이를 부드득 갈지 않겠어요. 제가 기름과자를 내놓았지만 입에 대지도 않더군요."

"허허……."

하고 나무다리 영감은 놀라는 얼굴을 하였다.

"그래. 먹지도 않았어!"

"그리고 그분은 잠을 통 자지 않아요."

하고 리파는 말을 이었다.

"반 시간 자고는 벌떡 일어나서, 일꾼들이 어디다 불을 지르지 않나, 무엇을 훔쳐가지나 않나 하고 언제나 두루 살피면서 돌아다녀요. 할아버지 저는 그분이 무서워 못 견디겠어요. 그리고 작은 흐르이민 패거리들은 결혼식이 끝난 다음부터 잠도 제대로 자지 않고, 재판소로 쏘다니고 있어요. 모두가 아크시니아 때문인가봐요. 삼형제 중에서 두 형제는 아크시니아에게 공장을 세워 주겠다고 약속을 하였지만, 셋째 동생이 말을 듣지 않는대요. 그래서 공장이 달포나 쉬는 바람에 저의 삼촌 푸로호르는 일터를 잃고 이 집 저 집을 구걸하러 돌아다니고 있어요.

제가 '삼촌, 그 동안에 밭에 나가 김을 매든지 산에 가서 나무를 베든지 하세요. 제가 딱해서 못 보겠어요.' 하고 말했더니 '나는 농사를 어떻게 짓는 건지 다 잊어버리고 말았다. 내가 어떻게 그런 일을 할 수 있겠니?' 하고 말씀하시는 거예요."

두 사람은 뒤따라오는 푸라스코비아를 생각해서 사시나무 숲에 가서 좀 쉬면서 기다렸다.

오래전부터 엘리자로프는 청부업을 하고 있었는데 말을 타고 다니는 일이 없어서 언제나 빵과 마늘이 든 작은 배낭을 메고 이곳저곳의 지방을 돌아다녔다. 그는 팔을 흔들면서 성큼성큼 걸음을 옮겼으므로 그와 함께 걷기는 쉬운 일이 아니었다.

숲 가까이에 이정표가 있었다. 엘리자로프는 그 이정표에 손을 얹고 읽어 내려갔다. 푸라스코비아는 숨을 헐떡이며 쫓아왔다. 언제나 불안에 싸인 듯한 그녀의 얼굴도 오늘은 행복에 빛나고 있었다. 오늘은 그녀도 다른 사람들과 같이 교회에 갔다가 시장에 들러 배로 만든 크바스를 마시고 온 것이다. 이것은 그녀에게 무척 드문 일이었다. 그녀는 오늘 처음으로 인생을 사는 보람이 느껴질 정도였다. 세 사람은 잠시 쉰 후에 나란히 서서 걸었다.

해는 이미 저물어가고 있어서 저녁햇살이 숲 속까지 스며들었다. 햇살로 인해 나뭇가지들이 물들어 보였다. 숲 저쪽에서 여러 사람의 목소리가 들려왔다. 훨씬 앞질러 간 우클레예보 아가씨들이 숲 속에서 버섯을 찾고 있는 모양이었다.

"얘들아!"

하고 엘리자로프는 큰소리로 불렀다.

"어이, 얘들아!"

그러자 대답 대신에 커다란 웃음소리가 들려왔다.

"얘, 나무다리가 왔어. 그 나무다리 영감쟁이 말이야."

그 메아리 소리도 웃으며 숲을 지나갔다. 어느새 굴뚝이 보이기 시작하고, 종각 위에서 십자가가 찬란히 빛나고 있었다. 바로 그곳이 '목사님이 장례식 때 생선알을 먹었다.'는 마을이었다. 이제 집까지의 거리는 얼마 남지 않았다. 그 깊숙한 골짜기 속으로 내려가기만 하면 되었다. 지금까지 맨발로 걸어온 리파와 푸라스코비야는 장화를 신으려고 풀밭 위에 주저앉았다. 나무다리 영감도 따라 앉았다. 아래 골짜기쪽을 내려다보니, 죽죽 늘어선 무성한 버드나무며, 하얗게 칠해진 교회, 가느다란 냇물과 함께 평화롭고 아름다운 우클레예보 마을이 보였다. 헐값을 들여 칠한 음침하고 초라한 공장 지붕이 이 아름다운 그림에서 한 결점을 이루고 있었다. 저쪽 비탈진 곳에는 보리들이 나란히 놓여 있었는데, 방금 낫으로 베였는지, 노적가리로 쌓아올렸거나, 짚으로 묶인 채, 여기 저기 널려있었다. 귀리 이삭도 어느새 여물어서 진주알처럼 반짝거리고 있었다. 지금은 한창 보리의 수확기였다. 오늘은 명절이지만 내일, 토요일이 되면 농부들은 다시 보리를 베어들이고 풀을 운반해갈 것이다. 그리고 이어서 일요일의 휴식이 찾아오는 것이다. 날마다 멀리서 천둥이 들려왔다. 날씨는 찌는 듯 무더워 금방 비가 쏟아질 것 같았지만, 농부들은 밭을 돌아보며, 이같이 때를 맞추어 보리를 베어들이게 된 것을 하나님께서 보살펴 주신 덕택이라고 생각하는 것이었다. 그리하여 마음은 기쁨으로 가득 했다.

"요즘 보리 베는 데 품삯이 얼마요?"
하고 푸라스코비야가 물었다.

"하루 40카페이카요."

시골 아낙네들과 새 모자를 눌러 쓴 공장 직공들, 거지 아이들이 떼를 지어 카잔스코예 장터에서 오고 있었다. 달구지가 먼지를 일으키며 지나가고, 팔리지 않은 말들이 그 뒤를 따르고 있었다. 말은 자기가 팔려가지 않게 된 것을 다행으로 여기는 표정으로 보였다. 이어서 사나운 황소가 끌려가고, 그 뒤를 술 취한 농부들을 태운 달구지가 뒤따르고 있었다. 그리고 할머니 한 분이 소년을 데리고 오고 있었다. 그 소년은 커다란 모자를 쓰고 긴 장화를 신고 있었는데, 계속되는 더위와 무릎을 굽힐 수 없는 장화 때문에 지칠 대로 지쳐 있었다. 그러나 장난감 나팔을 힘껏 불어대는 것이었다.

골짜기를 지나 큰길에 들어섰다. 나팔소리는 여전히 들려왔다.

"이곳 공장 주인들은 영 몰상식하기 짝이 없어."
하고 엘리자로프는 말하였다.

"한심하기 짝이 없는 일이야. 글쎄 코스츄코프 녀석이 처마를 고치는데 목재를 많이 썼다고 투덜대길래, 나는 '뭐가 많단 말예요? 다 필요해서 쓴 건데⋯⋯. 와실리 다닐르잇치⋯⋯. 그럼 내가 재목으로 국이라도 끓여 먹었단 말인가요?' 하고 대들었지. 그랬더니 '네가 감히 그렇게 말할 수 있어? 망할 녀석 같으니! 자기 분수를 지킬 줄 알아야지! 너 누구 덕에 청부업자가 되었나? 다 내 덕이 아니냐?'라고 하길래 '그딴 거 고맙지 않아요. 나는 청부업자가 되기 전에도 날마다 차를 마실 수 있었어요.' 했더니, 나에게 '이 고얀 놈⋯⋯.' 하고 화를 내는 거야. 나는 잠자코 '그래 우리는 이 세상에서 고얀 놈이지만 너는 저 세상에 가서 고얀 놈이 될

줄 알아. 허허허!' 하고 마음속으로 실컷 비웃어주었지. 이튿
날 녀석은 마음이 좀 풀려 이렇게 말하지 않겠어. '여보게,
내가 그렇게 말했다고 해서 화낼 거야 없지 않나. 말이 좀
거칠어진 것을 양해하게. 이래 뵈어도 나는 협동조합 간부란
말이야. 자네 따위는 어림도 없어⋯⋯. 그러니 참아 나가야
해.' 그래 나는 '당신은 조합의 간부고 저는 목수예요. 그렇
지만 성 요셉도 목수였다는 걸 아셔야 해요. 우리는 하나님
의 가르침을 좇아 일하고 있는 거예요. 당신이 저보다 지위
가 높다고 뽐내고 싶으면, 뽐내 보세요.' 하고 몰아세웠지.
나는 한참 협동조합 간부와 목수의 지위를 비교하고 누가
더 높을까 하고 생각해 보았는데, 아무래도 목수가 더 높아
야 할 것 같아."

나무다리 영감은 잠시 생각에 잠기고 나서 말을 이었다.

"왜냐면 일하는 사람이나 고통을 참는 자가 누구보다도
뛰어난 사람이니까 말이야⋯⋯."

해가 어느덧 저물었다. 짙은 잿빛 안개가 냇가와 교회 뜰
안, 공장 부근의 공지를 뒤덮기 시작했다. 어둠이 깃들기 시
작한 골짜기 아래서는 등불이 반짝이고 있었다. 이처럼 안개
가 끝없는 골짜기를 뒤덮고 있을 때에는, 리파와 그녀의 어
머니는 비록 가난한 집에 태어나 언제나 착한 마음을 품고

가난에 시달리며 살아왔으나, 한동안 이런 생각을 했을 것이다. 이 넓고 신비한 세상의 매우 다양한 인생살이 속에서 자기들 또한 인간 축에 낄지 모르며, 이 세상에는 자기들보다 못한 사람이 있을지 모른다고.

세 사람은 언덕에 앉아 있는 것이 무척 즐거웠다. 그들은 통쾌하게 웃으면서 골짜기 아래로 내려가는 것까지도 잊어버리고 앉아 있었다.

이윽고 이들은 집에 돌아왔을 때, 문 앞과 가게 옆에는 품팔이 일꾼들이 땅바닥에 앉아 있었다. 이 마을 농부들은 츠이부킨 영감의 집에서 일하기를 꺼려하였으므로 다른 동네에 가서 일꾼들을 데려와야 했다. 지금 어둠속에 앉아 있는 것은, 기다란 검은 수염이 달린 사람인 듯하였다. 가게는 열려 있는데, 귀머거리 스체판은 어떤 소년과 장기를 두고 있었다. 일꾼들 가운데는 가느다란 목소리로 노래를 부르는 사람도 있고, 어제의 품값을 달라고 떠드는 사람도 있었다. 그러나 츠이부킨은 내일까지 그들을 붙잡아 두기 위해 품값을 주지 않았다. 츠이부킨 영감은 윗저고리를 벗어 붙이고 조끼바람으로 벚나무 그늘에서 아크시니아와 차를 마시고 있었다. 식탁에는 등불이 켜져 있었다.

"영감님……."

하고 한 사람의 일꾼이 문밖에서 빈정대었다.

"그럼 반만이라도 주시오."

그러자 밖에서 웃음소리가 터져 나왔다. 이윽고 그들은 다시 낮은 목소리로 노래를 부르기 시작하였다.

나무다리 영감은 차를 마시려고 자리에 앉았다.

"방금 시장에 다녀왔네."

하고 그는 입을 열었다.

"여보게들! 돌아오는 길에 즐거운 기분으로 교회에 들렀지. 그런데 한 가지 재미있는 일이 생겼다네. 대장간 사쉬카가 담배를 사고 반루불짜리 금화를 주인에게 내주었는데, 그게 가짜 돈이었다는 거야."

나무다리 영감은 주위를 돌아보았다. 그는 낮은 목소리로 말하려고 애쓰면서도 목이 쉬어 여러 사람들의 귀에 잘 들리지 않았다.

"그 반루불의 금화가 가짜란 말일세. 어디서 받았느냐고 물었더니, 아니심 츠이부킨의 결혼식에 갔을 때에, 아니심한테서 받았다는 거야. 사람들이 경관을 불러 고발을 하데 그려. ……그리고리이 페트로비치, 이 일에 걸려들지 않도록 하게. 입을 다물어야 해……."

"영감님!"

아까와 같은 목소리가 문밖에서 들려왔다.

침묵이 흘렀다.

"아, 여보게들! 여보게들……."

나무다리 영감은 중얼거리면서 일어났다. 졸려서 못 견딜 지경이었던 것이다.

"여보게들, 차와 설탕은 먹었겠다, 이제 잘 때가 됐어. 나도 이제는 썩은 나무토막이 되어 버렸어. 손발이 썩어 가니……. 헛, 헛, 헛!"

그는 밖으로 나가면서 덧붙였다.

"죽을 날이 가까워진 거지!"

그의 입에서는 한숨이 새어나왔다.

츠이부킨 영감은 차를 마시다가 깊은 생각에 잠겨 있었는데, 한길로 사라진 나무다리 영감의 발자국 소리에 귀를 기울이는 것처럼 보였다.

"대장장이 사쉬카가 거짓말을 한 거죠."

아크시니아는 노인의 생각을 지레짐작하고 이렇게 말하였다.

영감은 집에 들어가 작은 꾸러미를 갖고 나왔다. 그 속에는 몇 닢의 새 금화가 반짝이고 있었다. 영감은 금화를 깨물어 보기도 하고, 쟁반 위에 던져 보기도 하였다.

"이거 분명히 가짠데……."

영감은 아크시니아를 바라보면서 믿어지지 않는다는 듯이 말했다.

"이 금화는……. 그때 아니심이 선물로 갖고 온 것인데. 이걸 갖고 가서……."

영감은 그 꾸러미를 아크시니아에게 내주면서 낮은 소리로 말했다.

"우물에 던져 넣어……. 보기도 싫다. 이건 비밀이야. 무슨 일이 일어날지도 모르니까……. 사모와르도 가져가고 불을 꺼라……."

헛간에 앉아 있던 리파와 푸라스코비야는 등불이 꺼져가는 것을 보았지만 2층 와르바라의 방에만은 붉은 등불이 켜져 있었다. 거기에는 아늑하고 고요한 행복이 깃들어 있는 것 같았다. 푸라스코비야는 딸이 부잣집에 출가한 사실에 좀처럼 실감이 나지 않아서 이 집에 왔을 때도 송구한 듯이 미소를 머금고 문간방에 다소 불안한 심정으로 앉아 있었다. 리파도 새 생활에 아직 잘 익숙해지지 못하였다.

남편이 집을 떠난 후로는 침실에서 자지 않고 헛간이나 부엌에서 자곤 하였다. 그녀는 마루를 닦고 빨래를 하는 것이 일과였으므로 식모나 다름이 없다고 느끼고 있었다. 오늘도 교회에서 돌아온 모녀는 부엌에서 요리사들과 함께 차를 마시고 나서 헛간에 가서 썰매와 바람벽 사이의 바닥에 누웠던 것이다. 헛간은 침침하고 말먹이 냄새가 풍기는 곳이었다. 집안에 등불이 점점 꺼져가고 귀머거리가 가게 문을 닫았다. 일꾼들은 뜰 안에서 잠자리를 찾고 있었다. 멀리 떨어진 작은 흐르이민네 집에서는 아름다운 아코디언 소리가 들려왔다. 곧 푸라스코비야와 리파는 잠들어버렸다.

잠결에 무슨 발자국 소리가 들려왔다. 눈을 뜨고 보니 달빛이 사방에 넘쳐흐르고, 헛간 입구에 아크시니아가 침구를 안고 서 있었다.

"여기는 좀 서늘할 테지……."

하며 아크시니아는 헛간에 들어가 문지방 옆에 누웠다. 달빛이 그녀의 온몸을 쓸어내렸다.

그녀는 잠을 이루지 못하였다. 더위 때문이었는지 옷을 홀랑 벗어버리고, 한숨을 내쉬며 엎치락뒤치락 하고 있었는데, 달빛 때문에 그녀의 모습이 한결 우아하고 아름답게 보였다. 이윽고 다시 발자국 소리가 들리더니 츠이부킨 영감이 흰 잠옷 바람으로 문 앞에 나타났다.

"아크시니아, 여기 있냐?"

하고 영감은 물었다.

"네."

그녀는 화가 치민 듯이 대꾸하였다.

"우물에 돈을 버렸니?"

"우물에 버리다니요? 그게 될 말이에요. 일꾼들에게 줬어요……."

"저런!"

영감은 깜짝 놀라 외쳤다.

"아니, 아니, 이런 망할 것……."

영감은 손을 휘휘 저으며 밖으로 나가버렸다. 그는 길을 가면서 혼자서 뭐라고 중얼거렸다. 얼마 후에 아크시니아는 길게 한숨을 내쉬더니, 침구를 안고 밖으로 나갔다.

"어머니는 왜 이런 집에 저를 시집보냈어요?"

하고 리파가 말하였다.

"여자란 누구나 시집을 가야 하는 법이야. 그리고 네가 이곳으로 시집온 것은 내가 우겨서 한 일은 아니야."

모녀는 뭔가 걷잡을 수 없는 불안감에 사로잡혀 있었다. 그러나 그들은 저 높은 하늘에서, 아니 그보다 더 높은 별나라에서 누군가 이 마을에서 일어나고 있는 일들을 보살펴주리라고 믿었다. 지상에서 아무리 큰 죄악이 벌어지고 있어도 밤은 늘 고요하고 아름다웠다. 저 하나님의 세계도 밤이면 그러하리라. 거기에는 진리와 정의가 있으리니, 그리하여 지상의 모든 것이 밤이면 달빛에 녹아버리듯이, 인간도 그 정의와 진리에 동화될 수 있을 것이다.

모녀는 서로 몸을 의지한 채 고요히 잠들어버렸다.

6

오래전부터 아니심이 금화를 위조한 죄로 감옥에 갇혔다는 소문이 떠돌기 시작하였다. 어느새 반년 이상의 세월이 흘렀다. 겨울이 지나고 봄이 돌아왔다. 집안사람이나 마을사람 할 것 없이 그가 감옥살이를 하는 것을 잊게 되었다. 마을 사람들은 간혹 밤에 이 집 앞을 지나가거나 가게를 지나가게 될 때, 문득 아니심이 감옥에 갇혀 있다는 생각이 떠오르는 것이다. 그리고 교회에서 기도를 드릴 때, 그가 감옥에서 재판 날을 기다리고 있겠지 하는 생각이 드는 것이었다.

집안에 어두운 그림자가 감돌고 있었다. 어느 때보다도 분위기가 침울하고 지붕에는 녹이 쓸고, 가게로 통하는 쇠로 빗장을 만든 무거운 녹색 문에는 여러 곳에 금이 가 있었다. 츠이부킨 영감은 몹시 우울해 보였다. 그는 머리와 수염도

깎지 않아 언제나 덥수룩하였다. 이제는 날쌔게 마차에 뛰어오르거나 거지에게 '하나님한테 가서 구걸해!' 하고 외치는 일도 없었다. 그는 몸이 점점 쇠약해졌기에 일꾼들도 전처럼 그를 두려워하지 않았다. 경관은 뇌물을 받아먹어 가면서 조서를 꾸몄다. 영감은 술 밀매에 대한 취조를 받기 위해 세 번이나 불려갔지만, 증인이 나타나지 않아 사건처리가 하루하루 지연되어 갔다. 그러니 영감이 날로 쇠약해질 수밖에 없었다.

그는 때때로 아들을 면회하러 가기도 하고, 사람을 고용하기도 하고, 누구에게 탄원서를 내기도 하고, 교회에 교회기를 기증하기로 하였다. 그리고 아니심이 갇힌 감옥의 간수에게 '이성의 소리를 알아들을 지어다.'라고 에나멜로 새겨진 은잔과 기다란 수저를 선사하였다.

"우리를 도와줄 사람은 아무도 없어요."
하고 와르바라는 말하였다.

"저, 여보! 장관에게 편지를 낼만한 사람을 찾아보세요…….
재판할 때까지 보석이라도 받을 수 있게요……. 그 애는 얼마나 고생이 많겠어요?"

와르바라는 애가 타기는 했지만, 요즘 들어서는 외려 살이 뒤룩뒤룩 찌고 얼굴도 희멀겋게 되어가고 있었다. 그녀는 여전히 자기 방에 등불을 많이 켜놓았고, 집안이 말끔하게 보이도록 감독하였고, 손님들이 오면, 잼과 사과와 치즈를 대접하곤 하였다. 귀머거리와 아크시니아는 가게를 돌보고 있었다. 한편 부초키노의 벽돌공장이 세워지고 있어, 아크시니아는 날마다 손수 마차를 몰고 한 번씩 그리로 가보곤 하였는데, 도중에서 아는 사람을 만나면 보리밭에서 고개를 치켜든 뱀처럼 목을 빼들고 천진스러우면서도 엉큼한 미소를 던지는 것이었다.

리파는 사순제 전에 낳은 갓난아기를 보살피며 세월을 보내고 있었다. 어린애는 몸피가 무척 작고 메말라서 애처롭게 보였다. 소리를 지르거나, 주위를 둘러보거나, 한 인간으로서 니키포르라는 이름을 가졌다는 것조차 신기하게 느껴질 정도였다. 어린애는 언제나 요람 속에 누워 있었고, 리파는 가까이 다가가서 말을 건네곤 하였다.

"안녕하세요, 니키포르 아니시미치!"

그리고는 다급히 아기에게 입을 맞춘 다음에, 문 쪽으로 물러서서 다시 말을 건네는 것이었다.

"안녕하세요. 니키포르 아니시미치!"

그러면 아기는 발을 버둥거리며 엔리자르프 할아버지처럼 울음과 웃음이 뒤섞인 소리를 내는 것이었다.

드디어 재판날짜가 결정되었다. 츠이부킨 영감은 닷새 전에 시로 떠났다. 집에는 증인으로 일꾼 몇 사람이 불려갔다는 소문이 들려 왔으며, 어떤 늙은 직공도 호출장을 받고 떠났다.

재판은 목요일에 있었다. 그러나 츠이부킨 영감은 일요일이 지났는데도 돌아오지 않고, 아무 소식도 없었다. 화요일 저녁 와르바라는 열린 들창가에 앉아 남편이 돌아오기를 기다리고 있었으며. 옆방에서는 리파가 아기를 달래고 있었는데, 그녀는 두 손으로 아이를 번쩍 들어 올리고, 귀여워 못 견디겠다는 듯이 말하였다.

"너도 곧 이만큼 크게 자랄 테지. 그리고 밭에 나가 나와 함께 일해요!"

"허, 허!"

와르바라는 못마땅한 목소리로 말하였다.

"그 애와 함께 일을 하다니. 무슨 소리냐? 그 애는 장사를 해야 해……."

리파는 나지막한 목소리로 노래를 불렀다. 그러나 얼마 후에는 방금 한 말을 잊어버리고 다시 이렇게 얼러대는 것이었다.

"이제 이만큼 크게 자라면 밭에서 나와 함께 일해요"

"저 애는 또 그런 소릴 하고 있어!"

리파는 니키포르를 안고 문 옆에 서서 물었다.

"어머니, 저는 이 애가 왜 이렇게 귀여워요? 또 한편으로는 왜 이렇게 불쌍해요?"

그녀는 눈물이 글썽글썽하여 떨리는 목소리로 말을 이었다.

"보세요. 이 아이는 새 날개나 빵부스러기처럼 가볍네요. 그래도 저는 이 아이가 좋아요. 벌써 어른이 다 된 것 같아요. 아직 무엇도 알지 못하고, 말도 못하지만 저는 이 아이의 작은 눈이 무엇을 바라보고 있는지 알 수 있어요"

그때 와르바라의 귀에는 저녁차가 정거장에 들어오는 소리가 들려왔다. 주인이 타고 오지 않았을까, 그녀는 리파의 말을 귀 밖으로 흘려버리고 있었다. 시간이 가는 줄도 몰랐다. 그리고 두려움보다는 커다란 호기심으로 전신이 떨려오는 듯했다. 그녀는 일꾼들을 가득 실은 마차가 지나가는 것을 보았는데, 증인으로 불려간 사람들이 정거장에서 돌아오는 것이었다. 마차가 가게 옆을 지나갈 때 어떤 늙은 직공이 마차에서 내려 안으로 들어와, 사람들과 인사를 하며 말을 주고받는 소리가 들려왔다.

"모든 재산과 권리를 빼앗기고."

하며 큰소리로 말하였다.

"7년 동안 시베리아 유형에 처한대요."

아크시니아가 가게 뒷문으로 나왔다. 그녀는 방금 석유를 팔고 있던 참이라, 한쪽 손에는 석유병을 들고 다른 손에는 깔때기를 든 채, 입에는 몇 닢의 은화를 물고 있었다.

"아버님은 어디 계세요?"

하고 그녀는 은화를 입에 문채 물었다.

"정거장에 계세요."

일꾼이 대답하였다.

"좀 더 어두워지면 오신대요"

아니심이 유형의 선고를 받았다는 말이 집안에 퍼지자 부엌에서 일하던 요리인은 자기 처지로 보아서 우는 것이 낫겠다고 생각했던지, 마치 장례식에라도 온 것처럼 엉엉 울기 시작하였다.

"아니심! 당신이 가시면 우리는 누구를 믿고 살겠어요. 참 훌륭한 분이었는데……."

개들이 놀라서 짖기 시작하였다. 와르바라는 창가에 뛰어가서 슬픔에 겨운 목 메인 소리로 요리인들을 나무랬다.

"스체파니다, 조용히 해! 제발 남의 마음을 괴롭히지 말아!"

모두들 일이 손에 잡히지 않아 사모바르를 끓이는 것까지
도 잊어버리고 있었다. 다만 리파만은 아무것도 모르고 아기
와 희롱을 하고 있었다.

　　츠이부킨 영감이 정거장에서 돌아왔다. 아무도 그에게 말
을 건네지 않았다. 그는 식구들과 인사를 나누고 말없이 이
방 저 방을 돌아다녔다. 아직 저녁식사도 하지 않고 있었다.

　　"아무도 봐 주는 사람이 없었군요!"

　　와르바라는 영감과 단 둘이 되자 말을 꺼내었다.

　　"제가 뭐랬어요? 높은 사람을 찾아봐야 한다니까요. 제 말
을 듣지 않아서 그래요……. 탄원서라도 냈더라면……."

　　"나도 여러 모로 애써봤지만……."

　　영감은 손을 내저으며 말하였다.

　　"재판할 때 그 애를 변호해 준 사람한테도 가봤지만 도저
히 손댈 여지가 없다고 말하는 거야. 그리고 그 애도 역시
달리 어떻게 할 도리가 없다고 하더군. 그래도 나는 재판을
할 때마다 변호사를 찾아가 선금을 쥐어주곤 했지. 일주일이
지나 다시 한 번 가볼 테야. 모든 것이 하나님의 뜻대로 될
테지……."

　　영감은 다시 집안을 돌아보러 나갔다가 들어와서 마누라
에게 이렇게 말하였다.

"아무래도 나는 병이 날 것 같군. 머릿속에 안개가 낀 것 같아서 통 생각을 할 수 없군 그래."

그는 리파가 듣지 못하도록 문을 닫고 나직한 목소리로 말하였다.

"나도 돈복은 꽤 없는 놈이야. 아니심이 장가들기 전인 부활제 전 주일에, 그 녀석이 금화를 나한테 갖다 준 것을 당신도 보았지? 그때 한 보따리는 감춰 두었지만, 다른 한 보따리는 내 돈에 섞어버렸어……. 그런데 내 숙부가 아직 살아 있을 때, 그분은 장사를 위해 모스크바나 크림으로 돌아다녔었지. 주여, 그분의 영혼을 구하소서! 숙모는 글쎄, 주인이 장사를 떠난 동안에 다른 남자하고 살았다지 뭐요. 숙부는 자식이 반 타나 있었지만, 술에 취하면 우스갯소리로 어느 놈이 내 자식이고, 어느 놈이 남의 자식인지 모르겠다고 곧잘 말했다는군. 성미도 그쯤 되면 뱃속이 편할 거야. 마치 그 숙부처럼 나는 지금 어느 돈이 진짜이고 어느 돈이 가짜인지 알 수 없어. 그래 내 눈엔 모두가 가짜로만 보이는군."

"그럴 리가 있어요?"

"정거장에서 차표를 사고 3루불을 주었는데 그것까지도 가짜 돈 같은 생각이 들지 않아. 가슴이 다 뛰더군. 아무래도 내가 병이 날 것 같아……."

"모든 걸 하나님의 뜻에 맡길 수밖에 없어요……. 그런데 여보……."

와르바라는 머리를 설레설레 흔들면서 말하였다.

"당신은 잘 생각해 두셔야 해요. 앞으로 무슨 일이 일어날지 모르니까요. 그리고 당신도 이제는 꽤 늙으셨으니까, 만일 돌아가시기라도 하면 집안 식구들이 저 손자를 얼마나 업신여기겠어요. 나는 그 생각을 하면 몸서리가 나요. 그 애는 애비 없는 자식이나 마찬가지지 뭐예요. 어미는 어린데다가 둔감하고……. 그러니 당신은 손주 앞으로 재산이라도 남겨둬야 하지 않겠어요? 부초키노의 땅이라도 주도록 했으면 좋겠어요. 아무튼 잘 생각해서 하세요!"

와르바라는 영감을 설득시키기 위해 말을 이었다.

"저 귀여운 자식이 불쌍해 못 보겠어요. 내일이라도 가서 유언장을 쓰세요. 지체할 게 뭐 있어요?"

"참, 그 녀석을 깜박 잊었군 그래……. 녀석을 좀 봐야겠어. 그래 잘 노나? 아무튼 잘 키워야 할 텐데……."

영감은 문을 열고 구부러진 손가락으로 리파를 불렀다. 그녀는 아기를 안고 시아버지 옆으로 다가왔다.

"애 리파야! 뭐든지 필요한 게 있으면 말하도록 해!"
하고 영감은 말을 이었다.

"그리고 먹고 싶은 게 있으면 사양 말고 먹어라. 조금도 아깝지 않다. 언제나 육신은 건강해야 한다……."

영감은 손자의 머리 위에 성호를 그었다.

"이 애를 잘 돌봐 줘. 애비 없는 자식이나 다름이 없으니 ……."

영감의 두 볼에는 눈물이 흘러내리고 있었다. 그는 울먹이며 자리에서 일어나 자기 침소에 가서 깊이 잠들어버렸다. 그는 일주일 동안을 뜬 눈으로 보내었다.

7

츠이부킨 영감은 거리에 나갔다가 얼마 후에 돌아왔다. 누가 아크시니아에게 영감이 공증인을 찾아간 것은 유언장을 쓰기 위해서이며, 아크시니아가 벽돌공장을 세운 부초키노땅을 손자에게 넘겨주려고 한다는 말을 전해 주었다. 그것은 아침나절이었다. 그때 영감은 마누라와 층계 다리 옆의 벚나무 밑에 앉아서 차를 마시고 있었는데, 그때 아크시니아가 들이닥쳤다. 그녀는 거리와 뜰에 면한 가게의 문을 닫더니, 자기가 맡은 열쇠를 모두 모아서 시아버지 발밑에 동댕이치며 말하였다.

"당신들을 위해 이 이상 일하기가 싫어요!"

그녀는 앙칼진 목소리로 내뱉고는 흐느껴 울기 시작하였다.

"저는 이 집 며느리가 아니라 식모지 뭡니까? 동네 사람들은 저를 비웃으며 저마다 츠이부킨네 집에서는 좋은 식모를 뒀다고 말하고 있어요. 저는 이 집에서 고용살이를 하고 있는 게 아녜요. 저는 거지도 아니고, 노예도 아녜요. 저에게도 버젓이 아버지, 어머니가 있어요."

그녀는 눈물이 글썽한 채 눈을 부라리며 시아버지를 노려보았는데, 얼굴과 목덜미가 벌겋게 상기되어 있었다. 그녀는 다시 큰소리로 외쳤다.

"저는 더 이상 일하지 않겠어요! 저도 이젠 지쳤어요. 날마다 가게 방에 앉혀 두고, 밤이면 술 때문에 쏘다니게 하고……. 집안일은 온통 저한테 떠맡겼다가, 땅은 저 유형수의 여편네나 애새끼에게 물려주다니……. 그년은 이 집 주인이고 저는 종년이군요! 뭐든지 다 주세요. 그 대신 목을 졸려 뒈질 날이 있을 거라고 말하세요. 저는 친정으로 가겠어요. 저 대신 다른 년을 앉혀 두세요. 에이 더러워!"

츠이부킨 영감은 지금까지 한 번도 자식들을 꾸짖어 본

적이 없었으므로, 자기 식구한테서 이런 험한 소리를 들으리라고는 꿈에도 생각지 못하였다. 영감은 너무나도 놀라 집안에 뛰어 들어가서 찬장 뒤에 숨어버렸다. 와르바라는 자리에서 일어날 수도 없을 정도로 정신을 잃어버려서, 벌이라도 쫓듯이 두 손을 코밑에 대고 흔드는 것이었다.

"아니 네가 도대체 무슨 소릴 하는 거야?"

그녀는 겁에 질린 듯한 목소리로 말하였다.

"아니 대체 무엇 때문에 저 야단일까? 애야! ⋯⋯남이 들을라! 좀 조용해라⋯⋯. 조용해!"

"부초키노땅을 죄수의 여편네에게 준다면서요?"
하고 아크시니아는 큰소리로 외쳤다.

"뭐든지 몽땅 줘 버리세요. 저는 아무것도 필요 없으니까요! 모두들 뒈져버리라지! 당신네들은 모두가 악마예요! 제가 이 눈으로 본 걸요! 당신네는 손님들의 돈을 빨아먹는 도둑놈들이에요. 늙은이나 젊으나 다 마찬가지예요! 세금을 내지 않고 보드카를 팔고 있는 건 누구예요? 그리고 당신네들은 위조금화를 상자로 하나 잔뜩 갖고 계시지요! 좋아요! 저는 아무것도 필요치 않아요!"

활짝 열린 대문 밖으로 사람들이 모여들어 뜰 안을 기웃거리고 있었다.

아크시니아는 큰소리로 외쳤다.

"저는 톡톡히 망신을 줘야 속이 후련하겠어요. 당신네들은 불에 타 죽어도 무방해요! 차라리 제 발밑에 꿇어앉으세요! 여보, 스체파!"

그녀는 귀머거리 남편을 불렀다.

"빨리 이 집을 나가요! 친정엘 가요. 저는 이 죄인들과 함께 살고 싶지 않아요! 어서 떠날 차비나 하세요!"

뜰 안에 매여 놓은 여러 줄에 옷가지가 널려 있었다. 아크시니아는 아직 덜 마른 자기 치마, 재킷 등속을 걷어서 귀머거리의 손에 던졌다. 화가 머리끝까지 치민 그녀는 빨랫줄 옆을 뛰어다니며 옷가지들을 모조리 낚아채며, 남의 것은 내던지고 발로 마구 짓밟아 버렸다.

"아, 저 애를 데리고 가요!"

와르바라는 괴로운 목소리로 말하였다.

"무슨 여자가 저래! 부초키노를 줘버리세요. 하나님을 위해 줘버리세요!"

"어디서 저따위 것이 있어!"

대문간에서 구경꾼들이 말하였다.

"저것도 여자야? 아이구, 저 성난 꼬라지 좀 봐 – 지독스럽군!"

아크시니아는 빨래하는 소리가 들려오는 부엌으로 뛰어 들어갔는데, 거기서 리파가 혼자 빨래를 하고 있었다. 식모는 냇가로 옷을 빨러 나가고 없었다. 난로 옆에 놓아 둔 대야와 솥에서 김이 올라 부엌 안은 안개라도 낀 듯이 자욱하고 무더웠다. 마루 위에는 아직 빨지 않은 옷이 산더미처럼 쌓여 있고, 갓난아기는 떨어져도 다치지 않도록 옆에 있는 벤치 위에 눕혀 놓은 채였다. 아기는 맨발을 버둥거리고 있었다. 아크시니아가 들어섰을 때, 리파는 바로 아크시니아의 속옷을 빨랫감에서 끄집어내어 대야에 담그고, 상위에 놓아 둔 커다란 국자로 끓는 물을 퍼부으려는 참이었다.

"이리 줘!"

아크시니아는 표독스러운 눈초리로 리파를 바라보고 대야에서 자기 옷을 끄집어내었다.

"네년에게 내 속옷을 맡길 줄 알아? 넌 유형수의 여편네야. 자기 주제나 똑똑히 알아!"

리파는 아크시니아의 얼굴을 쳐다보며 뒤로 물러섰다. 그녀는 처음에는 무슨 영문인지 몰랐으나, 아크시니아가 갓난애를 노려보는 사나운 눈초리를 깨닫자, 그 까닭을 알고 온몸이 새파랗게 질리는 것이었다.

"네놈이 내 땅을 빼앗았지!"

아크시니아는 이렇게 말하며, 끓는 물이 들어 있는 국자를 잡고 갓난애에게 마구 퍼붓는 것이었다.

순간 이 마을에 생전 들어보지 못한 비명 소리가 울려 퍼졌다. 그리고 그 소리를 들은 사람들은 리파와 같이 작고 연약한 여자가 어떻게 그런 비명을 지를 수 있나 하고 의심할 정도였다. 이윽고 뜰 안은 다시 조용해졌다.

아크시니아는 여느 때와 마찬가지로 눈웃음을 치며 집안으로 들어갔다. ……귀머거리는 옷가지를 한아름 안고 이리저리 왔다 갔다 하더니, 다시 줄에 널기 시작하였다. 그리고 식모가 돌아올 때까지 아무도 부엌에 들어가 보는 사람이 없었다. 그러므로 거기서 무슨 일이 일어났는지 아는 사람이 없었다.

8

니키포르는 마을의 병원에 운반되었으나 그날 밤, 죽어버렸다. 리파는 사람들이 찾아오기를 기다리지도 않고, 죽은 아이를 싸안고 집으로 향하였다.

바로 얼마 전에 세운 커다란 창문이 달린 병원은 언덕 위에 높이 솟아 있었다.

병원 유리창에 저녁노을이 비쳐 마치 불이라도 난 것처럼 불빛이 이글거렸고, 그 아래로 조그마한 마을이 있었다. 리파는 언덕길로 내려가 마을로 들어가기 전에, 어느 작은 연못에 가 앉았다. 마침 어떤 아낙네가 말을 끌고 와서 물을 먹이려고 하였으나, 말은 물을 먹으려 하지 않았다.

"뭐가 먹고 싶어?"

하고 그녀는 영문을 모르겠다는 듯이 나지막한 목소리로 말하였다.

"뭐가 먹고 싶어?"

빨간 셔츠를 입은 소년이 연못가에서 아버지의 장화를 씻고 있었다. 그 밖에는 마을에나 언덕에나 인기척이라고는 찾아볼 수 없었다.

"말이 물을 먹으려고 하지 않는군요……."

리파는 넋을 잃은 표정으로 말을 바라보다가 중얼거렸다.

이윽고 그 아낙네도 집에 돌아가고, 소년도 장화를 들고 내려갔다. 이제는 아무도 보이지 않았다. 태양도 금빛과 자줏빛 비단을 휘감은 모습으로 자기 잠자리를 찾아 기어들어 갔다. 불그스름한 연자주빛으로 물든 저녁 구름만이 태양의 수면을 보고하려는 듯이 하늘에 흩어져 있었다. 멀리서 해오라기의 울음소리가 마치 외양간에 갇힌 소의 울음소리처럼 구슬프게 울려 퍼졌다. 이 괴상한 새 소리는 밤이면 언제나 들려오는 것이었으나 그것이 어떤 새이며, 어디서 살고 있는지는 아무도 몰랐다.

병원이 있는 언덕 위와 바로 연못가의 숲 속, 그리고 마을의 저쪽 벌판에서는 꾀꼬리가 울고 있었다. 벌판에서는 뻐꾸기가 울고 연못 속에서는 개구리들이 찢어지는 듯한 목청으로 극성스럽게 울어댔다. 그 소리는 이렇게 지껄여대는 것 같았다. '너 같은 건 그럴 수밖에 없어! 너 같은 건 그럴 수밖에 없어!' 소란스러운 밤이었다. 이 동물들은 이런 밤에 아무도 가지 못하게 하려고 일부러 저렇게 큰소리로 노래 부르는 것 같았다. 심술궂은 개구리들까지도 '인생은 허무하다. 일분도 헛되이 보내지 말라. 인생을 찬미하고 노래하라!' 고 외치는 것 같았다.

하늘에는 달빛이 은은하고 별들이 반짝거렸다. 리파는 시간이 흘러가는 줄 모르고 연못가에 앉아 있었다. 이윽고 그녀가 일어나 발길을 옮겨놓았을 때에는 온 마을이 잠들어 등불 하나 눈에 띄지 않았다. 집까지는 2~30리 밖에 되지 않지만, 거기까지 갈 기운이 없었다. 생각할 기력조차 없었다. 환하던 달이 오른편으로 기울어졌다. 뻐꾹새는 목 메인 소리로 '조심해라, 길을 잘못 들라!' 하고 리파를 비웃는 듯이 외치고 있었다. 그녀는 다시 걷기 시작하였다. 어느새 머플러가 날아가 버리고 없었다. 그녀는 문득 하늘을 쳐다보며, '지금쯤 아기의 영혼은 어디 있을까, 자기 뒤를 따라오고 있을까, 혹은 별이 반짝이는 저 높은 하늘을 헤매고 있을까, 벌써 자기 어머니를 잊어버리지나 않았을까?' 하고 서글프게 떠올리는 것이었다. 이런 한밤중에 광막한 벌판에서 우울할 때 새들의 노래 소리를 듣거나, 즐거운 외침소리를 듣는다는 것은 얼마나 괴롭고 쓸쓸한 일인가. 봄과 여름을 가리지 않고, 인간이 살아 있건 말건, 언제나 밤하늘에서 굽어보는 달을 쳐다볼 때, 얼마나 가슴 아픈 일인지 알 수 없었다. 그리고 가슴속에 슬픔을 지니고 혼자 남아 있다는 것은 얼마나 괴로운 일일까? 그렇지 않으면 나무다리 영감이라도, 식모라도, 일꾼이라도 옆에 있어 주었으면 얼마나 좋을까!

'우우!'

해오라기가 울었다.

'우우!'

그러자 갑자기 사람의 목소리가 들려왔다.

"말에게 마차를 메우게, 와빌라!"

바로 앞 한길가에서 모닥불이 타고 있었다. 불꽃은 꺼졌으나 남은 숯덩이가 붉게 빛나고 있었다. 말이 풀을 뜯는 소리가 들리고 어둠 속에 두 대의 마차가 어렴풋이 눈에 들어왔다. 한쪽 마차에는 통을 싣고, 다른 마차에는 여러 개의 자루를 싣고 있었고, 두 사람의 사나이 모습도 보였다. 한 사람은 말에게 멍에를 메우고, 다른 사람은 뒷짐을 지고 모닥불 옆에 서 있었다. 마차 옆에서 개가 으르렁거렸다. 말을 끌던 사람이 잠시 멈칫하며 말하였다.

"누가 이리로 오나본데!"

"쉿, 쉿, 샤리크 잠자코 있어!"

하고 다른 사람이 개에게 소리쳤다.

그것은 늙은이의 목소리 같았다. 리파는 걸음을 멈추고 말하였다.

'하나님께서 지켜주시옵소서!'

늙은이는 리파에게 가까이 다가왔다. 그리고 아무 말도 하지 않았다.

"할아버지 안녕하세요. 개가 물지 않을까요?"

"괜찮아요. 그냥 지나가세요. 달려들지 않을 테니까……."

"저는 병원에서 오는 길이에요."

하고 리파는 말하고 나서, 이렇게 덧붙였다.

"갓난아이가 죽었답니다. 지금 집으로 안고 가는 길이에요.”

늙은이는 좀 놀랐는지 뒤로 물러서며 말하였다.

“너무 상심 마시오. 모두가 하나님의 뜻이라오.”

늙은이는 이렇게 말하면서 말을 잡은 사람을 향해 외쳤다.

“뭘 그렇게 꾸물거려. 빨리 해!”

“지름대가 보이지 않는군요.”

“또 네놈의 버릇이 튀어나왔구나.”

늙은이는 숯덩이를 들고 후 불었다. 그의 눈과 코가 발갛게 비쳤다. 이윽고 그는 지름대를 찾은 다음에 불을 들고 리파의 얼굴을 비쳐보더니 동정하는 듯한 어조로 말하였다.

“아기 어머니로군! 어머니는 자기 자식 때문에 고생하게 마련이지요.”

늙은이는 이렇게 말하며 한숨을 내쉬더니 고개를 저었다. 와빌라는 불덩어리 위에 무엇을 내던지고 발로 짓밟아 불기를 꺼버렸다. 그 덕분에 주위는 별안간 캄캄해져서 아무것도 보이지 않게 되었다. 그리하여 거기에는 다시 벌판과 별이 반짝이는 하늘만이 남아 있고, 단잠을 방해하는 새들의 울음소리가 사방에서 울려올 뿐이었다.

모닥불이 피어오르던 자리에서 뜸부기의 울음소리가 들렸다. 그러나 이윽고 리파는 다시 두 대의 마차와 늙은이와 키가 후리후리한 와빌라의 모습을 볼 수 있었다. 두 대의 마차는 삐걱거리며 한길로 나섰다.

"할아버지는 이 마을에 사세요?"
하고 리파는 늙은이에게 물었다.

"아니요. 우리는 피루사노보에서 왔소."

"아까 할아버지를 보고 저는 마음이 놓였어요. 그리고 저분도 친절한 분이시군요. 저는 이 마을 사람인 줄 알았어요."

"어디까지 가요?"

"우클레예보까지 가요."

"그럼 이 마차를 타시오. 크지메노크까지 데려다 줄 테니까. 당신은 거기서 곧장 가면 될 테고, 우리는 왼쪽으로 돌아가고."

와빌라는 통을 실은 마차 위에 앉고 늙은이와 리파는 다른 마차에 올라탔다. 와빌라는 앞장을 서고 마차는 느릿느릿 길을 떠났다.

"이 아이는 온종일 괴로워했어요. 그 조그마한 두 눈으로 물끄러미 바라볼 뿐이었어요. 말하고 싶었을 테지만 말할 수 없었겠지요. 아, 하늘에 계신 아버지시여! 저는 슬픔에 못 이겨 그만 마루에 쓰러져버렸어요. 곧 다시 일어났다가 또 침대 옆에 쓰러졌어요. 할아버지 저 어린것이 왜 죽기 전에 그렇게 괴로워했을까요. 어른이 괴로워하는 것은 죄 사함을 받기 위해서라고 하지만 아무 죄도 없는 갓난아기가 왜 그렇게 괴로워할까요?"

"그걸 누가 알 수 있나."

하고 늙은이는 대답하였다.

그들은 말없이 반시간쯤 마차를 타고 왔다.

"우리는 모든 일에 왜 그런가를 알 수 없는 거야."

하고 늙은이는 대답하였다.

"어떤 새든지 날개가 둘 달렸지, 넷 달린 것은 없거든. 그건 두 개의 날개로 날게끔 되어 있기 때문이야. 인간에 대하여도 전부는 알 수 없어. 그 절반이나 4분의 1정도 밖에 알 수 없게 되어 있어. 그러나 인간이 살아가는 데 꼭 알아야 할 것만 알게 마련이지."

"할아버지, 저는 걸어가는 편이 낫겠어요. 가슴이 울려서 못 견디겠어요."

"괜찮을 테니 앉아 있어."

그녀는 하품을 하고 성호를 그었다.

"걱정 말아요……."

늙은이는 되풀이해서 말하였다.

"조금도 상심 말아요. 앞길이 창창한데……. 앞으로 좋은 일도 생기고 궂은일도 생길 거요. 우리 러시아는 큰 나라니까 별 일이 다 일어나지요."

그는 이렇게 말하면서 사방을 돌아보았다.

"러시아에는 내가 못가본 데가 없고, 여러 가지 일도 당했다오. 그러니 내 말은 허튼 소리가 아닌 거요. 일생 동안 좋은 일도 있고, 궂은일도 겪었지요. 나는 남의 부탁으로 시베리아에 가 본 적도 있소. 흑룡강에도 가보고 알타이의 산간 벽지에도 가 봤어요. 시베리아에서 밭을 갈며 살아간 적도 있답니다. 그러다 고향이 그리워서 돌아와 버렸지요. 우리는 걸어서 러시아까지 왔어요. 중간에 배를 타고요. 그때의 일이 눈에 환해요. 바짝 마른 나는 신발도 못 신고 누더기를 걸치고 추위에 떨면서 빵조각을 씹었는데, 그 배에 타고 있던 어떤 신사가 나를 보고 가엾어서 눈물까지 흘리며……. '당신 빵도 검지만 당신 신세도 검구려.' 하지 않겠어요. 그때 그 신사가 세상을 떠났다면 오, 하나님 은총을 베푸소서!

집에 돌아와 보니 말뚝 하나 없고 장작개비 하나 구경할 수 없군요. 마누라를 시베리아에 남겨놓고 왔더니 거기서 그만 죽고 말았답니다. 그래 나는 지금 머슴살이를 하고 있지요. 나에게 좋은 일도 있었지만 궂은일도 참 많았지요. 그래서 그런지 쉬이 죽고 싶지는 않아요. 앞으로 20년쯤 더 살고 싶어요. 결국 따지고 보면 좋은 일이 더 많았어요. 우리 러시아는 아주 넓은 고장이니까."

여기까지 말하고 나서, 늙은이는 다시 주변을 돌아보았다.

"할아버지, 사람이 죽으면 그 영혼이 며칠 동안이나 이 세상에 머물러 있어요?"

하고 리파는 물었다.

"그걸 누가 알 수 있겠소? 저 와빌라한테 물어볼까. 저 녀석은 학교에 다녔으니까. 요새는 학교에서 안 가르치는 것이 없다더군 그래. 이봐 와빌라!"

늙은이는 와빌라를 불렀다.

"왜요?"

"사람이 죽으면 며칠이나 그 영혼이 세상에 남아 있나?"

"아흐레쯤 되지요. 제 삼촌이 죽었을 때에는 열사흘 동안이나 집에 남아 있었어요."

"그걸 어떻게 알 수 있어?"

"난로 속에서 열사흘 동안이나 덜거덕거리는 소리가 났거든요."

"응. 그럼 알았어. 이제 그만 가지."

늙은이는 이렇게 말하였다. 그러나 그의 말을 믿는 것 같지 않았다.

마차는 쿠지메노크 근처에서 다른 길로 접어들고, 리파는 걸어갔다. 벌써 동이 트기 시작하였다. 리파가 골짜기로 내려섰을 때 우클레예보의 농가와 교회는 안개 속에 묻혀 있어, 싸늘한 기분이 감돌았다. 뻐꾸기의 울음소리가 아직도 들려오는 것 같았다.

리파는 집에 돌아왔다. 식구들은 아직 가축을 풀어 놓지도 않은 채 모두들 잠들어 있었다. 그녀는 층계에 앉아서 기다렸다. 츠이부킨 영감이 맨 먼저 나타났다. 리파를 보고 영감은 무슨 일이 있었는지 곧 알아차렸다. 그는 아무 말도 하지 못하고 입술만 옴죽거리다가 이렇게 말하는 것이었다.

"오, 리파, 그 어린 것을……."

와르바라도 잠자리에서 일어났다. 그녀는 두 손을 맞잡고 흐느껴 울었다.

죽은 아이는 자리에 눕혀 놓았다.

"정말 착한 아이였는데, ……하나밖에 없는 핏덩이였는데……."

아침저녁으로 진혼제를 올렸고 장례는 이튿날 치렀다. 장례를 치르고 나서도 손님들과 목사는 오래 굶은 사람처럼 음식들을 맛있게 먹는 것이었다. 리파는 식탁을 돌보고 있었는데, 목사가 소금에 절인 고기를 포크로 찍어 들고 리파에게 말하였다.

"모두가 하나님의 뜻이오. 어린애 일로 너무 상심하지 말아요."

손님들이 다 집에 돌아간 후에야 비로소 리파는 니키포르가 더 이상 세상에 없다는 것을 깨달았다. 이제 다시는 볼 수 없다는 생각에 새삼스레 눈물이 흘렀다. 그러나 그녀는 어느 방에 가서 울어야 할지 알 수 없었다. 아기가 죽고 난 후 그녀의 방도 없어졌기 때문이다. 마치 너는 이 집에 아무 소용도 없는 거추장스러운 물건이라도 되는 것처럼 식구들은 그녀를 취급하는 것이었다.

"아니, 왜 눈물을 질질 짜고 있는 거야?"

아크시니아가 문 앞에 나타나며 싸늘하게 쏘아붙였다. 그녀는 장례식의 법대로 새 옷을 갈아입고 얼굴에는 분을 바르고 있었다.

"조용히 하지 못해!"

리파는 울음을 멈출 수가 없어 더욱 크게 흐느껴 울었다.

"내 말이 안 들려?"

아크시니아는 화를 버럭 내며 발을 동동 굴렀다.

"내 말이 안 들려? 밖으로 썩 나가버려! 너, 다시는 이 집에 얼씬도 하지 말아. 죄인의 여편네라 할 수 없군. 썩 나가 버려!"

"왜들 이래?"

츠이부킨 영감이 말하였다.

"아크시니아, 무슨 말을 그렇게 하는 거야…… 애를 잃었 는데…… 우는 것이 당연하지……."

"네에, 우는 것이 당연해요……."

하고 아크시니아는 영감의 말을 흉내 내었다.

"오늘 밤까지는 집안에 두지만 내일부터는 이 집에 얼씬 도 못하게 해주세요. 이건 당연한 일이에요……."

그녀는 한 번 더 흉내를 내고, 차디찬 웃음을 지으며 가게 쪽으로 사라졌다. 이튿날 리파는 아침 일찍 집을 나서 친정 어머니가 있는 토루구예보 마을로 갔다.

9

츠이부킨네 가게의 지붕과 문은 새로 칠을 해서 윤기가 흘렀고, 창가에는 예전처럼 양아욱꽃이 놓여 있었다. 츠이부 킨네 집과 뜰 안에서 일어난 사건은 3년이 지나니 거의 잊혀 갔다.

츠이부킨 영감은 명색이 주인이었지만 사실상의 권력은 모두 아크시니아가 쥐고 있었다. 물건을 사고파는 것은 그녀였다. 그녀의 동의가 없이는 아무 일도 할 수 없었다. 벽돌 공장도 잘 돌아갔다. 철도를 시설하는데 벽돌이 필요했으므로, 천 개에 24루불까지 값이 뛰었다. 시골 여자들이 정거장까지 벽돌을 날라다가 화차에 싣고 있었다. 그녀들의 품값은 하루에 25카페이카에 불과하였다.

아크시니아도 흐르이민 조합에 지분을 갖고 있었으며 지금 그 공장은 '흐르이민 회사'라고 불렸다. 그들은 정거장 옆에 술집도 내어, 근자에는 아름다운 아코디언 소리가 공장에서가 아니라 이 술집에서 들려오는 것이었다. 이 술집에는 우체국장도 자주 출입하였다. 그와 역장은 어떤 긴밀한 거래 관계를 맺고 있었다. 작은 흐르이민은 어느 날 귀머거리 스체판에게 금시계를 하나 선사하였는데, 귀머거리는 언제나 그 시계를 호주머니에서 꺼내서는 귀에 갖다 대보는 것이었다.

아크시니아는 점점 세도가 당당해져갔다. 그녀가 화려한 옷을 걸치고, 아침마다 즐거운 얼굴로 미소를 띠며 공장을 향해 마차를 달리는 모습과 공장에서 이것저것 지시를 하는 모습을 보면 그녀가 상당한 세력을 갖고 있는 것으로 여겨 지기에 충분했다. 그리하여 지금은 집안 식구들뿐만 아니라, 공장 사람들과 마을 사람들까지도 그녀를 두려워하게 되었 다. 그녀가 우편국에 들리면 국장은 자리에서 일어나 영접하 는 것이었다.

"여사님, 어서 오세요. 이리 앉으십시오."

아크시니아에게 어떤 멋쟁이 지주가 말 한 필을 판 일이 있었다. 그는 나이가 지긋하면서 나사로 지은 윗저고리를 걸 치고 에나멜 칠을 한 굽이 높은 장화를 신고 있었는데, 그는 말을 흥정할 때, 아크시니아의 미모에 반하여 그녀가 부르는 값에 팔았다. 그리고 나서도 한참이나 그녀와 얘기를 했고, 쾌활하고 명랑해 보이는 그녀의 눈초리를 바라보며 "당신을 위해서라면, 어떤 편의라도 보아 드리겠습니다. 언제 좀 조 용히 만날 기회를 가질 수 없을까요?" 하고 말하였다. 그녀 는 언제라도 괜찮다고 흔쾌히 대답하는 것이었다. 그 후부터 는 멋쟁이 지주는 맥주를 마시러 거의 날마다 가게에 들리 고는 하였다. 맥주는 썼기에 머리를 내저으면서도 그 지주는 즐겨 마시는 것이었다.

츠이부킨 영감은 이미 장사에서 손을 뗀지 오래였다. 그 는 사실 돈을 보면 어느 것이 진짜 돈이고, 또 어느 것이 가짜 돈인지 분간할 수 없었다. 그러나 그는 입을 다물고 이러한 자기 약점을 아무에게도 이야기하지 않았다. 그는 점점 돈을 모으는 재미를 잃어갔다. 그는 기억력을 잃어갔고 이젠 누가 식사를 제때 주지 않아도 독촉하는 법이 없었다. 식구들도 영감을 배제해 놓고 식사하는데 익숙해졌다.

와르바라는 가끔 이렇게 말하였다.

"저 영감은 어제 저녁에도 밤참을 안 잡숫고 주무셨지 뭐야."

그녀는 이런 말을 태연스럽게 입 밖에 내는 것이었다. 웬일인지 영감은 겨울은 물론 여름에도 언제나 털외투를 걸치고 다녔다. 몹시 무더운 날만은 밖에 나가지 않고, 집안에 있었지만 언제나 털외투를 걸친 그는 깃을 추켜세우고 마을을 산책하기도 하고, 정거장에 이르는 한길을 거닐기도 하였다. 그리고 때로는 아침부터 저녁까지 교회 문 앞의 벤치에 잠자코 앉아 있었는데, 길가는 사람들이 인사를 해도 별로 아는 체를 하지 않았다. 그는 여전히 농부들을 싫어하고 있었다. 혹시 누가 무슨 말을 묻기라도 하면, 점잖게 몇 마디 대답하곤 하였다. 마을에서는 며느리가 시아버지를 집에서 내쫓고 밥도 제대로 주지 않아 영감이 밖으로 구걸하러 다닌다는 소문이 퍼졌다. 어떤 사람들은 이 소문을 재미있게 듣기도 하고, 또 어떤 사람들은 가엾게 생각하기도 하였다.

와르바라는 날로 피둥피둥 살이 찌고 희멀건 얼굴을 하고, 여전히 자전사업에 종사하고 있었다. 아크시니아도 이 시어머니한테는 아무 간섭도 하지 않았다. 집에는 잼이 많이 있었다. 햇과일은 처치 못할 정도로 많았다. 와르바라는 날로 굳어가는 잼을 처치하는 일에 골몰하였다.

아니심에 대하여는 모두들 잊어버리고 있었다. 그런데 어느 날 그에게서 한 장의 편지가 왔다. 무슨 청원서 같은 커다란 용지에 전처럼 훌륭한 글씨로 된 운문편지였다. 아마 함께 징역살이를 하고 있는 그의 친구 사모로도프가 써 준 모양이었다. 편지 끝에는 겨우 알아볼 수 있을 만큼 서투른 글씨로 이렇게 적혀 있었다.

'저는 늘 아파요. 괴로워 죽을 지경입니다. 어서 구해 주세요.'

맑게 갠 어느 가을날 저녁이었다. 츠이부킨 영감은 교회의 정문 앞에 쭈그리고 앉아 있었는데, 털외투의 깃을 높이 세우고 있었으므로, 코와 모자챙 밖에는 보이지 않았다. 기다란 나무 벤치의 한끝에는 청부업자인 엘리자로프 영감과 올해 나이 70인 학교 수위 야코프 영감이 함께 앉아, 이런 말을 주고받는 것이었다.

"자식들은 늙은이를 모셔야 해! 부모를 공경할 줄 알아야지!"

야코프 영감이 볼멘소리로 말하였다.

"저 집 며느리는 시아버지를 내쫓았다지 않아. 지금 저 사람은 먹지도 마시지도 못했으니 어디로 가겠나? 사흘이나 굶었대."

"뭐 사흘이나 굶었어?"

나무다리 영감은 깜짝 놀라며 말하였다.

"저 사람은 말없이 저렇게 앉아만 있으니 말이야. 몸이 말이 아닌데도 왜 가만히 있느냐 말이야. 고소를 할 일이지 재판소에서도 그런 며느리는 엄벌에 처할 텐데?"

"뭘 누굴 엄벌에 처한다고?"

나무다리 영감은 말귀를 미처 알아듣지 못하고 이렇게 물었다,

"뭐?"

"그래도 그 며느리는 일꾼이란 말야. 그 며느리가 장사를 다 하니……. 그 여자에겐 죄가 없어요……."

"그렇다 해도 시아버지를 내쫓는 법이 어디 있누?"

야코프 영감은 성난 어조로 말하였다.

"자기가 벌어서 산 집이라면 또 모르지만……. 그런 년은

세상에 처음 봤어, 그게 도둑년이야!"

츠이부킨 영감은 옆에서 묵묵히 듣고 있었다.

"자기 집이건 남의 집이건 따스하기만 하면 그만이야. 여편네가 바가지를 긁지 않고 잠자코 있으면 모두가 마찬가지지……."

나무다리 영감은 웃으면서 말하였다.

"나는 젊었을 때 마누라를 무척 사랑했지. 마누라는 양순한 여자였지만 언제나 입버릇처럼 집 한 채 장만해달라고 졸라대지 않겠나. 그리고 죽을 때가 임박해서도 이렇게 말하는 것이었네. '여보 당신도 인제 걸어 다니지 않게 마차 한 대 사세요.' 그러나 나는 평생 마누라에게 푸라니크 과자 밖에는 아무것도 사주는 게 없었지."

"그 귀머거리 아들놈이 머저리야."

야코프 영감은 나무다리 영감의 말을 귓전으로 흘려들으며 이렇게 말했다.

"정말 머저리란 말이야. 거위만큼이나 아무것도 모르거든. 거위 대가리를 몽둥이로 때려봤자 무슨 소용있나."

나무다리 영감이 공장으로 가려고 자리에서 일어나자, 야코프 영감도 따라서 일어났다. 두 영감은 길을 가면서도 이야기를 주고받았다. 이들이 약 50보쯤 걸어갔을 때 츠이부킨 영감도 자리에서 일어났다. 그는 마치 미끄러운 얼음판을 걷기라도 하는 듯이 비틀거리며 두 늙은이의 뒤를 따랐다.

마을에는 어느새 황혼이 깔려 있었다. 비탈진 언덕을 따라 뱀처럼 구불구불 기어오른 한길 이쪽에만은 아직도 저녁 햇빛이 남아 있었다.

할머니들이 아이들과 함께 산에서 돌아오고 있었는데, 저마다 손에 버섯을 든 광주리를 들고 있었다. 그리고 농가의 아낙네들과 처녀들도 정거장에서 한 무리를 이루며 집으로 돌아가는 중이었다. 그녀들은 정거장에서 벽돌을 화차에 싣는 일을 하고 있었으므로, 뺨이며 코가 붉은 온통 벽돌가루로 덮여 있었다. 그녀들은 노래를 불렀다. 그녀들의 맨 앞에 리파가 걸어오고 있었다. 그녀는 하루의 일과를 마치고 난 후, 이제 편히 쉴 수 있다는 기쁨과 안도감에서 하늘을 쳐다보며, 큰소리로 노래를 부르고 있었다. 그녀들 사이에는 리파의 어머니도 끼어 있었고, 그녀는 한 손에 보자기를 들고 여느 때와 마찬가지로 숨을 몰아쉬며 걸어오고 있었다.

"안녕하세요. 마카르이치!"

리파는 나무다리 영감을 보고 인사를 하였다.

"할아버지, 안녕하세요!"

"오 잘 있었어. 리프잉카!"

나무다리 영감은 매우 기뻐하였다.

"애들아, 이 돈 많은 목수를 사랑해다오! 핫, 핫! 내 귀여운 것들아(나무다리 영감은 눈물을 찔끔거렸다.) 내 귀여운 것들아!"

나무다리 영감과 야코프는 멀리 지나갔으나, 말소리는 아직도 들려오고 있었다. 이윽고 얼마 안 가서 츠이부킨 영감을 만났다. 모두들 갑자기 입을 다물어버렸다. 리파와 그 어머니는 뒤로 물러섰다. 영감이 가까이 다가오자 리파는 정중하게 인사를 하였다.

"안녕하세요!"

그녀의 어머니도 인사를 하였다. 영감은 멈춰 서서 모녀의 얼굴을 물끄러미 바라보았다. 이윽고 입술을 파르르 떨더니 눈가에 눈물이 글썽이는 것이었다. 리파는 어머니의 자루에서 빵조각을 꺼내어 영감에게 주었다. 영감은 그것을 받아서 씹어 먹기 시작하였다. 날이 저물었다. 한길 위에 남아 있던 저녁 햇살도 완전히 사라졌다. 사방에 어둠이 깃들고 싸늘한 공기가 감돌기 시작하였다. 리파와 그 어머니는 다시 걷기 시작하면서, 가슴에 연달아 성호를 그었다.

귀여운 여인

귀여운 여인

    퇴직한 8등관인 플레먀니코프의 딸인 올렌카는 자기 집 현관 층계에 앉아 생각에 잠겨 있었다. 무더운 날씨에 파리까지 짓궂게 덤벼들어 기울어져가는 해가 빨리 저물기를 바라고 있었다. 비를 지닌 먹구름이 때때로 습기 찬 미풍을 일으키며 동쪽에서 몰려왔다.

    뜰에서는 건넌방에 세 들어 사는 치볼리 야외극장 지배인 쿠우킨이 하늘을 쳐다보고 서 있었다.

    '제기랄!' 그는 울상이 되어 투덜거렸다.

    "또 비야! 일부러 사람을 골려 주려나 보군! 허구한 날 비만 쏟아지니, 이건 내 목을 졸라매자는 건가! 날마다 손해가 이만저만이 아니야! 이러다가는, 파산이야, 파산!"

그는 올렌카에게 손을 쳐들어 보이며 불평을 늘어놓았다.

"우리네 생활은 언제나 이 꼴이랍니다. 울어도 시원치가 않아요! 별의별 고생을 다하며 죽도록 기를 써봐야 아무 소용없어요. 어떡하면 좀 더 나아질까 하고 잠도 제대로 자지 않으며 무슨 궁리는 하든지 결국은 허사랍니다. 첫째 관중이 미개인이나 다름없이 무지막지하지요. 나는 그들에게 언제나 일류 가수들을 내세워 고상한 오페라나 무언극을 공연해 주지요. 하지만 그들이 과연 이런 걸 바라고 있을까요? 설사 구경한다고 하더라도, 그들이 무엇을 이해할 수 있겠어요? 관중이 요구하는 것은 광대예요. 어쨌거나 저속한 것을 상연해야 좋아한다고요. 게다가 날씨까지 이 모양이니 큰일이군요. 거의 밤마다 비가 쏟아지지 않나요? 5월 10일부터 시작해서 6월 내내 장마가 계속되니, 이런 기막힐 데가 어디 있겠어요! 관중은 얼씬도 안하는데, 텃세는 물어야 하고, 배우들에게는 봉급을 줘야 하지 않겠어요?"

이튿날도 저물녘이 되자 먹구름이 몰려왔다. 쿠우킨은 미친 사람처럼 너털웃음을 웃으며 말하는 것이었다.

"글쎄 어쩌자는 거야? 마음대로 퍼부어대라! 극장이 몽땅 물에 잠기고 나도 물속에서 헤어나지 못하도록 마구마구 퍼부어라! 이 세상만 아니라 저승에 가서까지 나를 못살게 굴 겠다는 거냐! 배우들이 날 고소해도 상관없어! 재판도 무섭지 않다! 시베리아로 유형을 보내도 좋고, 단두대에 올려놔도 겁날 것 없다! 핫, 핫, 핫, 핫!"

다음날에도 날씨는 여전하였다.

올렌카는 쿠우킨의 푸념을 마음 아프게 생각했다. 그리하여 그녀의 눈에서는 때때로 눈물이 글썽거리기도 하였다. 드디어 쿠우킨의 불행은 그녀의 마음을 흔들어 놓고야 말았다. 바로 그를 사랑하기 시작한 것이다. 그는 곱슬머리에 얼굴빛이 누렇고 빼빼 마른 키에 작달막한 사나이였는데, 목소리는 가느다란 테너였으며, 이야기를 할 적마다 입을 씰룩거렸다. 또 얼굴에는 언제나 절망의 그늘이 드리워져 있었다. 그러나 그는 올렌카에게 순결하고 깊은 애정을 불러일으키게 하였다.

올렌카는 언제나 누군가를 사랑하고 있었다. 그러지 않고는 견디지 못하는 여인이었다. 어릴 적에는 아버지를 무척 따랐다. 아버지는 지금 어두운 방안에서 숨을 몰아쉬며 안락의자에 앉아 앓고 있었다. 또 그녀는 브란스크에서 2년 만에 한 번쯤 다니러 오는 숙모도 사랑하였다. 여학교 때에는 불어선생을 사랑하였다. 그녀는 고운 마음씨를 가진 착하고 동정심이 많은 여자였다. 눈길은 조용하고 부드러웠으나, 신체는 매우 건강한 편이었다. 그 통통하고 발그레한 뺨하며, 부드러운 흰 살결에 까만 점이 박힌 목덜미, 재미있는 이야기를 들을 때의 티 없이 상냥한 미소 - 이러한 것을 보는 남자들은 으레 '꽤 잘생겼는걸…….' 하며 자기네들도 어느새 미소를 짓는 것이었다. 그리고 여자 손님들은 이야기를 서로 나누다가도, '어쩌면 저렇게 귀엽게 생겼을까!' 하며 그녀의 손을 한 번 잡아보는 것이었다.

올렌카가 살고 있는 집은 도심지에서 약간 떨어진 츠이간스카야 슬로보드카에 자리 잡고 있었다. 그녀는 태어나서부터 줄곧 이 집에서 살아왔으며, 집은 아버지의 유언에 따라 그녀의 명의로 되어 있었다. 이 집에서 치볼리 야외극장은 얼마 되지 않는 거리에 있었다. 그래서 저녁마다 늦도록 음악 소리와 폭죽이 터지는 소리가 들려오곤 하였다. 그녀는 그런 소리를 들을 적마다 자기 운명과 싸워 나가며, 가장 큰 적인 무관심한 관중을 비난하고 있는 쿠우킨의 모습이 머릿속에 떠올라, 달콤한 감동으로 가슴이 벅차 오는 것이었다. 그녀는 잠을 청할 생각은 아예 하지 않고 있다가, 새벽녘에 그가 집에 돌아오면 침실 창문을 가볍게 두드리며, 커튼 사이로 얼굴과 한쪽 어깨만을 살짝 내밀고 방긋이 웃어 보이곤 하였다.

이윽고 쿠우킨은 올렌카에게 청혼하여 두 사람은 결혼하게 되었다. 그는 아내의 목덜미며 그 포동포동한 어깨를 볼 적마다 두 손을 번쩍 들고 이렇게 말하는 것이었다.

"정말 당신은 아름답구료."

그는 행복하였다. 그러나 결혼식 날에도 종일 비가 쏟아진 것처럼, 그의 얼굴에서도 항상 절망의 그늘이 드리워져 있었다.

결혼을 하고 나서, 두 내외는 사이좋게 살아갔다. 올렌카는 극장 안의 여러 가지 일을 거들었다. 입장권을 팔기도 하고, 계산서를 꾸미기도 하고, 월급을 지불하기도 하였다. 그리하여 그녀의 발그레한 그 두 볼과, 맑고 귀여운 눈웃음을 매표소에서 찾아볼 수 있는가 하면 무대 뒤나 구내식당에서도 찾아볼 수 있었다. 그녀는 자기 친지들에게 연극이야말로 인간의 생활에서 가장 가치 있는 중요한 것으로, 인간은 연극을 통해야만 비로소 참된 위안을 느낄 수 있고 교양 있는 인도주의적인 인간이 될 수 있다고 말하는 것이었다.

"그렇지만 관중들이 과연 그것을 이해할 수 있을까 모르겠어요."

하고 그녀는 말을 이었다.

"그들이 원하는 것은 광대니까요. 어제 파우스트를 개작하여 공연하였더니, 관람석이 텅 비어 있지 않겠어요. 만일 우리 주인이나 제가 저속한 극을 공연했더라면 대성황을 이루었을 거예요. 내일 주인과 저는 '지옥에서의 오르페우스'를 상연하기로 했어요. 꼭 구경하러 오세요"

그녀는 이어서 연극이나 배우들에 대하여도 남편 쿠우킨이 하던 말을 그대로 반복하는 것이었다. 즉 남편과 마찬가지로 예술에 대한 관중의 냉담과 무지를 탓하는가 하면, 무대연습을 할 때 배우들의 포즈를 고쳐 주기도 하며, 악사들의 태도를 살피기도 하였다. 때때로 지방신문에 연극에 대한 악평이 실려 있으면, 그녀는 눈물을 짜고 그 악평을 해명하기 위해 직접 신문사에 찾아가기도 하였다.

배우들도 그녀를 좋아하였다. 그리하여 그녀를 '바니치카 와냐'라고 부르기도 하고, 또는 '귀여운 여인'이라고 부르기도 하였다. 그녀는 배우들을 동정하여 별로 많지도 않는 돈이면 곧잘 꾸어 주기도 하였는데, 설사 배우들이 지불 날짜에 약속을 어기더라도 남편에게 일러바치지 않고 혼자서 눈물을 찔끔거릴 뿐이었다.

두 내외는 한 겨울에도 행복하게 지내었다. 이 야외극장에서는 시내에 있는 극단들이 공연을 하지 않았다. 대신에

소아시아에서 흘러 들어온 소규모의 극단이나, 마술사 또는 시골 아마추어 연극 동호회 같은 데서 짧은 기간 동안 빌려 쓰곤 하였다. 올렌카는 점점 몸이 나기 시작하고 얼굴이 환해졌으나 쿠우킨은 얼굴이 노랗게 말라만 갔다. 그리고 겨우내 경기가 나쁘지 않았는데도 손해가 크다고 투덜대었으며, 밤마다 쿨룩쿨룩 기침을 하였다. 올렌카는 남편에게 딸기나 라임을 짜서 끓여 먹이기도 하고, 아데코론(香水)으로 찜질도 해주었다. 또 때로는 자기의 따뜻한 숄을 씌워 주기도 하였다.

"난 당신이 얼마나 좋은지 몰라요!"

그녀는 남편의 머리를 쓰다듬으며 정답게 말하는 것이었다.

"당신은 정말 좋은 분이셔요!"

쿠우킨은 사순제가 되어 모스크바로 극단을 부르러 떠났다. 올렌카는 남편이 없는지라 통 잠을 이루지 못하였다. 그녀는 들창가에 앉아서 별들만 헤아리다 밤을 새기가 일쑤였다. 그럴 때면 그녀는 자기 자신을 수탉이 없으면 괜히 불안하여 밤새 잠을 자지 못하는 닭장 속 암탉에 견주어 보기도 하였다. 쿠우킨은 모스크바에 한동안 머무르며 편지를 보내, 부활절까지는 돌아갈 터이니 극장 일은 이러저러하게 하라고 일러 주었다. 그런데 부활절을 일주일 남긴 월요일 밤 늦게 불길한 노크소리가 들려왔다. 그것은 마치 누가 커다란 나무통을 쿵쿵 두드리고 있는 것 같은 소리였다. 식모가 눈을 부비며, 신발도 신지 않고, 물이 질펀하게 고인 뜰을 달려 대문으로 갔다.

"문 좀 여세요!"

밖에서 굵직하고 거친 목소리가 들려왔다.

"댁에 온 전보요!"

올렌카는 전에도 남편에게서 전보를 받은 일이 있지만, 이번에는 어쩐지 정신이 아찔해지는 것 이었다. 그녀는 떨리는 손으로 전보를 펴 들었다. 거기에는 이렇게 적혀 있었다.

'이반 페트로비치 오늘 돌연 사망, 화요일 장례식, XXX 지시를 바람'

장례식 다음에 적힌 글자는 전혀 뜻을 알 수 없는 말이었다. 발신인은 가극단의 무대 감독이었다.

"여보, 이게 웬일이오!"

올렌카는 흐느껴 울었다.

"오, 나의 바니치카! 이게 어떻게 된 영문이오. 왜 나는 당신을 알게 되었을까. 왜 나는 당신을 사랑하였을까? 이 가엾은 당신의 올렌카를 남겨 두고, 이 불쌍하고 불행한 올렌카를 남겨 놓고, 당신만 혼자 어디로 가버렸어요?"

올렌카는 장례식을 화요일에 모스크바에서 치렀다. 그리고 이튿날 집으로 돌아오자마자 방에 들어서 침대에 몸을 던지고, 한길에서나 이웃집에서도 들릴 정도로 통곡하였다.

'가엾어라!'

이웃사람들은 가슴에 성호를 그으면서 말하였다.

"저 귀여운 올렌카가 저렇게 상심하다가는 몸을 망치고 말겠어!"

그 후 석 달이 지난 어느 날이었다. 수심에 찬 올렌카가 상복을 입고 미사에서 돌아오는 길이었다. 마침 이웃에 사는 바실리 안드레이치 프스토발로프를 만났다. 그도 역시 교회에서 돌아오는 길이었다. 두 사람은 나란히 걷게 되었는데 사나이는 바바카예프라는 목재상 주인이었다. 머리에는 밀짚모자를 쓰고 금시계 줄을 드리운 흰 조끼를 입은 품이, 상인이라기보다는 시골 지주라는 인상을 주었다.

"이 세상의 모든 일은 모두가 하나님께서 마련해 주시는데 따라서 결정되는 것입니다."

그는 동정어린 목소리로 침착하게 타이르듯이 말하였다.

"우리가 의지하고 소중히 생각하는 사람 가운데서 설사 누가 죽는다고 하더라도 그것은 하나님의 뜻입니다. 그러므로 우리는 슬픔을 참고 그 뜻에 순종해야 하지 않겠습니까?”

　그는 대문까지 올렌카를 바래다주고 작별인사를 하고는 집으로 돌아갔다. 이런 일이 있은 뒤로 그녀의 귓전에서는 침착하고 위엄 있는 그의 음성이 좀처럼 사라지지 않았다. 그녀가 눈을 감기만 하면 그의 검은 수염이 눈앞에 떠오르는 것이었다. 드디어 그녀는 그를 몹시 좋아하게 되었다. 상대편에서도 그녀에게 호감을 가지고 있는 것이 틀림이 없었다. 그것은, 며칠 후에 안면 있는 어떤 중년부인이 커피를 마시러 그녀의 집에 찾아와서, 식탁 앞에 앉자마자 프스토발로프의 이야기를 꺼내면서 그가 매우 착실하고 믿음직스러운 신랑감으로, 그 사람한테 시집을 가라고 한다면, 뉘집 색시든지 혹할 것이라는 말을 장황하게 늘어놓고 간 사실만 보더라도 충분히 짐작할 수 있는 일이었다. 그 후 사흘이 지나 프스토발로프가 그녀를 찾아왔다. 그는 한 십 분쯤 앉아 있었을까, 그 동안에 말도 몇 마디 하지 않고 돌아갔지만 올렌카는 벌써 그를 사랑하고 있었다. 어찌나 그에게 반했던지, 그날 밤은 뜬 눈으로 보내며 마치 열병에 걸린 사람처럼 들떠 있었다. 그리하여 날이 밝기가 바쁘게 그 중년부인을 불러 들였고, 곧 혼담이 성립되어 결혼식을 올렸다.

　결혼을 하고 나서 두 내외는 사이좋게 지냈다. 남편은 주로 점심때까지만 상점을 지키다가 그 후엔 일부러 밖으로 나가곤 하였다. 그러면 올렌카가 주인을 대신하여 저녁때까지 계산서를 꾸미기도 하고, 목재를 팔기도 하였다.

"나무 값은 해마다 1할씩이나 오르고 있습죠."

그녀는 목재를 사러 오는 손님이나 안면이 있는 사람들에게 이렇게 말하는 것이었다.

"그럴 수밖에 없는 것이, 전에는 이 고장에서 나는 목재만 가지고도 뒤를 댈 수 있었는데, 지금은 우리 주인이 목재를 구입하러 해마다 모길레프현까지 다녀와야 할 형편이어요 그 운임만 하여도……"

이렇게 말하며, 그녀는 두 손으로 얼굴을 싸며 크게 놀라는 표정을 지어 보이는 것이었다.

"아주 어마어마하다니까요!"

그녀는 어느새 오래 전부터 자기가 직접 목재상을 경영해 온 것처럼 느끼게 되었다. 그녀는 목재야말로 인간생활에서 가장 중요한 구실을 하는 존재라고 생각하게 되었다. 이제 그녀에게 대들보, 석가래, 판자, 각재, 창재, 기둥이나 톱밥이니 하는 말들은 어릴 때부터 귀에 익은 것처럼 정답게 들렸다. 심지어 잠을 잘 때도 차곡차곡 쌓아 놓은 두텁고 얇은 판자더미나, 시외로 나무를 싣고 가는 마차의 긴 행렬이나, 길이가 30척이 넘는 일곱 치 들보 각재(角材)가 곤두서서 재목 저장고를 향하여 군대처럼 행군하는 꿈도 꾸고, 통나무, 들보, 판자와 같은 마른 나무가 큰소리를 내며 서로 맞부딪치며, 일시에 무너졌다가 다시 제 바람에 쌓여지는 꿈도 꾸다가 자리에서 소스라치며 깨어나곤 하였다. 그러면 프스토발로프가 옆에서 어린애를 달래듯이 이렇게 말하는 것이었다.

"올렌카! 왜 그래? 어서 성호를 그어요⋯⋯."

남편의 생각은 곧 아내의 생각이기도 하였다. 가령 남편이 방안이 너무 넓다거나, 장사가 잘 되지 않는다고 생각하면, 자연히 그녀도 그렇게 생각하게 되는 것이었다. 남편은 어떠한 오락도 좋아하지 않았다. 그는 공휴일에도 집안에만 틀어박혀 있었고 그것은 올렌카도 마찬가지였다.

"날마다 집안이나 사무실에만 박혀 있지 말고, 더러 극장 구경이나 가지 그래."

그녀와 가까운 사람들이 때때로 이렇게 권하기라도 하면 번번이,

"우리 바니치카와 나는 그런 데는 안가기로 하였어요"

하고 그녀는 의젓한 어투로 대답하는 것이었다.

"우리 상인들에게 그런 우스꽝스러운 구경을 하고 다닐 여가가 어디 있어요. 극장엘 가 봐야 뭐 하나 이로울 게 없

지요.”

이들 내외는 토요일마다 저녁 기도에 참석하며, 주일에는 아침 예배에 나갔다. 교회에서 돌아올 때면, 정다운 얼굴로 나란히 걸었다. 그녀의 비단 옷은 사락사락 유쾌한 소리를 내었고, 남의 눈에도 두 사람은 행복하게 보였다. 집에 돌아오면 버터빵에 여러 가지 잼을 발라서 먹고, 차를 마시고 과자를 먹었다. 날마다 점심때가 되면 이 집에서는 수프며, 양고기, 오리고기 등을 볶는 냄새가 대문 밖 한길에서까지 풍기고, 육식을 금하는 소재 날에는 생선으로 요리를 만들어 먹었다. 그리하여 이 집 문 앞을 지나가는 사람들은 저마다 군침을 삼키는 것이었다. 사무실엔 언제나 사모바르가 끓고 있어 손님들에게 반드시 차와 도너스로 대접을 하였다. 이들 내외는 일주일에 한 번씩 목욕탕에 갔다가 발그레하게 상기된 얼굴로 어깨를 나란히 하고 집에 돌아오곤 하였다.

“덕분에 잘 지내고 있어요.”

올렌카는 아는 사람을 만날 적마다 으레 이렇게 말하는 것이었다.

“남들도 모두 우리 내외와 같이 행복하게 살 수 있게 해달라고 하나님에게 가끔 기도를 드리지요.”

남편이 목재를 사러 모길레프현으로 떠나면 다녀올 때까

지 그녀는 몹시 적적해 하며, 밤잠도 별반 자지 못하고, 눈물만 짜는 것이었다. 그런 저녁이면 그녀의 집 건넌방에 세들어 있는 젊은 군수의관인 스미르닌이 가끔 놀러 왔다. 그는 올렌카에게 여러 가지 이야기를 들려주고, 트럼프 놀이도 함께 하였기 때문에, 그녀에게는 상당히 위로가 되었다. 특히 스미르닌의 가정 형편 이야기는 그녀의 관심을 끌었다. 그에게는 아내와 아들 하나가 있었는데 그는 아들의 양육비로 40루불을 보내 준다고 하였다. 그녀는 그 이야기를 듣고 나서 그가 측은하게 생각되어 한숨을 쉬며 머리를 흔들었다.

"하나님께서 당신을 구해 주시도록 빌겠어요."

그녀는 층계까지 촛불을 들고 바래다주면서 말하였다.

"심심한데 와 주셔서 고마워요. 하나님께서 당신에게 건강을 허락하시고 또 성모마리아께서도……."

그녀의 말씨는 남편을 닮아서 침착하고 위엄이 있었다. 그녀는 아래층 문을 열고 나가려는 수의관을 세워 놓고 다시 이렇게 충고하였다.

"부인과 화해하셔야 합니다. 아드님을 봐서라도 부인을 용서해주셔야지요! 어린 자식의 마음에 그늘이 지게 해서야 되겠어요."

그녀는 남편이 돌아오자 수의관의 불행한 가정 이야기를

들려주었다. 두 내외는 한숨을 몰아쉬고 고개를 저으면서, 그 어린것이 얼마나 아버지를 보고 싶겠느냐고, 남의 일 같지 않게 동정하는 것이었다.

어느 날인가 이 내외는 어떤 기이한 생각에서 성상 앞에 무릎을 꿇고 자기들에게도 자식을 주십사 하고 기도를 드리는 것이다. 아무튼 이들 내외는 깊은 사랑 가운데서 6년이라는 세월을 말다툼 한 번 하지 않고 조용히 사이좋게 보내었다. 그런데 어느 해 겨울에, 바실리 안드레이치 프스토발로프는 상점에서 뜨거운 차를 한 잔 마시고, 목재가 운반되는 것을 살피러 모자도 쓰지 않은 채 밖에 나갔다가 감기에 걸려 자리에 눕게 되었다. 유명한 의사들을 불러들여 보였지만 조금도 차도가 없더니, 넉 달을 앓던 끝에 죽고 말았다. 올렌카는 다시 외톨이가 된 것이다.

"나를 남겨 놓고 당신만 혼자 어디로 갔단 말인가요?"

그녀는 남편의 장례식을 마치고 이렇게 통곡하였다.

"당신 없이 앞으로 나 혼자 어떻게 살아갈 수 있을까요 당신은 내가 불쌍하지도 않으세요? 이웃사람들이 나를 보살펴 주지만, 나는 이제 고아나 다름이 없어요."

올렌카는 상장(喪章)이 달린 검은 옷을 입고 절대 모자를 쓰거나 장갑을 끼는 일이 없이, 교회나 남편의 묘지에 가는 일 이외에는 밖에 나가지 않았다. 마치 수도원의 수녀와 같은 생활을 하는 것이었다.

그런데 남편이 죽은 지 6개월이 지나자, 그녀는 상복을 벗어버리고 무겁게 닫혀 있던 들창 덧문을 열어 놓았다. 그리고 주위의 사람들은 아침이면 때때로 식모를 데리고 장에 가는 그녀의 모습을 볼 수 있었다. 그러나 그녀가 집안에서 어떻게 나날을 보내고 있는지, 또 어떤 일이 생겼는지에 대해서는 다만 추측을 해볼 뿐이었다. 그리하여 그녀가 뜰 안에서 수의관과 마주앉아 차를 마시고 있다느니, 수의관이 그녀에게 신문을 읽어 주는 것을 누가 보았다느니 수군거리는 것이었다. 그도 그럴 것이 그녀가 우체국에서 어떤 친구를 만나 이렇게 말하더라는 것이다.

"이 고장에서는 가축 관리가 제대로 되어 있지 않아요. 여러 가지 병이 잘 생기는 것도 그 때문이지요. 우리는 우유에서 병을 얻기도 하고, 무서운 병이 말이나 소에게서 사람에게 옮겨 간다는 것을 알아야 해요. 그러니 사람의 건강에 못지않게 가축의 건강도 잘 돌봐야 해요."

그녀는 수의관의 견해를 그대로 남에게 이야기하는 것이다. 그뿐만 아니라 그녀는 벌써 무슨 일에 대해서나 수의관과 똑같은 의견을 갖게 되었다. 그녀는 실로 사랑하지 않고

서는 단 1년이라도 견디질 못하는 여자임에 분명하였다. 그리하여 그녀는 자기 집 건넌방에서 새로운 행복을 찾아내었던 것이다. 만일 다른 여자라면 남들로부터 손가락질도 받았을 터이지만 올렌카에 대해서만은 아무도 나쁘게 생각하려고 들지 않았다. 그것이 그녀에게는 너무나 당연한 일이라고 생각되었기 때문이다. 그녀와 수의관은 자기들의 관계를 아무에게도 알리지 않으려고 하였으나, 그것은 불가능한 일이었다. 올렌카는 비밀을 가질 수 없는 여자였던 것이다. 연대에 함께 근무하는 수의관의 친구들이 간혹 놀러 오면, 그녀는 차를 대접하기도 하고, 때로는 밤참을 차려내기도 하였다. 그런 자리에서 그녀는 페스트와 결핵과 같은 가축의 질병이나, 도시의 도살장 문제에 대하여 곧잘 이야기를 꺼내어, 수의관의 입장을 난처하게 만들곤 하였다. 그리하여 손님들이 돌아가면 수의관은 그녀의 손을 잡고 나무라는 것이었다.

"잘 알지도 못하는 그런 이야기는 입 밖에 내지 말라고 하지 않았소! 우리 수의끼리 이야기를 할 때는 제발 말참견을 하지 말아요. 내 꼴이 어떻게 되겠소!"

올렌카는 한편 놀랍고 한편으로는 불안한 얼굴을 하고 그를 쳐다보며 이렇게 되묻는 것이었다.

"그럼 난 무슨 말을 해야 해요?"

그녀는 눈물이 글썽하여 수의관을 껴안으며 화내지 말라고 애원하는 것이었다. 두 사람은 행복하였다.

그러나 그 행복도 오래 가지는 못하였다. 연대가 딴 곳으로 이동되었던 것이다. 시베리아와 같이 먼 곳은 아니지만 아무튼 상당히 먼 곳으로 이동하게 되어, 그녀의 곁을 떠나가 버린 것이다. 그리하여 올렌카는 다시 혼자가 되었다. 이제 그녀는 정말로 외톨이가 된 것이다. 아버지는 이미 오래 전에 세상을 떠났다. 그가 앉아 있던 의자는 다리가 부러져 지붕 밑 창고 속에 들어가 먼지를 먹고 있었다. 이제는 행복했던 그녀의 얼굴도 상당히 여위어 매력이 없어졌다. 그녀가 젊고 아름답던 시절은 이미 지나가버린 것이다. 그리하여 이젠 행복이란 꿈도 꿀 수 없는 울적한 생활이 시작된 것이다. 해질 무렵이 되면 그녀는 현관 층계에 나가 우두커니 앉아 있었다. 야외극장에서 음악소리와 폭죽이 터지는 소리가 옛날이나 다름없이 들려왔지만 아무런 감흥도 일어나지 않았다. 그녀는 아무런 생각 없이 그리고 아무런 욕망 없이 텅 빈 정원을 우두커니 바라보고 있을 뿐이었다. 이윽고 밤이 깊어지면 잠자리에 누워 폐허나 다름없는 자기 집 정원을 꿈속에서 다시 보는 것이었다. 음식도 먹는 둥 마는 둥 하였다.

그런데 그녀에게 가장 큰 불행은 무슨 일에 대해서나 자기 의견을 가질 수 없게 된 것이었다. 물론 주위에 있는 사물이 그녀의 눈에 띄었으며, 주위에서 일어난 일을 알고 있었지만, 그러한 일에 대하여 아무런 견해도 가질 수 없었다. 따라서 무슨 이야기를 해야 할지 알 수 없었다. 이처럼 자기의 의견을 가질 수 없다는 것이 그녀로서는 얼마나 무서운 일이었는지 모른다. 예컨대 병이 놓여 있거나, 비가 오거나, 농부가 달구지를 타고 가거나 하는 것만 보더라도, 대체 무엇 때문에 있는 병이고, 무엇 때문에 오는 비며, 또 무엇을 하러 가는 농부인지 그녀로서는 화제에 올릴 수 없었다. 아마 그녀에게 천 루불을 줄 터이니 말해보라고 하여도 입을 열지 못하였을 것이다. 그러나 일찍이 그녀가 쿠우킨이나, 프스토발노프나, 그리고 수의관과 함께 지낼 때에는 그렇지 않았다. 그때에는 모든 일에 대하여 그럴듯한 자기의 의견을 말할 수 있었다. 그러나 지금 그녀의 머릿속이나 가슴속은 자기 집 정원처럼 공허하기만 하였다. 그것은 소름이 끼치도록 무섭고 괴로운 일이었다.

시가지는 점점 사방으로 뻗어나가, 츠이간스카야 슬로보드카도 이제는 큰 거리가 되었다. 치볼리 극장과 목재상이 있던 자리에는 큰 집들이 늘어서고, 골목길이 이리저리 나 있었다. 빠른 것은 세월이었다. 올렌카의 집은 연기에 그을고 지붕은 녹이 슬었으며, 창고는 한쪽이 기울어지고, 정원에는 잡초와 가시나무가 무성하였다. 올렌카의 얼굴에도 주름이 많이 늘어갔다. 여름이면 그녀는 허전한 마음을 달랠길이 없어, 층계에 나와 멍하니 앉아 있고, 겨울이면 들창가에 앉아 눈이 내리는 광경을 바라보고 있었다. 이윽고 교회의 종소리가 훈훈한 봄바람을 타고 들려오면, 그녀는 별안간 지난날의 추억들이 일시에 되살아나 가슴이 찢기는 것 같았다. 그러면 어느새 눈물이 주르르 흘러내리는 것이었다. 그러나 그 눈물도 오래가지는 않았다. 무엇 때문에 사는지 알수 없는 공허감이 눈물 자국을 메우기 때문이었다. 브리스카라는 검정고양이가 때때로 그녀의 곁에 와서 야옹거리며 재롱을 부렸으나, 결코 그녀의 마음을 움직일 수는 없었다. 그녀에게 고양이의 재롱 따위가 무슨 소용이 있겠는가? 그녀에게 필요한 것은 사랑, 즉 자기의 모든 존재, 자기 이성과 영혼을 독점하고 생각할 수 있는 힘과 생활의 의미를 제시해주어 식어가는 피를 다시금 끓어오르게 해주는 사랑이 필요했던 것이다. 그녀는 옷깃에 매달리는 고양이를 떠밀어내며 짜증을 내었다.

"저리 가! 귀찮아!"

그녀는 날마다 아무런 기쁨을 느끼지 못하고, 아무런 주견도 없이 세월만 헛되이 보내고 있었다. 살림은 식모에게 맡겨버렸다.

무더운 6월의 어느 날 저물녘이었다. 교외로 나간 가축들이 집안을 온통 먼지를 뒤집어씌우며 지나갈 무렵, 뜻밖에도 대문을 두드리는 사람이 있었다. 그녀는 나가서 문을 열고 밖을 내다보다 기절할 뻔하였다. 문밖에는 이미 머리가 희끗희끗한 수의관이 평복 차림을 하고 서 있었던 것이다. 그러자 그녀에게 잊혀진 모든 지난날이 불현듯 되살아나 그녀는 어쩔 줄 몰랐다. 그리하여 한마디 말도 입 밖에 내지 못하고, 그녀는 그의 가슴에 머리를 파묻은 채 흐느껴 울었다. 그녀는 너무나 흥분하여 두 사람이 어떻게 집안에 들어오고 또 어떻게 차를 마시러 식탁에 마주앉았는지 알 수 없었다.

"아, 당신이 오셨구려!"

그녀는 기쁨에 떨리는 목소리로 속삭이듯 말하였다.

"어디 가 계시다가 이렇게 찾아오셨어요?"

"이제 아주 이 고장에 와서 살기로 했어요."

수의관이 말하였다.

"군대에서 나와 이제 내 마음껏 일을 하여 생활의 토대를 잡을 생각이오. 아들놈도 학교에 입학시킬 때가 되었구요

인제 그 녀석도 꽤 자랐어요. 나는……. 알고 있는지 모르겠지만 내 아내와 화해를 했어요."

"그럼 부인은 어디 계셔요?"

하고 올렌카가 물었다.

"아이와 함께 여관에 있어요. 지금 셋방을 구하러 다니는 길이지요."

"셋방이라니, 그게 무슨 말씀이세요. 우리 집에 와 함께 계시면 되지 않아요. 마음에 안 드세요?"

올렌카는 다시 흥분하여 눈물을 흘렸다.

"이 방을 쓰도록 하세요. 내가 건넌방을 쓸 테니까요. 그렇게 하세요. 네!"

이튿날 지붕에는 페인트를 칠하고 벽도 희게 새로 칠하였다. 올렌카는 가슴을 펴고 두 손을 허리에 얹고서, 집안을 돌아다니며 일을 감독하였다. 얼굴에는 전과 같은 미소가 다시금 떠올랐다. 그녀는 마치 오랜 잠에서 깨어난 것처럼 전신에 활기가 넘치는 것 같았다.

수의관과 부인이 아들과 함께 이사를 왔다. 부인은 잘생기지 못한 얼굴에 머리를 짧게 기르고, 몸집이 여위었으며, 성미가 까탈스러워 보였다. 아들 사샤는 열 살 난 아이치고는 키가 작고 뚱뚱한 편이며, 파란 눈동자에 오목이 파인 보조개를 달고 있었다. 아이는 뜰 안에 들어서자 고양이를 쫓아가더니, 명랑한 웃음이 섞인 말로 물었다.

"이거 아주머니네 고양이지요? 새끼 낳으면 우리에게도 하나만 주세요. 네? 어머니는 쥐를 제일 싫어하니까요."

올렌카는 사샤에게 차를 따라 주며 이야기를 하고 있으면, 가슴이 훈훈해져 왔다. 그리하여 아이가 친자식처럼 귀엽게 보이는 것이었다. 저녁에 사샤가 책상에 마주앉아 공부를 하고 있으면, 그녀는 기분이 흐뭇하여 그윽하게 바라보면서 이렇게 중얼거렸다.

"귀엽기도 하지……. 어쩌면 어린 것이 저렇게 영리하고 얌전하담!"

"섬은 바다로 사면이 둘러싸인 육지의 한 부분이고……."
하고 사샤는 큰소리로 책을 읽어 내려가면,

"섬은 바다로 사면이 둘러싸인……."
하고 올렌카도 받아 읽는 것이었다.

이것이 그녀가 과거 여러 해 동안 자기 주견이라고는 통 모르고 살아오다가, 처음으로 입 밖에 낸 의견이었다. 이제 비로소 그녀는 자기의 의견을 갖게 된 것이다. 그녀는 밤참을 들 때, 사샤의 부모들과 이야기 끝에, 중학교 과목은 아이들에게 어렵기는 하지만, 기초적인 고전들을 가르치므로 실업교육을 받게 하는 것보다는 장래를 위해 더 낫다고 말하였다. 다시 말해 중학을 마치면 의사나 기사, 그 밖에 자기 뜻대로 앞길을 개척할 수 있는 길이 트인다는 것이었다.

사샤는 중학교에 입학하였다. 그의 어머니는 하리코프의 언니네 집에 가서 아직 돌아오지 않았으며, 아버지는 날마다 가축을 검사하러 출장을 가, 때로는 2, 3일씩 묵고 오기도 하였다. 그렇게 되고 보니 사샤는 자기 집의 주인 같은 존재가 되어 있었다. 올렌카는 이러다가는 사샤가 굶게 되지는 않을까 걱정이 되었다. 그리하여 그녀는 아이를 데려다가 자기가 거처하는 건넌방에 붙은 조그마한 방 하나를 내어주었다.

사샤가 올렌카에게 와서 얹혀 산지도 벌써 반년이 더 되었다. 그녀는 아침마다 아이의 방에 들어가 보았다. 사샤는 한쪽 뺨 밑에 손바닥을 받치고 깊이 잠들어 있었다. 그녀는 아이를 깨우는 것이 가엾어, 언제나 망설였다.

"얘, 사샤야!"

그녀는 애처롭게 아이를 불렀다.

"이제 그만 일어나거라. 학교에 갈 시간이 되었다!"

그러면 사샤는 자리에서 일어나 옷을 갈아입고, 아침 기도를 드린 뒤, 차 석 잔과 커다란 도넛 두 개와 버터를 바른 빵을 조반으로 먹었다. 잠이 미처 깨지 않아, 흔히 시큰둥한 표정을 하고 먹는 것이었다.

"사샤야, 너 학교에서 배운 그 우화를 잘 외우지 못했구나!"

그녀는 마치 아이를 어느 먼 곳으로 떠나보내기라도 하는 것처럼 조심스레 타일렀다.

"나는 언제나 네 공부가 걱정이 된다. 공부 잘하고……. 선생님 말씀도 잘 들어야 해. 알겠지?"

"그 실없는 소리 그만해요!"

사샤는 이렇게 쏘아붙이는 것이었다.

이윽고 아이가 자기 머리보다 더 큰 모자를 쓰고 책가방을 둘러메고 한길로 나와 학교 쪽으로 향하면, 그녀도 그 뒤를 따라나서는 것이었다.

"사샤야!"

그녀는 뒤에서 아이를 불러 세워 놓고는 대추나 캐러멜 같은 것을 손에 쥐어 주기도 하였다. 학교가 가까이 보이는 골목길로 접어들게 되면, 사샤는 커다란 여자가 쫓아오는 것이 창피하여 뒤를 돌아보고 말하였다.

"아주머니, 이제 그만 돌아가세요, 저 혼자도 갈 수 있어요"

그러면 그녀는 그 자리에 멈춰 서서, 아이가 학교 문에 들어설 때까지 물끄러미 바라보는 것이었다. 소년에 대한 그녀의 사랑은 끔찍하였다. 그러나 그것을 아는 사람은 없었다. 그녀는 전에 사랑한 어느 사람에게도 그처럼 깊은 사랑을 쏟은 적이 없었다. 그녀의 모성애는 날이 갈수록 뜨겁게 불타올라 헌신적이고 순결하며, 자기에게 희열을 안겨 주는 동시에, 자기 영혼을 완전히 독점해 버리는 것이었다. 자기와는 전혀 핏줄이 닿지 않은 이 소년에게 – 두 볼의 오목한 보조개에, 그 커다란 학생 모자에, 눈물과 기쁨으로써 자기 평생을 능히 바칠 수 있었다. 그 까닭을 누가 밝힐 수 있으랴!

그녀는 사샤를 학교에 바래다주고 나서, 흐뭇하고 평화로운 마음으로 천천히 집으로 돌아왔다. 그녀는 이 반년 동안에 한결 젊어보였고 얼굴에서는 밝은 미소가 떠나지 않았다. 그리하여 길에서 만나는 사람마다 그녀에게 옛날과 같은 친밀감을 느끼며, 다시 말을 걸어오기 시작하였다.

"안녕하세요. 올렌카! 요새는 어떻게 지내세요?"

"이즈음 중학교 교과서가 꽤 어려워졌더군요"

그녀는 시장에서 이렇게 이야기의 서두를 꺼내었다.

"아 글쎄, 어제는 1학년 아이들에게 '우화를 암송해 오너라.', '라틴어를 번역해 오너라.', '수학문제를 풀어가지고 오너라.' 하고 숙제를 잔뜩 안겨 놓으니 그게 어디 당한 일인가요. 아직 어린것들에게 부담이 너무 과하지 뭐예요. 그렇지 않아요?"

이어서 그녀는 교사들과 학과와 교과내용에 대하여 사샤에게 들은 이야기를 그대로 늘어놓기 시작하였다.

그녀는 세 시에 점심을 먹고, 저녁마다 사샤와 함께 예습을 하기에 진땀을 뺐다. 사샤가 잠자리에 들면 그녀는 몇 번이나 성호를 긋고 입속으로 조용히 기도를 올리는 것이었다. 그런 연후에야 그녀도 잠자리에 누워 사샤가 대학을 마치고, 의사나 기사가 되어 마구간과 마차까지 있는 커다란 저택에 살며, 결혼하여 자식을 낳고⋯⋯. 이렇게 먼 미래에 대한 환상을 꿈꾸는 것이었다. 두 눈을 지긋하게 감고 그런 공상을 하고 있노라면, 뺨에서는 눈물이 하염없이 흘러내렸다. 겨드랑 밑에서는 고양이가 쿨쿨 자고 있었다.

하루는 밤중에 별안간 누군가 대문을 두드리는 소리가 났다. 겁결에 벌떡 자리에서 일어났다. 숨이 콱 막히면서 심장이 두근거렸다. 한참 있다가 또 대문을 두드리는 소리가 들려왔다.

'하리코프에서 전보가 왔나보다⋯⋯.'

그녀는 덜덜 떨면서 이렇게 생각하였다. '사샤의 어머니가 아이를 하리코프로 보내달라고 전보 쳤나봐⋯⋯. 아⋯⋯.

이 일을 어쩌면 좋아!'

그녀는 크게 실망하여 머리와 손발이 얼음장처럼 얼어들기 시작하였다. 그리고 세상에서 자기보다 더 불행한 여자는 없는 것 같았다.

이윽고 사람의 목소리가 들려왔다. 수의사가 클럽에서 돌아온 것이다.

"아이 고마워라!"

그녀는 길게 한숨을 내쉬었다. 가슴속에 엉겨 있던 무서운 쇠뭉치 같은 것이 차차 녹기 시작하면서 다시 후련해졌다. 그녀는 옆방에 깊이 잠든 사샤를 생각하면서 잠자리에 누웠다. 가끔 아이의 잠꼬대 소리가 들려왔다.

"싫어! 그만 저리가. 날 때리지 말아!"

환희

환희

    자정, 미챠 쿨다로프는 흥분한 나머지 머리를 온통 헝클어 뜨린 채로 양친이 살고 있는 집에 뛰어들었다. 미챠는 이 방 저 방을 성급히 왔다 갔다 하였다. 양친은 이미 잠자리에 든 후였다. 여동생은 잠자리에 누워 소설의 마지막 장면을 읽는 중이었고, 중학생인 동생들은 이미 깊이 잠들어 있었다.

    "아니, 너 어디서 오는 거냐?"

    양친은 깜짝 놀라 물었다.

    "대체 어떻게 된 일이냐?"

    "잠자코 계셔요. 전혀 예기치 않았던 일이어요. 아니, 생각조차 못했어요! 정말, 정말이지…… 믿어지지 않네요."

미챠는 너털웃음을 터뜨리며 안락의자에 털썩 주저앉았다. 너무나 행복하여 서 있을 기력도 없었다.

"정말 믿어지지 않아요! 아무도 상상조차 못할 거예요. 자, 무슨 일인지 맞춰 보세요!"

여동생은 잠자리에서 벌떡 일어나 오빠 곁으로 바싹 다가왔다. 중학생들도 눈을 부비며 잠에서 깨어났다.

"도대체 무슨 일이야? 네 얼굴 좀 봐라!"

"하도 기뻐서 그래요. 어머니! 지금쯤은 저를 온 러시아가 다 알거예요! 온 러시아 말이죠. 지금까지는 14등관인 드미트리 쿨다로프가 이 세상에 살고 있다는 것을 여러분들 밖에 몰랐지요. 그러나 이제는 온 러시아가 다 알게 된 거예요. 아, 어머니, 아, 주여!"

미챠는 자리에서 벌떡 일어나 이 방 저 방으로 한 바퀴 뛰어다니고는, 다시 제자리에 털썩 앉았다.

"어서 차근차근 이야기를 좀 해봐! 도대체 무슨 일이 일어난 거냐?"

"우리 식구들은 마치 짐승 같은 생활을 하고 있군요. 신문도 읽지 않다니, 세상이 어떻게 돌아가는지 아랑곳하지 않다니. 신문 좀 보세요. 조사한 기자들이 얼마나 많은지! 일이 일어나기가 무섭게 당장에 보도된단 말이죠. 그러니 숨길래야 숨길 수도 없어요. 아, 나는 정말 행복해! 오, 주여! 글쎄 내가 신문에 났단 말이죠! 유명한 사람이 아니고서야 어찌 신문에 나겠어요!"

"뭐 신문에? 네가? 어느 신문이냐?"

아버지의 얼굴이 붉으락푸르락하였다. 어머니는 성상(聖像)을 바라보며 성호를 그었다. 그리고 중학생들은 침대에서 뛰쳐나와 잠옷 바람으로 형한테 달려왔다.

"그럼요. 나에 대해 썼단 말이죠! 이젠 절 온 러시아 사람들이 다 알거예요! 자, 어머니 이 신문을 기념으로 드릴 테니 잘 두었다가 때때로 꺼내 읽도록 하세요. 자, 보세요!"

미챠는 호주머니에서 신문 한 장을 꺼내어 아버지에게 드렸다. 그리고 손가락으로 파란 연필로 표시한 부분을 가리켰다.

"어서 읽어 보시죠!"

아버지는 돋보기를 코에 걸쳤다.

"어서 읽으세요!"

어머니는 다시 성상을 향해 성호를 그었다. 아버지는 헛기침을 한 번 하시고는 신문을 내려 읽기 시작했다.

'십이월 이십칠일 밤 열한 시, 14등관 드미트리 쿨다로프는……'

"자, 분명히 보이시죠? 그럼 다음을 읽어 보세요."

'……14등관 드미트리 쿨다로프는 말리야 브론아야거리의 코시힌 주점을 나오던 중 몹시 술에 취해 있었으므로… ….'

"그때 저는 세묘 페트로비치하고 함께 있었어요……. 아주 자세히도 썼더군요! 다음을 읽어 보세요! 어서요! 잘 들어 보세요……."

'술에 취해 있었으므로, 비틀거리다 옆에 서 있던 유흐노프스키군 두르이끼나촌에 사는 농부 이반 드로토르의 말 밑에 쓰러졌다. 그러자 놀란 말이 쿨다로프를 마구 짓밟고는, 모스크바의 2등 상인 스체판 루코프를 태운 마차를 끌고 달아났다. 쿨다로프는 곧 경찰서로 이송되어 의사의 진찰을 받았다. 그가 머리 뒤통수에 받은 타격은…….'

"아버지, 그건 마차의 채에 부딪친 걸 말하는 거예요. 어서 다음을! 다음을 읽으세요!"

'그가 뒤통수에 받은 타격은 가벼운 편이었으나, 사건에 대한 조서를 작성하고 피해자에게는 응급치료를 하였다…….'

"그때 모두들 뒤통수에 찬물을 끼얹으라고 하더군요. 자, 읽으셨지요? 어때요? 바로 이쯤 되었단 말예요. 아마도 지금쯤은 러시아 방방곡곡에 내 소문이 퍼졌을 거예요. 이리 주세요!"

미챠는 신문을 접어서 도로 호주머니 속에 넣었다.

"마카로브네 집에 가서 보여 줘야겠어요 ……그리고 이 바느츠키와 나탈리야 이바노브나와 또 아니심 바실리이치에 게도 보여 줘야죠. ……그럼 다녀오겠어요. 그럼 안녕."

미챠는 모표가 달린 모자를 쓰고는, 의기양양하여 어깨를 으스대며 거리로 뛰쳐나갔다.

여자의 행복

여자의 행복

육군 중장 자프피린의 장례식 날, 장송곡과 구령소리가 뒤섞여 들려오는 고인의 집 앞으로 영구가 나가는 것을 보기 위해 군중들이 모여들었다. 늦지 않게 때맞춰 보려는 무리들 속에 관공리 프로브킨과 스비스트코프도 있었다. 두 사람은 각각 아내를 동반하고 있었다.

"안 됩니다!"

그들이 경계선에 당도했을 때, 저지한 것은 선량한 얼굴을 한 이 관내 경찰서 부서장이었다.

"안 됩니다. 비켜서시오! 남자분들은 안 돼요. 뒤로 물러나시오! 부인들은 통과해도 좋습니다! 그렇지만 남자분들은 뒤로……"

프로브킨과 스비스트코프의 아내들은 부서장의 뜻하지 않은 친절로 경계선 안으로 들어갔지만, 그 남편들은 경계선 이쪽에 남아 경비원이나 기마대들의 뒤통수나 구경하게 되었다.

"용케도 비집고 들어갔군!"

하고 프로브킨은 자못 부러운 듯, 어린이 같은 얼굴로 멀리 사라져가는 부인들을 바라보며 말하였다.

"응, 치맛바람이 대단한 걸. 남자들에게는 도무지 그런 특권이 오질 않아. 대체 뭣 때문에 여자에게만 특별대우를 하는 거야? 여자란 소견머리 좁은 속물 아닌가? 그런데 여자들에게만 선심을 쓰다니. 아무리 말단 공무원이래도 그렇지, 이럴 수 있나."

"거, 쓸데없는 소리 작작해요!"

하고 부서장은 프로브킨에게 눈을 흘기며 말하였다.

"당신네들을 섣불리 통과시키면 서로 떠밀며 소란만 피울 게 분명하니 안 돼요. 부인들은 성품이 온순해서 그런 폐단은 없거든요!"

"그런 변명일랑 그만 둬요!"

하고 프로브킨은 화를 내었다.

"사람들이 붐빌 때, 떠미는 건 으레 여자야. 남자들은 점잖게 서서 구경이나 하지만 여자들이야 어디 그런가. 모처럼 입고 나온 새 옷이 구겨질까봐 두 팔을 벌리거나 남을 떠밀기도 한단 말이지. 아무튼 세상은 공정하지 못해. 운명의 여신은 언제나 여자편이야. 여자는 군대에도 안 가고 무도회에도 무료입장할 수 있고, 체형(體刑)도 면제되고……. 대체 무슨 공로를 세운 거야? 여자가 손수건을 떨어뜨리면 남자들은 곧 주워줘야 하고, 여자가 방에 들어오면 남자들은 곧 일어나 자리를 내어줘야 해. 여자가 밖에 나가면 전송해 줘야 하지. 이를테면 관직만 해도 그래! 오등관만 되려고 해도 나나 자네나, 한평생 진땀을 흘려야해. 그런데 여자들은 30분이면 오등관과 결혼할 수도 있거든. 그럼 그만인 거야. 내가 공작이나 백작이 되려면 세계정복을 하거나, 시프카(코카서스의 한 산봉우리)를 빼앗거나, 장관이 되어야 하는데, 실례지만, 저 와일레니카나 카체니카와 같은 여자들은 아직 입술에 젖내도 가시기 전에, 백작 앞에서 치맛바람을 한번 멋지게 날리거나, 눈짓 하나만으로 금세 각하의 부인이 되거든. ……자네는 지금 현의 서기관이지만, 이 관직은 자네가 피와 땀으로 얻은 걸세. 그러나 자네 마누라 마리야 포미나시를 보게. 무슨 공을 세워 서기관 부인이 되었나? 농부의 딸

이 하루아침에 관공리의 부인으로 승격을 한 걸세. 관공리의 부인이면 그만 아니야. 자네 부인에게 우리가 하는 일을 시켜 보면, 부인은 아마 자네를 위해 수신(受信)을 발신부(發信簿)에 적어 넣을껄."

"대신 여자야 자식을 낳느라고 수고를 하지 않나."

하고 스비스트코프는 말하였다.

"물론 수고가 많지. 그렇지만 그 여자를 화가 치민 상관 앞에 세워 놓을 생각을 한번 해보게. 그까짓 자식 낳는 것쯤은 약과 아닌가. 그런데도 여자에게는 어디에서나 특권이 주어진단 말이지. 우리와 같은 계급의 처녀든 부인이든, 자네라면 국장 앞에서도 할 수 없는 말들을 장군에게도 서슴지 않지. 암 하구말구. ……자네 마누라는 얼마든지 오등관과 팔을 끼고 다닐 수 있어. 하지만 자네가 오등관과 팔을 끼고 다녀 보게. 얼마나 볼썽사납겠나! 한번 해보게! 우리 집 바로 아래, 어느 대학 교수가 살고 있지. ……그는 안나 일등 훈장을 갖고 있으니 장성급이야. 그런데도 언제나 마누라에게 '바보! 바보!'라고 욕을 먹는다네. 그 마누라로 말하자면 하찮은 상인의 딸로, 보잘 것 없는데도 그런 취급을 받는단 말이네. 그래도 법적으로는 정식 마누라이니 할 수 없지. 자고로 마누라들이란 남편에게 욕설을 퍼붓는 존재들이니까.

그런데 정식 마누라도 못되는 첩들까지 그래. 그년들도 마찬가지로 짓까불거든.

　나한테는 곧 죽어도 잊을 수 없는 일이 하나 있네. 그때 부모님의 기도로 간신히 진정시켰지. 작년에 일어난 일인데, 아마 자네도 기억할 걸세. 우리 장관 각하가 휴가차 시골집에 갈 때, 나는 공보 담당자로 수행했지. ……일이라야 뭐 별것 아니었네. 한 시간이면 다 해치울 수 있었으니까. 일이 끝나면 숲 속으로 산책을 가거나 하인의 방으로 로맨스라도 들으러 가곤 했지. 각하는 독신이었어. 워낙 부자라 하인들은 우글거렸지만, 마누라가 없었으니 모두들 제멋대로였지. 버릇들이 어찌나 고약한지 사람 말을 들어 먹어야지……. 그런데 이 하인남자들을 부리는 것이 가정부로 있는 베에라니키치시나라는 시골 여자였어. 이 여자가 차도 끓이게 하고, 식사 준비도 시키고, 하인들에게 호통을 치는 판이었지. 그런데 이 여자 말일세, 뚱뚱하고 못생기기만 한 게 아니라 그 눈이 마치 사나운 악마와 같았어. 그 비곗덩어리가 시뻘건 얼굴을 하고 쉰 목으로 줄곧 고함을 치기 시작하면 성상을 들이밀어도 막무가내였지. 아무튼 그 쉰 소리처럼 듣기 싫은 건 없었네. 이 여자 때문에 맑은 하늘도 흐려 보일 정도였지. 하인들뿐만 아니라 나한테도 그년이 트집을 걸었으니까. 그래 나는 생각다 못해 '적당한 기회에 저년의 잘못을 각하에게 다 고해바칠 테다. 각하는 하는 일에 몰려, 저년이 부리는 속임수건, 하인들을 들볶아대건, 미처 모르고 있지만 이제 두고 봐라, 내가 각하의 눈을 트여 드릴 테다.' 이리하여 나는 그 눈을 트여 드렸지. 그런데 여기까지는 좋았어. 하지만 결과적으로 그 눈은 영원히 감겼네. 지금 돌이켜봐도 몸서리가 쳐져. 그도 그럴 것이, 내가 복도를 걷고 있었네. 그런데 갑자기 그 찢어지는 볼멘소리가 들려오는 거야. 처음에 나는 돼지라도 잡는가했네. 잘 듣고 보니, 그년이 어떤 사람과 옥신각신하고 있지 않겠나. '이놈아, 이 마귀 들린 놈아!' 하고 욕설을 마구 퍼붓지 뭔가. 나는 누구더러 저렇게 욕바가지를 퍼붓나 했지. 그런데 갑자기 문이 열려 들여다보니 얼굴이 벌겋게 상기된 각하가 눈을 뒤룩거리며 마치 마귀가 쓰다듬은 것 같은 머리를 하고 뛰쳐나오지 뭔가. 그리고 그년이, 그 빌어먹을 잡년이 뒤쫓아 오는 걸세."

"거짓말 말게!"

"뭣 하나 거짓 없는 사실일세. 나는 정말이지 화가 치밀었지. 다른 녀석들은 모두 자기 방에 처박혀버렸지만, 나는 복도에 멍하니 서 있었어. 학교라고는 문턱에도 가보지도 못한 농사군의 딸이요, 식모요, 천민에 불과한 그년이! 그년이 감히 이런 행패를 부리다니! 필경 각하가 그년을 내보내려고 하니, 아무도 없는 틈을 타 각하에게 한방 먹여준 것이 분명하다고 생각했지. 어차피 내쫓길 것 같으니 한 대 안겨 주고 나가려는 배짱 아니겠나! 나는 화가 머리끝까지 치밀어, 그년의 방에 쫓아가서 쏘아붙였네. '이 버르장머리 없는 년! 누구 앞이라고 네년이 감히! 그분이 늙은이라 힘을 못 쓸 것 같아 보여, 그래 아무도 없는 틈을 타서 멋대로 노는 게냐?' 이렇게 쏘아붙이고는 바로 그년의 그 기름기가 뒤룩뒤룩한 뺨을 두 번이나 후려갈겼지. 그러자 그년은 귀신도 무서워 도망칠 정도로 크게 고함을 지르는 게 아닌가! 나는 귀를 막고 숲 속으로 도망쳤어. 두어 시간 후에 하인이 데리러 왔네. '각하가 부르신다.'는 거야. 나는 각하를 뵈러 갔지. 각하는 칠면조처럼 찌푸린 얼굴로 의자에 앉아서, 나를 거들떠보지도 않았네. 한참 있다가 각하는 '자네, 우리 집에서 그따위로 행동을 하다니!' 하고 다짜고짜 나무라더군. 그래 나는 대답했네.

'무슨 말씀이신가요? 만일 그 니게치시나의 일을 두고 하시는 말씀이라면, 저는 다만 각하의 편을 든 것 밖에 없습니다.'

그러자 각하는,

'남의 가정 일에 참견하는 것은 자네 일이 아닐세!'

하지 않겠나. 알아듣겠나, 남의 가정이라고 분명히 말했네. 이어서 각하의 불호령이 떨어졌어. 나는 숨이 꺼질 지경이었지. 이러니저러니 마구 윽박지르는 게 아닌가. 나는 별안간 '으핫핫핫하!' 하고 웃음을 터뜨리고 말았네. 그러자 각하는 약간 누그러들더군 그래.

'하긴 자네가 용케 그런 일을 했네! 그래, 그만한 용기는 쉽지 않아. 나는 깜짝 놀랐네. 허나 이 일만은 비밀로 해주게. ……자네 심정은 나도 알아. 그러나 자네를 우리 가정에 더는 머물게 할 수는 없네……'

각하의 눈에는 내가 그년을 한바탕 골려 준 것이 무척 놀라운 일이었던 것이네. 여자를 보는 눈이 완전히 마비된 거야! 삼등관으로, 흰 독수리(훈장의 이름)까지 갖고 있을 뿐만 아니라, 자기 위에 상관까지 없는 그가 여자 앞에서는 벙어리나 마찬가지였어. ……이쯤 되면 여성의 특권은 어마어마하지……. 그러나……. 모자를 벗게! 장군의 영구가 나가네 ……. 대체 훈장이 몇 개나 되나, 이루 헤아릴 수 없군 그래. 그렇다고는 해도 여자들에게 훈장 같은 것이 무슨 값어치나 있겠나?"

악대가 연주를 시작하였다.

우수

우수

이 슬픔을 누구에게 호소할까?

　황혼이다. 커다란 눈송이가 불이 켜진 가로등 옆을 너울거리면서 지붕이며, 모자, 어깨, 발등 위로 떨어져, 얄팍하고 포근한 보료를 이루고 있다. 마부인 요나 포타포프는 전신이 마치 유령처럼 하얗게 변해 있다. 그는 최대한 몸을 굽히고 마부석에 앉아 잠자코 있었다. 설령 그 위에 눈사태가 쏟아지더라도 눈을 털어버릴 필요를 느끼지 않았을 것이다. ……말도 온통 하얬다. 그는 움직이지 않았다. 그 부동의 자세, 변모된 모습, 말뚝처럼 꼿꼿한 다리는 가까이 보아도 1카페이카짜리 설탕과자 밖에 되지 않는 것 같다. 그 말은 어느 모로 보나, 무슨 생각에 잠겨 있는 것처럼 보였다. 하긴 쟁기를 벗어나고, 낯익은 소박한 풍경에서 떠나, 도깨비처럼 번쩍이는 불과 끊임없이 일어나는 소음, 분주히 돌아다니는 사람들 틈바구니 속에 들어왔으니 그럴 수밖에.

요나와 그의 말은 오랫동안 그 자리에서 꼼짝도 하지 않았다. 그들은 점심 전에 숙소에서 나왔지만, 여태 개시도 못하고 있었다. 거리에는 벌써 땅거미가 덮이기 시작하였다. 파리하게 보이던 가로등 불빛은 붉은색으로 반짝이고 거리는 점점 어수선해지고 있었다.

"마부, 보이보르그스카야까지 가세!"

별안간 이런 소리가 요나의 귀를 울렸다.

"마부!"

요나는 몸을 부르르 떨었다. 눈에 덮인 속눈썹 속으로 털외투를 걸친 군인의 모습이 비쳤다.

"보이보르그스카야까지 가요!"

하고 군인은 다시 말하였다.

"아니! 여봐! 졸고 있어! 보이보르그스카야까지 가자니까 그래."

요나는 알아들었다는 듯이 말고삐를 잡아당겼다. 동시에

말의 잔등과 그의 어깨에서 눈 더미가 무너져 내렸다……. 군인이 썰매에 올라탔다. 마부는 쯧쯧 혀를 차고는 백조처럼 몸을 빼고 상반신을 일으키며, 습관처럼 회초리를 흔들었다. 말도 길게 목을 빼고 말뚝처럼 꼿꼿하던 다리를 굽혀 천천히 발길을 옮겨 놓았다…….

"이 자식, 어디로 가는 거야!"

앞뒤로 붐비는 군중들 속에서 이런 고함소리가 터졌다.

"어딜 가! 좀 더 오른쪽으로!"

"여봐! 말도 몰 줄 몰라! 오른쪽으로 가라잖아?"

군인도 화를 버럭 내며 외쳤다.

사륜마차의 마부가 퍼붓는 욕설이었다. 그러자 길을 건너려다가 말 콧등에 어깨를 부딪친 행인이 사나운 눈초리로 요나를 쏘아보며, 소매에 묻은 눈을 털어냈다.

요나는 마부석에서 허둥대며 팔꿈치를 양쪽으로 내밀고 얼빠진 사람처럼 눈만 두리번거리고 있었다. 자기가 지금 어디에 있으며, 또 어찌하여 이런 곳에 들어와 있는지조차 알 수 없다는 표정이었다.

"얼빠진 녀석들 같으니!"

하고 군인은 투덜거렸다.

"말에 부딪치는 자가 없나, 말 밑으로 기어드는 자가 없나, 모두들 같은 족속들이야!"

요나는 손님을 돌아보며 입술을 우물거렸다…… 무어라고 말하고 싶은 모양이었으나, 목구멍에서는 코를 고는 듯한 소리밖에 새어나오지 않았다.

"뭐라고 하는 거야?"

하고 군인은 물었다.

요나는 억지로 히죽이 웃어 보이며, 입을 찡그리고 목구멍에 힘을 주어 쉰 목소리로 말하였다.

"나리……. 저 말씀이에요. 이번 주일에 제 아들놈이 죽었거든요."

"음, ……어쩌다 그리되었나?"

요나는 몸을 손님 쪽으로 돌리며 말하였다.

"그걸 누가 압니까. 아마 열병인가 봐요……. 사흘 동안 병원에 누워 있다가 그만 죽어버렸어요. 모두가 하나님의 뜻이겠지요."

"비켜, 이 병신자식아!"

하고 어둠 속에서 욕설이 들려왔다.

"뭘 꾸물거리고 있어, 늙은 놈이 눈은 뒀다 뭐하는 거야!"

"자 좀 더 빨리 달리시오!"

하고 손님이 재촉하였다.

"이래서는 내일까지도 못 가게 생겼군. 좀 더 세차게 몰아 봐요!"

마부는 또다시 목을 빼고 상반신을 일으키며 이 회초리를 흔들었다. 요나는 여러 번 손님 쪽을 돌아보았지만, 그는 눈을 감은 채 잠자코 앉아 있어 아무리 보아도 자기 사정을 들어줄 것 같지 않았다.

요나는 브이보르그스카야 거리에서 손님을 내려주고 주막집 옆에 말을 멈추고, 마부석에 웅크리고 앉아 꼼짝도 하지 않았다……. 펄펄 내리는 눈송이는 다시금 요나와 말을 하얗게 만들었다. 한 시간, 두 시간……. 시간은 계속 흘러갔다.

이윽고 요란스럽게 덧신을 쿵쾅거리고 고래고래 소리를 지르면서 세 젊은이가 한길을 지나갔다. 두 사람은 키가 후리후리하고, 한 사람은 난쟁이 꼽추였다.

"마부, 경찰교까지 가!"

꼽추가 쇳소리 같은 목청을 뽑았다.

"세 사람 몫으로 20카페이카면 되지?"

요나는 고삐를 잡아당기며 쯧쯧 혀를 찼다. 20카페이카는 너무 싸구려였지만, 그는 값을 따질 처지가 아니었다. ……1루불이건 5카페이카건 지금 그에게는 문제가 될 수 없었다. 다만 손님만 있으면 되는 것이다. 청년들은 떠들썩하게 다가

와 썰매에 올라탔다. 그런데 두 사람은 앉고 한 사람은 서야
했다. 누가 설 것인가에 대하여 세 사람이 한참 옥신각신하
더니, 가장 키가 작은 꼽추가 서게 되었다.

"자 어서 가!"

꼽추가 자리를 잡고 서자, 요나의 뒤통수에 입김을 불어
대며 쇳소리로 외쳤다.

"내리쳐요! 그런데 영감 그 벙거지 참 멋있소! 페체르브르
그를 다 훑어도 그런 벙거지는 없을 거요……."

"히히……. 히히……."

하고 요나는 웃어 보였다.

"내게는 둘도 없는 모자지요……."

"어쨌든 빨리 달리기나 해요! 계속 이렇게 늑장을 부릴
참예요? 목덜미가 근질근질하나보군!"

"아! 머리가 깨지는 것 같군……."

키다리 중의 한 사나이가 말하였다.

"어제 두크마소프의 집에서 바시카와 둘이 코냐크를 네
병이나 들이켰거든."

"거짓말 말아, 누가 곧이들을 줄 알아?"

또 한 사람의 키다리가 볼멘소리로 말하였다.

"거짓말을 해도 분수가 있지……."

"뭐 거짓말이라구? 벼락 맞을 소리 말아."

"차라리 이가 기침을 한다고 하지 그래."

"히……. 히, 히, 히"

하고 요나는 웃었다.

"재미있는 분들이셔!"

"아니 이봐!"

하고 꼽추가 투덜거렸다.

"이 늙은 고릴라야. 말을 달리는 거야? 이게 썰매야? 회초
리를 내려쳐! 이 영감탱이야. 좀 더 빨리 달려 봐!"

요나의 뒤에서 꼽추가 몸통을 비비꼬며 떨리는 음성으로
외치는 소리가 들려왔다. 그는 자기에게 퍼붓는 이런 욕설이
들리거나, 손님들의 몰골을 바라보고 있노라면, 점차 가슴
속에서 고독감이 사라져갔다. 꼽추는 부질없이 떠드는 욕설
에 목이 잠겨 쿨룩쿨룩 기침을 하였고 두 사람의 키다리는
마제쥬다 페트로브나라는 여자에 대하여 이야기를 주고받았
다.

요나는 가끔 그들을 돌아보더니 잠시 말이 뜸한 틈을 타
서 다시 뒤돌아보며 중얼거렸다.

"이번 주일에 말씀이에요……. 제 아들놈이 죽었어요!"

"인간은 모두 죽게 마련이야……."

꼽추는 기침을 하고 나서 입술을 문질러대며 헐떡이는 목소리로 말하였다.

"어서 달려요, 자 달려! 이렇게 늑장을 부린다면 난 견딜 수 없어, 도대체 언제까지 갈 심산이야!"

"영감 좀 더 기운을 내요. 말의 목덜미를 후려갈겨요!"

"아니 이 영감쟁이가 사람의 말을 듣나 먹나? 모가지라도 비틀어야 알겠어…… . 점잔을 빼고 잠자코 있으니까. 이건 뭐 걷는 것보다 나을게 없군 그래…… . 영감, 내 말 듣고 있는 거야? 남의 말을 아주 깔아뭉갤 작정인가?"

요나는 그들이 자기의 뒤통수를 정말 때릴지도 모를 기세인데도 그 욕지거리가 오히려 재미있게 들렸다.

"히, 히, 히…… ."

그는 웃어 보이며 말하였다.

"재미있는 분들이셔…… . 제발 건강들 하슈!"

"여봐! 임자에게도 마누라가 있나?"

하고 키다리 중의 한 사람이 물었다.

"저 말예요? 히, 히, 히…… . 재미있는 분들이셔! 암, 있구 말구요. 무덤 속에 말예요. 히히히…… . 땅속 그 축축한 곳에 말예요! 그리고 아들놈도 죽었어요. 저는 살구요. 이상도 하지요. 염라대왕이 길을 잘못 들었어요…… . 저한테 온다는 게 그만 아들놈한테 갔으니 말예요……."

이어서 요나는 자기 아들이 어떻게 죽었는가를 이야기하려고 뒤돌아보았다. 그러나 이때 꼽추는 안도의 숨을 내쉬며, 겨우 목적지에 닿았다고 하였다. 요나는 20카페이카를 받아 쥐고 나서도, 어두운 한길로 사라져가는 주정뱅이들의 뒤를 한참 동안 바라보고 있었다.

그는 다시 외톨이가 되었다. 다시금 그의 주변에 적막이 감돌고 있었다. ……한때 잠잠했던 우수의 감정이 다시 고개를 들기 시작했다. 그는 불안하고 고통스러운 눈초리로, 수천 명의 군중 가운데서 단 한 사람이라도 그의 이야기에 귀를 기울여 줄 사람이 없을까 하고 오가는 군중 뒤를 이리저리 뒤쫓고 있었다. 그러나 군중들은 그와 그의 우수에 대하여는 아랑곳없다는 듯이 부지런히 스쳐가기만 하였다. ……그의 우수는 한없이 부풀어만 갔다. 만일 그의 가슴을 쪼개어 그 안에 들어 있는 우수를 모조리 몰아낸다면, 온 세상에 넘칠 것만 같았지만 그 우수는 눈에 보이지 않았다. 그것은 대낮에 불빛을 밝히면 볼 수 없는, 그런 하잘 것 없는 껍질 속에 처박힐 수도 있는 그런 것이다.

요나는 가마니를 손에 든 머슴에게 말을 걸어보고 싶어졌다.

"여보게, 지금 몇 시나 됐지?"

하고 그는 사나이에게 물었다.

"아홉 시가 지났소 ……뭐 하러 이런 데서 있는 거요? 어서 가 봐요!"

요나는 몇 걸음 앞으로 나아가, 등을 구부리고 온몸을 우수에 내맡겼다. ……그는 사람들에게 말을 건다는 것이 부질없는 일임을 깨달았다. 5분도 채 되지 않아 그는 상반신을 곧게 세우고 심한 통증이라도 느끼는 듯이 머리를 흔들며 고삐를 잡아당겼다. 그는 더 참을 수 없었다.

'숙소로 돌아가야지' 하고 그는 생각하였다. '숙소로!'

그러자 말도 주인의 심정을 짐작하는지 재빨리 달리기 시작하였다. 한 시간 반쯤 지나 그는 크고 초라한 난롯가에 앉아 있었다. 난롯가에서도, 마루와 벤치 위에서도 사람들이 코를 골고 있었다. 숨이 막히도록 공기가 탁하였다. ……요나는 잠자는 사람들을 둘러보고 몸을 긁적거리며 숙소로 너무 빨리 돌아온 것을 후회하였다.

"보리 값도 못 벌었군."

하고 그는 중얼거렸다.

"그러니 이렇게 마음이 우울할 수밖에. 벌이가 좋은 사람들은 배고픈 줄 모르고 말에게도 먹을 것을 넉넉히 주니 마음이 편한 것은 옳은 이치야……."

한구석에서 젊은 마부 한 사람이 자리에서 일어나 졸린 듯이 무어라고 중얼대며, 물통을 향해 비틀거리며 걸어갔다.

"목이 말라?"

하고 요나는 물었다.

"그래."

"그럼 실컷 마셔……. 그런데 말이야 이 사람아, 내 아들 녀석이 죽었어……. 알아들었나? 이번 주일에 병원에서 말이지……. 세상이란 참!"

요나는 자기 말이 젊은이에게 어떻게 들렸는지 알고 싶었지만 허사였다. 젊은이는 머리에서부터 이불을 푹 뒤집어쓰고 벌써 잠들어 있었던 것이다. 영감은 한숨을 몰아쉬고 몸을 긁적거렸다. ……젊은이가 물을 마시고 싶었던 것처럼 그는 이야기를 하고 싶었던 것이다. 아들이 죽은 지 일주일이나 지났지만, 그는 지금까지 누구에게도 아들 이야기를 못하였다. 남에게 들려주려면 요령 있게 상세히 이야기해야만 할 것이다……. 병에 걸린 원인, 고통을 당한 상태, 죽기 전에 한 말, 죽을 때의 모습 등등을 이야기해야 하고, 장례식의 광경이며, 죽은 아들의 옷을 찾으러 병원에 갔을 때의 일까지 이야기해야 한다.

시골에 있는 딸 아니시야에 대해서도 이야기해야 한다. 그러니 지금 그가 해야 할 이야기는 얼마나 엄청난 분량인가? 이 말을 듣는 사람은 저마다 감동하여 한숨을 쉬며 가슴 아프게 생각할 것이고, 상대편이 여자라면 더욱 그럴 것이다. 여자라면 그녀가 아무리 바보라도, 한두 마디에 벌써 울음을 터뜨릴 것이다.

'말이라도 가서 살펴볼까?' 하고 요나는 생각하였다. '잠은 언제라도 잘 수 있다. ……그리고 얼마든지 잘 수 있다……'

그는 옷을 주워 입고 마구간으로 가며 굴이며, 마른 풀이며, 날씨에 대하여 생각해 보았다……. 혼자 있을 때는 아들 생각을 할 수 없었다. ……말동무가 되어 주는 사람이 있으면 몰라도, 혼자서 아들의 생각을 하고, 그 모습을 눈앞에 그려본다는 것은 견딜 수 없는 고통이기 때문이었다.

"먹고 있어?"

요나는 반짝거리는 말의 눈을 바라보며 물었다.

"자 먹어……. 귀리 값을 못 벌면 마른 풀이라도 뜯어야지……. 그래……. 마차를 끌자니 내가 늙을 수밖에……. 아들놈이 끌어야 할 텐데……. 그 녀석은 참으로 훌륭한 마부였어……. 그 녀석만 살아 있다면……."

요나는 한동안 잠자코 있다가 입을 열었다.

"그렇다……. 쿠지마 요느이치는 이제 이 세상에 없어. 먼 곳으로 떠나갔어……. 보람도 없이 살다가 죽고 말았어……. 말아, 가령 네게 새끼 말이 있고, 넌 그 엄마라고 하자……. 그런데 갑자기 그 새끼 말이 어딘가 먼 곳으로 가버린다면 너는 슬프지 않겠니?"

말은 먹이를 씹었다. 그러면서 주인 이야기에 귀를 기울이는가 하면, 주인의 손에 입김을 불기도 하였다……. 요나는 흥분한 어조로 자기가 당한 모든 일을 말에게 이야기하였다.

아뉴타

아뉴타

의과대학 3학년에 재학 중인 스체판 클로치코프는 가구까지 끼워서 빌려주는 리사본 아파트에 살았다. 그중에서도 제일 집세가 싼 구석진 방에 사는 그는 방안을 이리저리 왔다 갔다 하면서 해부학을 열심히 암송하고 있었다. 클로치코프는 끈기 있게 닥치는 대로 책속의 내용을 머릿속에 넣어버리는 식으로 암기 중이었는데 이제 입안은 바싹 마르고 이마에서는 진땀이 나왔다.

엷은 얼음이 무늬를 이루어 얼어붙은 창가에 있는 의자에는 동거하는 아뉴타가 앉아 있었다. 나이는 스물다섯쯤 되어 보이고, 갈색 머리에 창백한 얼굴, 온순한 회색 눈동자를 가진 몸집이 호리호리하고 작은 여자였다. 그녀는 몸뚱이를 웅크리고 앉아 붉은 실로 남자의 셔츠 깃에 부지런히 수를 놓고 있었다. 복도에 걸려있는 시계가 벌써 오후 네 시를 쳤는데도, 방안은 한껏 어질러져 있었다. 낡고 너저분한 이부자리 하며, 내동댕이쳐진 베개, 지저분하게 흩어진 책과 옷가지들, 비눗물이 넘칠 정도로 터무니없이 큰 대야와 그 구정물에 던져진 담배꽁초, 마룻바닥에 쌓인 먼지들은 일부러 뒤범벅을 만들어 놓은 것 같았다.

"오른쪽 폐는 세 부분으로 나누어져 있다……."

클로치코프는 계속하여 암송해 나갔다.

"그 위치는 상부가 흉곽 안쪽에서 4~5개의 늑골에 걸쳐져 있고, 측면으로는 제 4늑골에 이르며, 후면으로는 척추견갑골로 덮여있다……."

클로치코프는 방금 암송한 내용들을 머릿속으로 애써 되풀이하려고 하며 천장을 바라보았다. 그러나 그는 좀처럼 분명하게 떠오르지 않아 자기의 위쪽 늑골을 더듬어가며 만져보기 시작하였다.

"이 늑골은 피아노의 키와 비슷하니까……."

하고 그는 말을 이었다.

"무슨 일이든 빈틈없이 해 나가려고 한다면, 반드시 익숙해져야 해. 우선 골격의 모양새를 연구한 다음에 실제 살아 있는 사람에게 대조해 보아야 하니까! 아뉴타, 나 실습을 좀 해야겠어."

그러자 아뉴타는 자수를 놓던 셔츠를 두고 재킷을 벗은 다음 허리를 곧게 폈다. 클로치코프는 마주 앉아서 얼굴을 씰룩거리며 여자의 늑골을 더듬기 시작하였다.

"흠, ……제 1늑골은 손에 만져지지 않을 테지……. 그놈은 쇄골 뒤에 있으니까……. 이놈이 바로 제 2늑골이군……. 그리고……. 이것이 제 3늑골이야……. 이것은 제 4……. 흠 ……. 그렇지……. 아니, 도대체 몸은 왜 움츠리는 거야?"

"당신의 그 손가락이 하도 차니까요!"

"그렇다고 죽지는 않아. 몸을 비틀기까지 할 건 없다고 ……. 그러니까 이놈이 제 3늑골이라……. 이놈은 제 4늑골 이고……. 겉보기에는 이렇게 빼빼 말랐어도 늑골은 잘 만 져지지 않는군. 도대체 어느 게 어느 건지 잘 분간이 안 되 는 걸……. 아무래도 줄을 그어 봐야겠어……. 목탄연필이 어디 있더라?"

클로치코프는, 목탄연필을 찾아 아뉴타의 가슴 위 늑골의 위치에 따라 몇 개의 평행선을 그었다.

"이제 됐어. 분명히 알 만하군……. 그럼 이젠 타진을 해도 괜찮겠지. 좀 일어서봐!"

아뉴타는 일어서서 턱을 들어 올렸다. 그러자 클로치코프가 타진을 시작하였다. 그는 타진하는 일에만 정신이 팔려서 추위로 인해 아뉴타의 입술이나 코, 손가락이 새파랗게 질려가는 것을 알지 못하였다. 그녀는 추위에 오들오들 떨면서도, 열심히 줄을 그으며 타진하는 상대방이, 자신이 추위에 떠는 줄을 알면 공부를 중단하지나 않을까 걱정하고 있었다. 그렇게 되면 분명 의사시험을 치르는데 지장이 생길 것이라고 생각하고 있었기 때문이다.

"이제 분명히 알겠어."

클로치코프는 타진을 마치며 말하였다.

"혹여나 목탄이 지워지지 않도록 조신하게 앉아 있어. 난 좀 더 암송을 해야겠어."

클로치코프은 다시 암송을 시작하면서 방안을 이리저리 왔다 갔다 하였다. 가슴팍에 검은 줄이 죽죽 그어진 아뉴타는 추위에 떨며 몸을 한껏 움츠리고 앉았다. 그녀는 생각에 잠겨 있었다. 아뉴타는 말수가 적고, 언제나 생각에 잠겨 있는 것이 버릇이었다.

그녀는 지난 6, 7년 동안, 이 집 저 집을 떠돌아다녔다. 그러는 동안 아뉴타는 클로치코프와 비슷한 학생을 다섯 쯤 상대해왔다. 지금 그들은 모두 대학을 마치고 사회에 나가 활약하고 있다. 그리고 누구나 출세를 하면 그렇듯이, 그들 역시 옛날의 아뉴타는 벌써 잊어버리고 있었다. 한 사람은 파리에 나가 있고, 두 사람은 의사가 되었으며, 네 번째 사람은 화가가 되었고, 다섯 번째 사람은 벌써 대학교수가 되었다는 소문이 돌고 있었다.

아뉴타에게 클로치코프는 여섯 번째 남자였다. 그도 머지않아 의학공부를 마치면 사회로 나가게 될 것이다. 그에게는 찬란한 미래가 기다리고 있었다. 그는 필경 훌륭한 인물이 될 터이지만 지금은 살아가는 꼴이 말이 아니었다. 설탕은 이제 네 덩어리 밖에 남지 않았고 담배와 차는 모두 떨어졌다. 이 삯바느질을 최대한 빨리 끝내어 단골집에 갖다 주면 삯으로 25카베이카를 받게 될 것이다. 그러면 바로 차와 담배를 사와야 할 처지였다.

"들어가도 돼?"

누가 문밖에서 물었다.

아뉴타가 황급히 양털 숄을 두 어깨에 두르자마자 화가 페치소프가 들어왔다.

"부탁할 일이 있어서 찾아왔네."

그는 이마까지 처진 머리칼 속에서 두 눈을 깜박거리며

클로치코프에게 말하였다.

"자네의 저 예쁜 레이디를 두 시간 동안만 빌려 주지 않겠나? 자네가 알다시피 그림을 그려야 하는데 모델이 없어서 그런다네!"

"아, 그래? 그럼 그러지."

클로치코프는 기꺼이 승낙하였다.

"아뉴타, 다녀 와!"

"싫어요. 그런데 어떻게 가요."

아뉴타는 나지막한 목소리로 대답하였다.

"원 사람도 못난 소리 하네. 다른 일도 아니고 예술을 하는 사람의 간청인데, 힘이 되어줄 수만 있다면야 무엇 때문에 망설인단 말이야?"

아뉴타는 그제야 주섬주섬 옷을 입기 시작하였다.

"그런데 무슨 그림을 그리는 겐가?"

하고 클로치코프가 물었다.

"사랑의 여신이라네. 어때, 주제가 근사하지? 그런데 여간 힘에 겨운 게 아니야. 모델을 계속 번갈아 가면서 그려 봐야겠어. 어제는 푸른 발을 가진 모델을 놓고 그려 봤네. 그런데 자네는 밤낮 암송만 하긴가? 싫증도 안내고 용케 꾸준히 해내다니, 역시 자네는 행복한 인간이야!"

"의학은 암기가 제일이니까 하는 수 없네."

"으흠……. 하긴 그렇겠네. 그렇지만 클로치코프, 이거 사람이 사는 꼴이 이래서야 되겠나? 이렇게 난장판이라니, 원, 돼지우리나 다름없네 그려."

"별수 없네. 달리 도리가 없어……. 아버지는 한 달에 겨우 12루불 밖에는 보내 주지 않으니. 그걸로 꾸려나가는데 오죽하겠나."

"하긴 그럴 테지……."

화가는 얼굴을 찌푸리고 억지로 맞장구를 쳤다.

"그렇지만 좀 더 집안을 집안답게 꾸밀 수 있지 않겠나. ……적어도 문화인이라면 예술적으로 살아야 하네. 안 그런가? 그런데 자네 이게 뭔가? 잠자리는 그대로 내팽개쳐 놓고, 구정물에는 먼지가 뿌옇고……. 이 접시에 담긴 건 어제 먹다 남은 죽이 아닌가……. 사람 맙소사!"

"하긴 자네 말이 맞네……."

클로치코프은 얼굴을 붉혔다.

"아뉴타가 오늘따라 하도 바빠서 청소할 시간이 없었다네."

화가가 아뉴타와 함께 밖으로 나간 이후 클로치코프는 소파에 몸을 파묻고 다시 암송을 하더니, 이윽고 스르르 잠이 들어버렸다. 한 시간쯤 자고나자, 잠이 깬 그는 두 주먹으로 머리를 받치고 우울한 생각에 잠기기 시작했다. '문화인이라면 예술적이어야 한다.'라는 화가의 말이 떠올랐던 것이다. 그러지 않아도 자기 주위의 너저분한 것들에 싫증이 나고 진절머리가 날 지경이었다. 그는 머릿속으로 자신의 앞날을 그려 보았다. 병원 진찰실에서 의젓하게 환자들을 보살피고, 고급 식당에서 아름다운 아내와 함께 차를 마시고……. 그런데 눈앞에는 담배꽁초가 둥둥 떠 있는 구정물통이 있다. 이는 너무나 꼴불견이었다. 아뉴타만 하더라도 얼굴이 못생긴데다가 꾀죄죄하고 초라하게 보였다. 그리하여 그는 한시라도 빨리 아뉴타와 헤어져야겠다고 마음먹고 있었다.

아뉴타가 화가의 집에서 돌아와 외투를 벗고 있을 때, 그는 벌떡 일어나 앉아서 정색을 하고 말하였다.

"여보! 내 할 말이 있으니 그리 좀 앉아요. 우린 이제 헤어져야 할 때가 온 것 같소. 나는 더 이상 당신과 함께 살아갈 수 없다는 말이오."

화가에게서 돌아온 아뉴타는 몹시 피곤에 절어있었다. 오랫동안 알몸뚱이로 서 있어서 그런지, 볼살이 더욱 빠지고 턱이 한결 뾰족해진 것만 같았다. 아뉴타는 아무 대꾸도 하지 않고, 입술만 가늘게 떨었다.

"어서 대답해 봐요. 어차피 우리는 헤어져야 할 사이가 아니오?"

하고 학생은 말을 이었다.

"당신은 얌전하고 영리한 여자요. 그러니 내가 하는 말을 잘 알아들었겠지……?"

아뉴타는 말없이 다시 외투를 걸쳤다. 그리고는 바늘이며 실 등의 바느질감을 주섬주섬 모아 종이에 쌌다. 그녀는 들 창가에 설탕 네 덩어리가 들어 있는 봉지를 들어, 테이블 위 책 옆에 갖다 놓았다.

"이 설탕 당신 거예요……."

그녀는 가느다란 목소리로 이렇게 말하고 학생에게 눈물을 보이지 않으려고 얼굴을 돌렸다.

"아니 울긴 왜……?"

클로치코프는 방안을 왔다 갔다 하면서 말하였다.

"왜 그래, 응? ……내 원……. 어차피 헤어져야 한다는 것을 잘 알고 있으면서 왜 그래? 언제까지나 함께일 순 없잖아?"

아뉴타는 자기 보따리를 싸들고 마지막 인사를 하기 위해 그에게 돌아섰다. 그는 아뉴타가 측은한 마음이 들었다.

'일주일만이라도 더 있게 할까? 그래, 조금만 더 두자. 일

주일 후에 내보내도록 하지.'

그는 자기의 약한 마음을 탓하면서 무뚝뚝하게 말하였다.

"그런데 왜 우두커니 서 있는 거요? 가려면 가던가, 가기 싫으면 외투라도 벗던가…… 굳이 가라는 건 아니야. 있고 싶다면 그냥 있어요!"

아뉴타는 말없이 외투를 벗고 가만히 코를 풀었다. 그리고 긴 한숨을 쉬고 나서 조용히 들창가의 의자에 앉았다.

학생은 책을 집어 들고 다시 방안을 이리저리 왔다 갔다 하기 시작하였다.

"왼쪽 폐는 세 부분으로 나눠져 있다……"

그는 다시 암송을 하기 시작하였다.

"상엽은 흉곽 내면에서 다섯 번째의 늑골에 걸쳐 있고……"

복도에서 누가 큰소리로 외쳤다.

"그리고리! 차 마시러 와!"

약혼녀

약혼녀

1

밤 열시 경, 보름달이 정원을 가득 채우고 있었다. 슈민의 집에서는 저녁 미사가 막 끝났다. 마르파 미하일로브나 할머니의 청으로 시작된 미사였다. 나쟈가 잠시 정원에 나와 있는 동안, 식당에 만찬이 준비되었고, 화려한 비단으로 몸을 휘두른 할머니가 서성이고 있는 것이 보였다. 창문을 통해 스며드는 달빛이 그녀의 어머니를 젊어 보이게 하였다. 곁에는 안드레이 신부의 아들 안드레이 안드레이치가 서서 이야기에 귀를 기울이고 있었다.

적막하고 서늘한 정원 위로 검은 그림자가 고요히 비치고 있었다. 멀리 떨어진 교외에서 개구리 울음소리가 들려왔다. 정다운 5월이라는 느낌이 새삼 들었다. 나쟈는 깊이 5월의 향기를 들이마셨다. 그녀는 연약하고 죄 많은 인간이 느낄 수 없는 아름다우며 신비한, 풍만하며 거룩한 봄의 생기가 저 수목이 우거진 하늘 아래, 도시에서 멀리 떨어진 광야와 숲 속에서 막 퍼져나가고 있음을 느끼고 있었다. 그리하여 까닭 없이 울고 싶었다.

그녀는 벌써 스물세 살이었다. 열여섯 살 적부터 결혼을 생각해오던 그녀가 마침내 지금 창가에 서 있는 청년 안드레이와 약혼하게 된 것이다.

그녀는 안드레이가 마음에 들었고, 결혼식은 7월 7일로 예정되어 있었다. 그런데 웬일인지 그녀는 조금도 기쁘지 않았다. 그녀는 밤마다 잠들지 못하며 걱정에 잠겨 있었다. ……부엌이 있는 지하실에서 들려오는 하인들이 중얼거림, 나이프들이 부딪치는 소리, 문이 여닫히는 소리들이 열린 창문을 통하여 들려오고, 칠면조를 굽는 냄새와 소금에 절인 버찌 냄새가 풍겨왔다. 이 모든 일들이 언제나 그녀에게 영원토록 되풀이될 것만 같았다.

이때 누군가 집에서 나와 층계 위에 발을 멈췄다. 그는 열

홀 전에 모스크바에서 온 손님, 알렉산들 치모페이치였다. 그는 사샤라고 불리어지기도 하였다. 전에 그는 할머니의 먼 친척이 된다는 마라야 페트로브나라는 몰락한 귀족 미망인의 외아들이었다. 이 미망인은 병이 들어 몸이 핼쑥해졌을 때, 원조를 받으러 이 집에 자주 드나들고는 하였다. 사샤는 훌륭한 화가라는 소문이 자자하였고, 미망인이 세상을 떠나자, 할머니는 사샤를 불쌍히 여겨 모스크바의 코미사로프스키 학원에 보내었다. 그 후 약 2년이 지나 미술학교에 입학하여 15년 만에 간신히 건축과를 졸업하였던 것이다. 그러나 그는 건축업에 종사하지 않고 모스크바의 어느 석판공장에서 일하고 있었다. 그는 몸이 약하여 거의 매년 여름이 되면 할머니한테 와서 요양하면서 몸을 회복시키고는 하였다.

그는 단추가 달린 프록코트와 구김살이 간 무명바지를 입고 있었는데 셔츠 역시 구겨져 있는 상태로 어느 모로 보나 산뜻한 데가 없었다. 그러나 길고 가는 손가락, 무척 여윈 듯한 커다란 눈과 텁수룩한 얼굴에는 어딘가 미남이었던 흔적이 남아있었다. 슈민댁에서는 한 식구처럼 대접해 주었으므로, 그는 자기 집처럼 지낼 수 있었다. 그가 이 집에서 쓰는 방은 '사샤의 방'이라고 부르고 있었다.

그는 층계 위에서 나쟈를 보자 가까이 다가왔다.

"여긴 참 경치가 좋군요."

하고 그는 말하였다.

"아무렴요, 가을까지 당신도 여기 머물러 있어요."

"아마 그렇게 될 것 같아요. 나는 9월까지 머물 작정으로 왔으니까요."

그는 빙그레 웃으며 나쟈 옆에 앉았다.

"나는 여기에 앉아 어머니를 바라보고 있는 중이에요."

하고 나쟈는 말을 이었다.

"여기서 바라보니 어머니가 한결 젊어 보이는군요. 어머니에게도 여러 가지 약점이 있지만 말예요."

그녀는 여기서 잠깐 끊었다가 말을 이었다.

"그러나 역시 좋은 분이에요."

"암 좋은 분이고 말고!"

하고 사샤는 맞장구를 쳤다.

"당신의 어머니는 어느 면에서는 무척 선량하고 인자한 분이지만……. 저 뭐라고 할까요? 오늘 아침 일찍이 당신네 부엌에 가보니까 말씀이 아니더군요. 하인 네 사람이 침대도 없이 마룻바닥에서 자고 있지 않겠어요? 깔고 있는 누더기에서는 고약한 냄새가 풍기고 빈대가 우글거리며, 진딧물이 날고……, 20년 전이나 지금이나 조금도 달라진 데가 없더

군요. 할머니한테서야 무슨 기대를 할 수 있겠어요. 하지만
어머니께선 불어도 좀 하고 아마추어 연주에도 곧잘 나가는
분이니 그런 것쯤은 잘 알고 계실 것 같은데요.”

사샤는 이렇게 말하면서 여느 때와 마찬가지로 나쟈 앞에
그 가느다란 손가락을 내밀어 보였다.

“어쩐지 이 집에서 하는 일들이 내 눈에는 이상하게만 보
여요.”

하고 그는 말을 이었다.

“나로서는 도무지 영문을 모르겠어요. 아무도 일을 하지
않으니 말예요. 어머니는 공작부인처럼 하루 종일 나다니고,
할머니는 물론, 당신 역시 하는 일이라고는 없지 않아요. 그
리고 당신의 약혼자 안드레이까지도 놀고 있지요.”

나쟈는 작년 그리고 재작년에도 똑같은 말을 들은 것 같
았다. 그리고 사샤는 이런 말 이외에는 달리 비판할 줄 모르
는 것 같았다. 전 같으면 우습게 생각되었을 말들이 오늘은
웬일인지 나쟈의 비위에 거슬리었다.

“그건 진부한 말들이네요. 오래 전부터 귀가 아프도록 들
어서 이젠 싫증이 났어요.”

나쟈는 말을 마치고 자리에서 일어났다.

사샤는 빙그레 웃으면서 나쟈를 따라 일어섰다. 두 사람

은 집으로 향해 발길을 돌렸다. 나쟈의 몸매는 날씬하고 아름다웠으며 균형이 잡혀 있었다. 사샤에 비하면 매우 건강해 보이고 또 옷차림도 화려하였다. 나쟈도 이것을 알고 있어, 사샤가 가엾기도 하고 또 한편으로는 어쩐지 계면쩍기도 하였다.

"당신은 허튼 소리를 너무 해요."

하고 나쟈는 말을 이었다.

"당신은 방금 내 안드레이에 대하여 비판하였지만, 그분의 일은 조금도 모르고 있잖아요?"

"하아, 내 안드레이라……. 당신의 안드레이 같은 것은 아무래도 좋아요. 다만 당신의 청춘이 아까워서 그래요."

두 사람이 식당에 들어갔을 때, 모두들 식사를 하려고 자리에 앉아 있었다. 몹시 뚱뚱하고 짙은 눈썹에 코밑이 까매 못생긴 할머니가 큰소리로 떠들고 있었다. 이 집에서는 '조모님'으로 통하는 할머니가 제일 웃어른이라는 것은 그 말씨나 몸짓으로도 넉넉히 짐작할 수 있었다. 할머니는 시장에 여러 개의 점포와, 원주(圓柱)와 정원이 달린 커다란 저택을 갖고 있었다. 그러나 아침마다 하나님의 은총으로 그것들이 몰락하지 않도록 눈물을 흘리며 기도를 드렸다. 단정한 옷차림에 코안경을 쓰고 열손가락에 다이아 반지를 낀, 삼단 같은 머리를 올린 나쟈의 어머니 니나 이바노브나와 그녀와 무슨 우스운 이야기라도 시작하려는 듯한 얼굴을 한, 이가 다 빠지고 빼빼 마른 노인 안드레이 신부 그리고 곱슬머리를 하고 마치 미술가나 배우처럼 풍채가 좋고 잘생긴 나쟈의 약혼자 안드레이 안드레이치 — 이 세 사람은 한참 최면술에 대한 이야기를 하는 중이었다.

"너는 일주일만 지나면 몸이 회복될 거야."

하고 할머니는 사샤에게 말하였다.

"그저 사람은 많이 먹어야 하느니라, 네 꼴을 보니 참 한심스럽다."

할머니는 한숨을 내쉬었다.

"정말 꼴이 안 되겠구나! 망나니의 자식이란 바로 너와 같은 부류의 사람들을 두고 하는 말이야."

"아버지의 재산을 방탕한 생활로 탕진하고……."

안드레이 신부가 느릿느릿 웃음 섞인 말로 입을 열었다.

"망나니 녀석들과 상종했으니까요."

"저는 누구보다도 아버지를 좋아해요."

하고 안드레이 안드레이치는 아버지의 어깨에 손을 얹으며 말하였다.

"뭐니 뭐니 해도 훌륭한 분입니다. 선량한 노인이시구요."

한동안 모두들 입을 다물고 있을 때, 갑자기 사샤가 웃음을 터뜨리며 손수건을 입으로 가져갔다.

　"부인은 최면술을 믿으시나요?"

　안드레이 신부가 니나 이바노브나에게 이렇게 물었다.

　"믿는다고까지 할 수는 없지만."

하고 니나는 엄숙한 표정으로 답하였다.

　"자연현상 속에는 신비로운 일이 많지요."

　"저도 동감입니다만 그 신비의 세계를 종교가 해결해 줄 수 있지요."

　커다랗고 기름기가 번지르르한 칠면조가 나왔다. 신부와 니나는 계속 이야기를 이어갔다. 그녀의 손가락에서 다이아몬드가 번쩍거리고, 눈에서는 눈물이 글썽하였다. 그녀는 흥분하고 있었다.

　"저는 신부님과 토론할만한 상대는 못돼요. 그렇지만 이 세상에는 풀 수 없는 수수께끼들이 많다는 것을 신부님도 인정해야 할 거예요."

　"저도 인정은 합니다."

　만찬이 끝난 후에 안드레이 안드레이치는 바이올린을 켜고 니나는 피아노로 반주하였다. 그는 10년 전에 대학 문과를 졸업했으나, 취직도 하지 않고 일정한 직업도 없이 가끔 자선 음악회에 출연할 뿐이었다. 그는 이 거리에서는 음악가라고 불리었다.

그가 바이올린을 켜는 동안에 다른 사람들은 가만히 듣고만 있었다. 탁자 위에서는 사모바르가 조용히 끓어오르고, 차를 따라 마시는 사람은 사샤 하나뿐이었다. 시계가 열두시를 알릴 때, 갑자기 바이올린 줄이 끊어졌다. 모두 다 한바탕 웃고 나서 부산스레 작별인사를 나누기 시작하였다.

나샤는 손님을 배웅하고 나서, 어머니 방과 자기 방이 있는 2층으로 올라갔다(아래층은 할머니가 차지하고 있었다). 아래층 식당에서는 불을 끄기 시작하였으나 사샤만은 그대로 남아서 차를 마시고 있었다. 그는 언제나 모스크바 식으로 시간을 오래 두고 차를 마셨다. 한 자리에서 으레 일곱 잔은 마셨기 때문이다. 나샤가 옷을 벗고 침대에 드러눕고 나서도 아래층에서는 오랫동안 하인들이 뒤치다꺼리를 하는 소리며, 할머니가 퍼붓는 잔소리가 들려왔다. 그러나 이윽고 온 집안이 조용해지고 때때로 사샤의 잔기침 소리만이 들려올 뿐이었다.

2

새벽 두 시경, 나쟈는 눈을 떴다. 동이 틀 무렵이었고, 멀리서 야경꾼의 딱따기 소리가 들려왔다. 그녀는 더 자고 싶은 생각이 없었다. 자리에 누워 있어 몸은 편안했으나 마음이 뒤숭숭하였다. 5월이면 으레 그렇듯이 그녀는 자리에서 일어나 생각에 잠기었다. 어젯밤의 생각을 되풀이하는 것이었다. 어찌하여 그이는 자기를 사랑하게 되고 청혼까지 해왔을까? 그리고 어찌하여 자기는 그 청혼을 받아들이고 그 총명하고 친절한 남자를 날이 갈수록 더욱 소중하게 여기게 되었을까? 그녀는 여느 때와 마찬가지로 이런 부질없는 생각을 꾸준히 되풀이하는 것이었다. 결혼식은 이제 달포밖에 남지 않았다. 그런데 웬일인지 그녀는 막연하나마 어떤 압박감 속에 불안한 마음을 감출 수 없었다.

'똑딱, 똑딱……'

느릿느릿하게 야경꾼의 딱따기 소리가 들려왔다.

'똑딱!'

큼직하고 낡은 창문으로 정원을 건너다보았다. 저쪽에 추위로 맥을 못 추고 시들어버린 듯한 라일락들이 보였다. 짙은 안개가 그 꽃나무 숲으로 슬그머니 스며들어 뒤덮어버리려는 기세였다. 까치의 울음이 먼 나뭇가지에서 들려왔다. 마치 졸린 것 같은 소리였다.

'아, 어찌하여 마음이 이렇게나 괴로울까! 결혼을 앞둔 처녀들이라면 누구나 이런 기분에 사로잡히는 것인가? 모를 일이야! 혹시 사샤 때문일까? 그가 몇 해 전부터 같은 말을 되풀이해 올 때에는 우습게만 생각되지 않았던가. 그런데 어찌하여 내 머릿속에서 그가 떠나지 않을까?'

야경꾼의 딱따기 소리가 멎은 지도 오래 되었다. 정원과 들창 아래에서 새들이 지저귀고, 어느새 안개는 정원에서 자취를 감추었다. 주위의 모든 것이 봄을 맞아 방긋방긋 빛나고 있었다. 정원은 따뜻한 태양의 어루만짐으로 소생한 듯하고, 이파리마다에 맺힌 이슬방울들은 다이아몬드처럼 반짝거렸다. 오랫동안 손질을 하지 않고 내버려둔 낡은 정원도 오늘 아침에는 유난히 싱싱하고 다채롭게 보였다. 할머니는 벌써 자리에서 일어나 계셨다. 사샤의 짧고 거친 기침소리에 뒤이어, 아래층에서 사모바르를 준비하여 걸상을 끄는 소리가 들려왔다.

시간이 흐르는 것이 무척 지루하였다. 나쟈는 이미 오래 전에 자리에서 일어나 정원을 한참동안 거닐었으나, 여전히 아침이었다.

니나는 탄산수가 든 컵을 손에 들고 나타났는데, 그녀의 얼굴에는 눈물 자국이 남아 있었다. 그녀는 강신술과 동종요법에 흥미를 갖고 여러 가지 책을 뒤적거렸다. 그리하여 문제가 되고 있는 여러 가지 의문에 대하여 이야기를 꺼내곤 하였다. 나쟈에게는 거기 어떤 신비로운 것이 깃들어 있는 것 같았다.

　"어머니 왜 우셨어요?"

하고 나쟈는 물었다.

　"어제부터 어떤 소설을 읽기 시작했는데, 할아버지와 딸 이야기였지 뭐냐. 그런데 할아버지가 근무하고 있는 직장의 상관이 할아버지의 딸을 사랑하게 됐어. 아직 마지막까지 다 읽지는 않았지만, 그 한 장면은 도저히 눈물을 흘리지 않고는 읽어나갈 수가 없구나."

　니나는 이렇게 말하고 나서 탄산수를 한 모금 마셨다.

　"오늘 아침에는 그 생각에 저절로 눈물이 나는구나."

　"전 요새 마음이 몹시 우울해요."

하고 나쟈는 말을 이었다.

　"왜 저는 통 잠을 잘 수 없을까요?"

　"글쎄, 왜 그럴까, 나는 잠이 안 올 때면 눈을 꼭 감고 방 안을 걸어다니든지, 혼잣말을 중얼거리면서 내가 안나 카레

리나라도 된 것처럼 생각하기도 하고, 혹은 옛날 역사에 쓰여 있는 어떤 이야기를 머릿속에 그려보기도 한단다……."

나쟈는 어머니가 자기 마음을 모르고 있으며 또 알고 있을 리도 없다고 생각하였다. 이것은 두려운 생각이 아닐 수 없었지만, 마음 한구석에 감춰 두고 자기 방으로 돌아왔다.

오후 2시가 되자 모두들 점심 식탁에 둘러앉았다. 수요일은 정진일이어서 야채국과 생선이 든 보리죽만이 할머니 앞에 놓였다.

사샤는 할머니를 놀려줄 요량으로 야채수프와 함께 자기의 고기수프도 마셨다. 그는 점심시간 내내 익살만 부렸다. 그 익살은 고의적인 것으로, 어떤 정신적인 의미를 갖고 있는 것 같았다. 그러므로 어딘지 모르게 부자연스럽게 들렸다. 사샤는 뭔가 재치 있는 말을 하려고 핏기 없는 여윈 손가락을 쳐들곤 하였지만, 도무지 우스운 생각이 들지 않았다. 그럴 적마다 그의 병이 점점 더 커져서 얼마 살지 못할 것이라는 생각에 눈물이 나도록 측은해지는 것이었다.

점심을 마치고 나서 할머니는 자기 방으로 돌아가 쉬고, 니나는 한동안 피아노를 치더니 이내 자기 방으로 가버렸다.

"아, 나쟈!"

하고 사샤는 여느 때처럼 이야기를 꺼냈다.

"당신이 내 말만 들어 준다면 좋을 텐데!"

나쟈는 낡은 안락의자에 푹 파묻힌 채 눈을 지그시 감고 있었다. 사샤는 방안 이 구석에서 저 구석으로 서서히 오가면서 말을 이었다.

"당신이 대학에 가려고 하면 얼마나 좋을까! 우선 인간은 고상한 교양이 있어야 해요. 또 사실 그런 사람이 필요하고요. 그런 사람이 많을수록 하나님의 나라는 이 땅 위에 빨리 이루어지니까요. 그때에는 이 거리에 돌멩이 하나 남지 않아요. 삼라만상은 송두리째 파괴되어버리지요. 그것들은 마치 마술에 걸린 것처럼 변해버릴 거예요. 그리고 거기에는 장엄하고 화려한 저택들이 새로 들어서고 아름다운 정원이 마련되며, 훌륭한 분수가 물을 뿜을 거예요. 그곳에는 덕망이 높은 사람들이 모여 살게 될 테지요. ……그러나 그 무엇보다도 중요한 것은 현재 이 세상에 살고 있는 저속한 사람들은 그때 가서는 존재하지 않는다는 점이요. 그때엔 사람들이 저마다 믿음이 두터워져, 자기가 살고 있는 목적을 제대로 인식하고 저속한 무리들과는 상종하지 않을 테니까요. 나쟈, 이곳을 떠나요. 당신이 이처럼 숨 막힐 듯한 죄에 물든 생활을 얼마나 증오하고 있는가를 여러 사람들에게 보여 줘야 해요. 그렇지 못하겠거든 하다못해 자기 자신에게라도 그것을 보여 주도록 해요!"

"사샤, 그건 안 돼요. 저는 곧 결혼을 해야 할 테니까요."

"뭐, 결혼요? 그건 뭣하러 하는 거요?"

두 사람은 밖에 나가 정원을 걷기 시작하였다.

"어쨌든 잘 생각해 봐요. 당신들의 이 생활이 얼마나 더럽고, 또 얼마나 도리에 어긋나 있는가를 깨달아야 해요."
하고 사샤는 말을 이었다.

"당신과 당신의 어머니나 할머니가 아무 일도 하지 않고 살아가고 있다면, 어느 누군가는 당신들을 위해 일하고 있다는 사실을 깨달아야 해요. 그러니까 당신들은 남이 벌어 주는 것으로 사는 것이지요. 이런 생활이 깨끗하다고 할 수 있나요?"

'그건 그래요.' 하고 나쟈는 말하고 싶었다. 그것쯤은 자기도 잘 알고 있다는 것을 알려 주고 싶었던 것이다. 그러나 눈물이 앞을 가려 말문이 막혀버렸다. 그녀는 온몸이 바짝 조여드는 듯한 마음을 억누르며 자기 방으로 돌아갔다.

저녁때 안드레이 안드레이치가 찾아와서 여느 때와 마찬가지로 오랜 시간 바이올린을 켜고 있었다. 그는 말이 적었고, 악기를 만지는 동안은 자연히 입을 다물 수 있었다. 그렇기 때문에 안드레이가 바이올린을 좋아하는지도 몰랐다.

그는 비로소 열한시가 되어서야 집으로 돌아가려고 외투를 몸에 걸쳤다. 그런데 별안간 나쟈를 껴안더니, 얼굴, 어깨, 손 할 것 없이 미친 듯이 키스를 퍼붓기 시작하였다.

"나의 사랑! 나의 사랑! 나의 이쁜이!"

하고 그는 속삭였다.

"아, 나는 얼마나 행복한지 모르겠소! 나는 기뻐서 미칠 것만 같소!"

나쟈는 전에도 이런 말을 들었던 기억이 났다. 혹은 어쩌면 그 말은 이미 옛날에 내동댕이쳐버린 어느 소설에서 읽은 세리프와 같다는 생각도 들었다.

식당에서는 사샤가 탁자에 앉아 그 가느다란 다섯 손가락으로 컵을 들어 차를 마시고 있었다. 할머니는 화투로 재수를 떠보고, 니나는 책을 읽고 있었다. 성상 앞에 켜 놓은 등불이 가물거릴 뿐, 모든 일이 순조롭고 평화로운 듯이 보였다. 나쟈는 할머니와 어머니에게 인사를 하고 2층 자기 방으로 올라갔다. 그녀는 자리에 눕자마자 잠이 들었다. 그러나 어젯밤과 마찬가지로 동이 틀 무렵 잠에서 깨어났다. 그녀는 더 잘 수가 없었다. 무거운 불안에 잠겨 가슴이 설레기 시작하였다. 그녀는 일어나 앉아, 무릎에 얼굴을 대고 자기의 결혼에 대하여 생각해 보았다. ……이어서 어머니가 아버지를 사랑하지 않았으며, 지금에 와서는 재산이라고는 하나도 없이 할머니의 도움으로만 살고 있는 그녀의 처지를 생각해보았다. 문득 그녀는 어머니를 지금까지 훌륭한 여자라고만 생각해 왔을 뿐, 외롭고 쓸쓸하고 불행한 여자임을 미처 깨닫지 못한 것이 이상하게 생각되었다.

아래층에서 거친 기침소리가 들려왔다. 사샤도 잠에서 깨어난 모양이었다. 나쟈는 그가 좀 괴짜기는 해도 순진한 청년이라고 생각하였다. 그리고 어제 그가 아름다운 정원이니, 훌륭한 분수니, 하고 떠든 여러 가지 공상이 어리석은 일처럼 생각되었다. 그러나 그 순진하고 어리석은 공상 속에는, 대학에 다니고 싶다는 자기의 꿈과도 같은 마음을 싸늘하게 전율시키는 어떤 아름다운 것이 깃들어 있는 것 같았다. 그리하여 이것이 그녀를 기쁨과 환희 속으로 몰아넣는 것이었다.

"그렇지만 생각하지 말아야지. 생각해서는 안 돼……."
하고 그녀는 중얼거렸다.

'똑딱!'

멀리서 야경꾼의 딱따기 소리가 들려왔다.

'똑딱……. 똑딱!'

3

6월 중순쯤 되자, 사샤는 갑갑증을 느끼기 시작하였다. 그리하여 모스크바로 돌아갈 심산이었다.

그는 어느 날 할머니에게 우울한 얼굴로 말하였다.

"저는 이 고장을 떠나야겠어요. 수도와 배수 시설도 없고, 식사도 입에 맞지 않는데다가 부엌을 들여다보면 더러워서……."

"망나니 자식 같으니 좀 더 참고 있어!"

하고 할머니는 나지막한 소리로 타일렀다.

"7월에는 결혼식도 있고 하니……."

"제가 그때까지 있어요?"

"원 참, 9월까지 있겠노라고 말하던 때는 언제고……."

"그렇지만 저는 지체할 수 없어요. 일을 해야 하니까요."

서늘한 습기가 감도는 여름철이었다. 나무들이 축축하게 젖어 정원은 음산하고 쓸쓸해 보였다. 이런 풍경은 일하고 싶은 충동을 일으켜 주었다. 아래위층의 여러 방들에서는 낯선 여인들의 목소리가 들려오고, 할머니 방에서는 재봉틀 소리가 시끄럽게 울려왔다. 결혼식 준비로 모두들 분주한 것이다. 나쟈의 털외투만 하여도 여섯 벌이나 마련되었다. 할머니가 하는 말에 의하면 그중에서 제일 싼 외투가 300루불이라고 하였다. 사샤는 이 시끄러운 소리에 더욱 맘이 들떠 있었다. 그는 자기 방에 들어앉아 신경질만 부리고 있었다. 그래도 모두들 더 묵고 가라고 만류하는 바람에 7월 10일까지 출발을 연기하겠다고 약속하였다.

시간은 재빨리 흘러갔다. 안드레이 안드레이치는 성 페드로프 날에 점심을 먹고 나쟈와 모스크바로 떠났다. 얼마 전에 자기네 신혼부부가 살림을 꾸미려고 빌린 집을 다시 돌아보기 위해서였다. 그 집은 2층 건물이었는데, 지금까지 위층밖에 정돈되어 있지 않았다. 대청에는 페인트를 칠해 윤이 나는 좁다란 널로 된 마루가 깔려 있고, 의자며, 피아노, 바이올린, 그리고 걸레 따위가 놓여 있었다. 주위는 온통 페인트 냄새가 진동하였다. 벽에는 금박 테두리에 낀 유화가 한 폭 걸려 있었다. 한 나체 여인 옆에 손잡이가 떨어진 꽃병이 그려져 있는 유화였다.

"매우 훌륭한 그림이야."

안드레이는 이렇게 말하고 나서 자못 감탄한 듯이 한숨을 내쉬었다.

"이건 화가 쉬아체브스키의 작품이야."

이 집에는 둥근 테이블이며 소파, 푸른 천으로 커버를 만들어 씌운 안락의자들이 구비된 응접실이 있었다. 소파 위의 벽에는 법의를 입고 비로도의 승모를 쓴 안드레이 신부의 커다란 사진이 걸려 있었다. 두 사람은 찬장이 달린 식당을 돌아보고 침실에 들어가 보았다. 어둠침침한 이 방에는 두 개의 침대가 나란히 놓여 있었다. 이 방은 언제나 기분이 상쾌하도록 꾸며졌으며, 그 외에는 아무런 목적도 없는 듯이 보였다. 안드레이는 줄곧 나쟈의 허리를 끌어안고 이 방 저 방을 구경하러 다녔다. 그러나 어쩐지 나쟈는 양심이 찔린 듯한 두려움에 사로잡혀 있었다. 그녀는 여러 방들과 침실, 그리고 안락의자, 그 어느 것 하나 마음에 들지 않았다. 특히 나체화는 보기가 언짢았다.

나쟈는 자기가 지금 안드레이 안드레이치를 전혀 사랑하고 있지 않다는 것을, 아니 지금까지 조금도 사랑하고 있지 않았다는 것을 분명히 깨닫게 되었다. 그러나 나쟈는 이 사실을 어떻게 그리고 누구에게 말해야 할지 알 수 없었다. 또 어찌하여 이런 생각이 드는지도 짐작이 가지 않았다. 지금까지 밤낮으로 그와 결혼할 생각을 하고 있으면서도 이런 생각이 문득 떠오르는지 알 수 없었다.

안드레이는 여전히 나쟈의 허리를 껴안고 돌아다니며, 정답게 이야기하였다. 그는 매우 행복해 보였다. 그런데 나쟈는 그의 태도에서 오직 천하고 비열하다는 느낌 밖에는 가질 수 없었다. 그리하여 허리를 껴안고 있는 그의 손은 쇳덩이처럼 딱딱하고 싸늘하게 느껴질 뿐이었다. 그녀는 도망치거나, 울거나, 창문에서 뛰어내리고 싶은 생각뿐이었다. 안드레이는 그녀를 욕실로 데리고 갔다. 벽에 달린 수도꼭지를 돌리자 금세 물이 쏟아져 나왔다.

"어때요?"

그는 웃으며 말하였다.

"200갈론쯤 드는 물탱크를 올려놓도록 했지요. 그러니까 물 걱정은 하지 않아도 돼요"

두 사람은 정원을 지나 한길로 나와 마차를 잡았다. 하늘은 어두운 구름으로 덮여 금방이라도 비가 쏟아져 내릴 것 같았다.

"당신 춥지 않소?"

안드레이는 먼지 때문에 눈을 가늘게 뜨며 말했다.

나쟈는 입을 다물고 있었다.

"어제 사샤는 나보고 빈둥빈둥 놀고만 있다고 비난하더군요. 당신도 들었지요?"

그는 잠시 입을 다물었다가 다시 말을 이었다.

"그가 비난하는 것은 당연하오! 당연하구 말구! 나는 알다시피 아무 일도 하지 않소 또 할 수도 없구요. 웬일일까요?
나도 언젠가는 모자에 휘장을 두르고 관청에 다닐 생각도
해 봤지만 어쩐지 지긋지긋한 생각이 앞서는군요. 웬일일까
요? 오, 러시아여! 오 나의 조국 러시아여! 그대는 쓸모없는
무익한 자들을 얼마나 많이 거느리고 있는가! 이 러시아에
는 나와 같은 무용지물들이 얼마나 많은가! 고민하는 조국
이여!"

그는 자기가 놀고 있는 이유에 대하여 여러 모로 설명하
고 나서, 이것은 시대적인 사상에서 온다고 하였다.

"우리가 결혼을 하면."
하고 그는 말을 이었다.

"함께 시골로 가도록 해요 시골에 가서 일을 해요! 정원
도 있고 냇물도 있는 땅을 사가지고 일하면서 남은 일생을
살아갑시다……. 아, 그렇게 하면 얼마나 즐거울까요!"

안드레이가 모자를 벗자 머리카락이 바람에 나부꼈다. 나
쟈는 그의 말에 귀를 기울이며,

'차라리 함께 나오지 않았더라면 좋았을 걸!' 하고 생각하
는 것이었다.

두 사람이 집 근처에 이르렀을 때 저쪽에서 안드레이 신
부가 걸어오는 것이 보였다.

"아, 저기 아버지가 오시는군!"

하고 안드레이 안드레이치는 벗은 모자를 흔들며 반가워하였다.

"나는 아버지를 무척 좋아해요."

그는 마부에게 돈을 치르며 말하였다.

"훌륭하고 선량한 분이지요!"

나쟈는 밤마다 찾아오는 손님들을 접대하느라고 억지로 미소를 지어야 하고, 억지로 바이올린 소리와 시시한 잡담을 들어야 하며, 언제나 결혼식에 대한 이야기를 주고받아야 할 것을 생각하면서, 혐오로 가득 찬 언짢은 마음으로 집에 발을 들여놓았다. 할머니는 비단옷을 입고 점잖은 태도로 사모바르 앞에 앉아 있었다. 할머니는 손님이 오기 전에는 언제나 이러고 있었던 것이다. 안드레이 신부는 벙글벙글 웃으며 안으로 들어왔다.

"저는 할머니께서 언제나 그렇게 정정한 몸으로 계시는 것이 무엇보다도 다행이라고 생각합니다."

하고 그는 할머니에게 말하였다. 농담인지 진담인지 분간하기 어려운 말이었다.

4

밖에서는 들창과 지붕을 마구 휘몰아쳐, 윙윙거리는 바람 소리가 사납게 들려오고, 집안에서는 난로가 울적한 노래를 부르며 타오르고 있었다.

새벽 한 시였다. 집안사람들은 모두 자리에 누워 있었으나 아무도 자지는 않았다. 아래층에서는 안드레이가 줄곧 바이올린을 켜고 있는 것 같았다. 이윽고 요란한 소리가 들려왔다. 덧문이 떨어졌나보다 하는데, 잠시 후에 어머니가 잠옷 바람으로 촛불을 켜들고 들어왔다.

"나쟈, 방금 웬 소리가 그렇게 요란했지?"
하고 어머니는 물었다. 이렇게 소란스러운 밤이 오면 어머니는 훨씬 늙어 보이고, 하찮은 조그마한 여자로 보인다. 나쟈는 얼마 전까지만 해도 어머니를 훌륭한 여자라고 생각하고, 존경을 표시하고, 그 말에 고분고분 순종하던 것을 상기하였다. 그러나 그것이 어떤 말이었는지는 분명히 기억할 수 없었다. 다만 기억 속에 남아 있는 것은 희미하고 막연한 생각뿐이었다.

난로에서는 여러 가지 저음이 뒤섞여 '오, 하나님이여!' 하고 부르는 듯하였다. 나쟈는 침대 위에 일어나 앉아 머리를 감싸 쥐고 갑자기 흐느껴 울기 시작하였다.

"어머니!"

하고 나쟈는 말하였다.

"제가 지금 어떤 생각을 하고 있는지 아세요? 어머니 제발 부탁이에요. 저를 멀리 떠나게 해주세요, 네?"

"대체 어디로 간다는 거냐?"

어머니는 어리둥절하여 이렇게 물으면서 침대에 걸터앉았다.

"어디로 가겠단 말이냐?"

나쟈는 말없이 울고만 있었다. 한마디도 입 밖에 낼 수가 없었다.

"이 고장을 떠나게 해주세요."

하고 나쟈는 입을 열었다.

"결혼식을 취소해야겠어요. 아무래도 안 되겠어요. 제 마음을 이해해주세요! 저는 그분을 사랑하지 않아요……. 그분에 대하여 어떻다고 말해야 할지 모르겠어요."

"안 돼, 절대로 안 돼!"

어머니는 깜짝 놀라 다급한 어조로 말하였다.

"진정해라! 마음이 아직 안정되지 않아서 그러는 거란다. 곧 좋아질 거다. 그건 흔히 있는 일이란다. 너 안드레이와 말다툼이라도 했나보구나? 그러나 그런 사랑싸움은 곧 낫는 거야."

"아, 그만 저리 가 주세요. 어머니 어서 가 주세요!"

나쟈는 흐느껴 울었다.

"그렇게 하마."

어머니는 잠시 후에 말을 이었다.

"넌 얼마 전만 해도 어린애나 다름없는 소녀였는데, 약혼을 했으니 그럴 수밖에. 그렇지만 세상일은 끊임없이 변하는 거야. 너는 앞으로 자기도 모르는 사이에 어머니가 되고, 할머니가 되어, 너와 같이 다루기 힘든 딸을 갖게 되는 거란다."

"어머니, 어머니는 자기 자신이 현명한 여자라고 생각하고 계시군요. 어머니는 불행한 여자예요."

하고 나쟈는 말하였다.

"어머니는 정말 불행한 여자예요. 왜 그렇게 따분한 말만 하세요? 왜 그래요, 네?"

니나는 무슨 말을 하려고 했으나 한마디도 입 밖에 나오지 않았다. 그리하여 한숨을 내쉬고는 자기 방으로 돌아가 버렸다. 난로는 다시금 나지막한 소리를 내며 피식피식 불길이 타오르기 시작하였다. 별안간 나쟈는 무서운 생각이 들었다. 그리하여 침대에서 뛰어내려 어머니 방으로 달려갔다.

어머니는 책을 손에 든 채, 이불을 덮고 눈물에 젖어 침대 위에 누워 있었다.

"어머니, 제 청을 들어 주세요!"

하고 나쟈는 말하였다.

"제발 꼭 들어주셔야 해요! 우리는 지금 얼마나 타락한 생활을 하고 있는지 몰라요. 이건 어머니도 잘 아셔야 해요. 전 깨달았어요. 이제는 모든 것을 분명히 내다볼 수 있어요. 그런데 안드레이 안드레이치라는 사람은 아무것도 모르는 사람이에요. 아시겠어요? 어머니 그는 바보예요!"

어머니는 자리에서 벌떡 일어나 앉았다.

"너와 너의 할머니는 나를 이렇게 괴롭히기만 하는 거냐!"

어머니는 울면서 말하였다.

"나도 잘 살고 싶다. 보람되게 살고 싶다."

어머니는 이렇게 되풀이하며 그 조그마한 주먹으로 자기 가슴을 두어 번 때리는 것이었다.

"나를 좀 자유롭게 해다오! 나는 아직 이렇게 젊게 살려고 애쓰는데, 너하고 너의 할머니는 나를 노파로 만들 작정이냐!"

어머니는 흐느껴 울며, 허리를 굽혀 이불 속으로 기어들어갔다. 그 모습이 빈약하고 가엾고 초라해 보였다.

나쟈는 밤이 새도록 자리 위에 앉아서 생각에 잠겨 있었다. 그런데 밖에서 누가 연신 덧문을 두드리며 휘파람을 부는 것 같았다.

날이 밝자 할머니는 지난밤의 바람 때문에 정원의 사과가 다 떨어지고, 복숭아나무 하나가 쓰러졌다고 투덜거렸다. 흐린 날씨는 등불을 켜야 할 정도로 어둠침침하여 음침하기 짝이 없었고 모두들 춥다고 야단들이었다. 창문에는 빗발이 마구 내려쳤다.

나쟈는 차를 마시고 나서, 사샤의 방문으로 갔다. 그녀는 잠자코 방 한구석에 놓인 안락의자 옆에 무릎을 꿇고 두 손으로 얼굴을 가렸다.

"웬일이오?"

하고 사샤가 물었다.

나쟈가 입을 열었다.

"지금까지 용케 이런 분위기 속에서 살아왔는지 정말 알고도 모를 일이에요! 나는 약혼자를 멸시해요. 나 자신도 멸시하고요. 그리고 이 모든 더럽고 무의미한 생활을 멸시할 수밖에 없어요……."

"하긴 그럴 테지!"

사샤는 영문도 모른 채 말하였다.

"그건 사실이오. 옳은 생각이오."

"나는 이런 생활에 싫증이 났어요."

하고 나쟈는 말을 이었다.

"나는 이제는 이런 곳에서 하루도 참을 수 없어요. 내일 집을 나가야겠어요. 제발 부탁이니 나를 데려가 주세요!"

사샤는 놀란 얼굴을 하고 잠시 나쟈를 바라보았다. 그는 마침내 나쟈의 심정을 이해하고 어린애처럼 기뻐하였다. 그는 기쁨에 못 이겨 춤이라도 출 듯이 두 손을 흔들며 슬리퍼를 덜그럭거렸다.

"훌륭한 일이오!"

그는 손을 모으고 말하였다.

"정말 훌륭한 일이오!"

나쟈는 그가 곧 어떤 중대하고도 의미심장한 말을 하리라고 기대했다. 그녀는 마치 마술에라도 걸린 것처럼, 그 커다란 눈을 한 번도 깜빡이지 않고 사랑에 도취된 듯이 그를 바라보고 있었다. 그러나 사샤는 아무 말도 하지 않았다. 나쟈는 지금까지 상상조차 못한 어떤 새롭고 넓은 세계가 이미 눈앞에 전개되어 있는 것처럼 생각되었다. 그녀는 여러 가지 기대에 가득 차 그를 그윽하게 바라보면서 어떤 일이 닥치더라도, 설령 죽음이 목전에 이르더라도 두려워하지 않을 각오었다.

"나는 내일 떠나려고 해요."

그는 잠시 생각에 잠겼다가 말을 이었다.

"당신은 정거장에 배웅하러 나오세요……. 내 트렁크에 당신의 짐도 함께 넣어서 갖고 가지요. 그리고 당신의 차표도 사둘 테니 세 번째 종이 울리면 차에 오르세요. 함께 떠나도록 해요. 모스크바까지 동행하고 다음부터는 혼자서 페체브르그로 가면 돼요. 여행권은 갖고 있지요?"

"네, 갖고 있어요."

"약속해요. 당신은 후회하거나 불평하지 않겠지요?"

사샤는 그녀를 믿는다는 어조로 말하였다.

"그리로 가서는 공부해야 돼요. 모든 것을 운명에 맡기세요. 지금까지 해온 당신의 생활을 청산하면 만사는 일변할 거요. 중요한 것은 생활을 청산하는 거요. 그리고 나머지 문제는 아무래도 무방해요. 그럼 내일 출발하도록 해요. 괜찮지요?"

"네, 그렇게 해요!"

나샤는 자기 자신이 상당히 흥분해 있다는 것을 충분히 느낄 수 있었다. 그리고 여느 때보다는 한결 마음이 괴로운 것 같기도 하였다. 집을 나설 때까지는 괴롭고 안타까운 심정으로 지내야 할 것 같았다. 그러나 2층에 올라가서 자리에 드러눕자마자, 얼굴에 눈물 자국과 아울러 미소를 머금은 채 잠들어버렸다. 그리고 저녁때까지 정신없이 잠을 잤다.

5

마차가 기다리고 있었다. 나쟈는 모자를 쓰고 외투를 걸치고 나서 다시 한 번 어머니를 만나고 자기 물건을 살펴보기 위해 2층으로 올라갔다. 그녀는 자기 방에 들어가 아직도 온기가 남아있는 침대 옆에 서서 방안을 둘러보았다. 그리고 어머니 방으로 살그머니 들어갔다. 어머니는 조용히 방에서 잠들어 있었다. 그녀는 어머니에게 입맞추려고 그 머리칼을 어루만지면서 한동안 서 있었다. ……이윽고 그녀는 아래층으로 천천히 발길을 돌렸다.

밖에서는 비가 사납게 쏟아지고 있었다.

마부는 머릿수건이 흠뻑 젖은 채 현관에 우두커니 서 있었다. 할머니가 말하였다.

"나쟈, 네가 탈 자리는 없구나!"

머슴들이 짐을 실을 때 할머니는 이렇게 말하였다.

"왜 하필 이런 날에 전송하러 간다는 거냐? 집에 잠자코 있어라. 원 무슨 비가 이렇게 쏟아진담!"

나쟈는 무어라고 대꾸하려고 하였으나 입이 떨어지지 않았다. 사샤는 그녀를 부축하여 마차에 태우고, 발에 담요를 덮어 주고 나서, 그녀와 나란히 앉았다.

"그럼 조심해라!"

할머니는 현관에서 큰소리로 말하였다.

"그리고 사샤야, 모스크바에 도착하면 곧 편지해라!"

"네, 알겠습니다. 할머니, 안녕히 계셔요."

"주여, 도와주소서!"

"무슨 날씨가 이래!"

하고 사샤가 말하였다.

나쟈는 그제서야 비로소 눈물을 흘렸다. 떠난다는 것을 실감하였기 때문이다. 그녀는 할머니와 작별인사를 나누고, 어머니를 바라보고 있을 때까지도 정말 이 고장을 떠난다는 생각이 들지 않았다. '정든 거리여, 잘 있거라!' 그녀가 이렇게 생각하자마자 지난날의 모든 일들이 하나하나 되살아났다. ― 안드레이 안드레이치, 그의 아버지, 새 주택, 꽃병과 나체여인을 그린 유화……. 그러나 이 모든 추억들이 나쟈를 위협하거나 괴롭히지는 않았다. 오직 비천하게 생각될

뿐, 모두가 뒤로 사라져가는 것들이었다.

그들은 차에 올랐다. 기차가 움직이기 시작하자, 엄청나고 끔찍하게 생각되던 지난날의 모든 것이 하찮고 사소한 것으로 간주되었다. 그리고는 지금까지 막연하게 생각하고 있던 광대하고 웅장한 미래가 눈앞에 나타나는 것이었다.

빗줄기가 세차게 차창을 두들겼다. 푸른 벌판과 전주들 – 그 전깃줄 위에는 새들이 앉아 있었다 – 이 어른거릴 뿐 아무것도 보이지 않았다.

나쟈는 별안간 커다란 기쁨이 솟아오르는 것을 느꼈다. 그녀는 자유의 몸이 되어 대학에 공부하러 가는 자기 자신이 장하게 생각되었다. '카쟈크처럼 떠나간다.'는 속담이 자기를 두고 하는 말 같았다.

그녀는 울기도 하고, 웃기도 하며, 기도를 드렸다.

"통쾌하군요!"

사샤는 빙그레 웃으며 말하였다.

"정말 통쾌해요!"

6

어느덧 가을이 지나고 겨울이 지나갔다. 나쟈는 점차 고향이 그리워져 날마다 어머니와 할머니 생각이 났다. 사쌰도 보고 싶었다. 집에서는 정답고 친절한 사연을 적은 편지가 몇 번이나 왔었다. 이제는 모든 것을 용서해 주고, 잊어버린 것 같이 생각되었다.

나쟈는 5월의 학기 시험을 마치고 즐거운 마음으로 고향에 가는 길에 사쌰를 만나러 모스크바에 들렀다.

그는 작년 여름과 조금도 달라진 데가 없었다. 덥수룩한 수염이며, 헝클어진 머리, 그 프록코트와 무명바지 하며, 커다랗고 아름다운 두 눈 – 모두가 전과 마찬가지였다. 다만 살이 빠지고 늙어 보이며 안색이 좋지 않고, 몹시 피로해 보였다. 그리고 연신 기침을 하고 있었다. 나쟈는 그가 우울한 시골뜨기처럼 생각되었다.

"어서 와요. 나쟈……."

그는 반갑게 맞아 주었다.

"오, 나의 나쟈!"

두 사람은 잉크와 페인트 냄새가 코를 찌르고, 담배연기가 자욱한 인쇄소 안에 잠시 앉아 있다가 사쌰의 방으로 갔다. 거기도 담배연기가 뿌옇고, 여기 저기 침을 뱉은 흔적이 있었다. 책상 위에 놓인 식은 사모바르 옆에는 검은 종이를 덮은 깨어진 접시가 놓여 있고, 책상과 마루 위에는 죽은 파리의 시체가 너저분하게 널려 있었다. 이것으로 미루어 보아 사샤가 되는대로 살아가고 있으며, 또 그가 사치를 경멸하고 있다는 것도 짐작할 수 있었다.

만일 누가 그의 개인적인 행복에 대하여 즉, 개인 생활과 그의 취미에 대하여 그에게 어떤 설교를 하더라도, 그는 조금도 이해하지 못하고 웃어버릴 것이다.

"모든 일이 잘 되어가고 있어요."

하고 나쟈는 말하였다.

"지난 가을에 어머니가 페체르브르그에 저를 만나러 오셨어요. 할머니도 이제는 내가 한 일에 대하여 노여움을 푸시고 언제나 내 방에 가서 벽 위에 성호를 긋곤 하신대요."

사샤는 반가운 듯한 얼굴을 하고 있었으나, 연방 기침을 하면서 쉰 목소리로 말하고 있었다. 나쟈는 그의 병이 정말 도진 건지, 아니면 자기가 그렇게 생각하고 있는 것뿐인지 분명히 알 수 없어, 그를 물끄러미 바라보고 있었다.

"사샤, 몸이 편치 않은가보군요!"

하고 나쟈는 말하였다.

"뭐, 괜찮아요. 그다지 대단치 않으니까……."

"저걸 어째!"

나쟈는 딱하여 큰소리로 말하였다.

"왜 의사한테 보이지 않는 거예요? 자기 몸을 소중히 여겨야지요. 안 그래요, 사샤?"

그녀의 눈에서는 눈물이 글썽하였다. 동시에 안드레이 안드레이치며 화병과 나체 여인을 그린 유화를 비롯하여 지금까지 먼 옛날 일처럼 생각되던 자기의 과거가 눈앞에 되살아났다. 그리고 사샤 역시 작년처럼 신비스럽고 흥미롭고 교양 있는 사람으로 보이지 않았다. 이것이 나쟈를 눈물겹게 한 원인이었다.

"사샤, 몸이 말이 아니군요. 나는 당신의 몸에 좋은 일이라면 무엇이든지 하겠어요. 당신은 나의 은인이니까요! 당신은 나를 위해 얼마나 많은 일을 했는지 몰라요. 사샤! 당신은 정말 나와 가장 가깝고 또 다정한 사람이에요."

그들은 서로 마주앉아 이야기를 주고받았다. 그러나 페체르브르그에서 한겨울을 보내고 난 그녀에게는, 사샤의 이야기도, 미소도, 그의 모든 모습까지도 벌써 시들하고 낡아빠져 지금은 그녀의 마음속에서 매장되어 가고 있는 것 같았다.

"나는 모레 볼가로 꾸무이쓰(말젖)를 마시러 가려고 해요."

하고 사샤는 말하였다.

"나도 꾸무이쓰가 마시고 싶어요. 나는 어느 친구 내외와 함께 가기로 했어요. 그 부인은 매우 훌륭한 분이지요. 나는 그 부인에게 대학에 갈 것을 권하고 있어요. 그녀의 생활을 변화시킬 필요가 있거든요."

두 사람은 잠시 동안 이야기를 나누고, 정거장으로 떠났다. 사샤는 차와 사과를 나쟈에게 사 주고 기차가 떠나자 그는 빙그레 웃으며 손수건을 흔들어 주었다. 그의 병이 얼마나 도졌는지는 그 걸음걸이를 보고도 알 수 있었는데, 그것은 그의 앞날이 얼마 남지 않았다는 것을 암시해 주는 듯하였다.

나쟈는 열두 시경에 고향에 도착하였다. 정거장에서 마차를 타고 집으로 가는 동안 거리는 매우 넓어 보였지만 집들은 마치 땅바닥에 달라붙은 듯이 작아 보였다. 거리에는 사람이 별로 없었다. 오직 붉은 외투를 걸친 독일인 악기수선사만이 눈에 띄었을 뿐이다. 집집마다 뽀얀 먼지를 뒤집어쓴 듯하였다. 늙어도 아직 피둥피둥 보기 싫게 살찐 할머니는 나쟈를 부둥켜안고 그녀의 어깨에 얼굴을 파묻은 채, 한참 동안이나 흐느껴 울었다. 나쟈의 어머니는 늙어서 매우 메말라 보였지만 그러나 역시 옷차림만은 단정했으며, 손가락에는 여전히 다이아몬드 반지가 번쩍이고 있었다.

"나자야!"

하고 어머니는 몸을 떨면서 말하였다.

"나자야!"

할머니와 어머니는 말없이 울고만 있었다. 이들도 이미 지나간 과거가 되돌아오지는 않는다는 것을 알고 있었을 것이다. 그들은 어느덧 사교계의 지위라던가, 지난날의 영화, 아니 손님을 초대할 자격까지 잃고 말았다. 마치 평화롭고 단란한 가정에 별안간 경관이 밤중에 뛰어 들어와 온 집안을 수색한 끝에, 그 집 주인이 공금을 횡령했다거나, 문서를 위조했다는 죄상이 드러나 지금까지 행복했던 생활이 영원히 깨어져버린 것과 같았다.

나자는 이층으로 올라갔다. 침대는 전과 다름없었다. 정원을 둘러보았다. 창문 밖으로 햇빛이 즐거운 듯이 넘쳐흐르고 있었다. 또 그녀는 자기 책상을 만져 보기도 하고, 앉아 보기도 하면서 생각에 잠겼다. 점심을 맛있게 먹고는 기름기가 도는 구수한 크림과 차를 마셨다.

그런데 그녀는 어쩐지 마음이 허전함을 금할 수 없었다. 방 안이 공허하게만 느껴졌다. 천장이 금세 내려앉을 것만 같았다. 밤이 깊어서야 그녀는 자리에 누웠다. 침대는 폭신하고 따뜻했지만 어쩐지 어색한 느낌이었다.

어머니가 잠깐 이야기를 하려고 들어왔다. 그녀는 무슨 죄라도 지은 사람처럼 주위를 두리번거리며 자리에 앉았다.

"나랴, 그래 어떠냐?"

어머니는 더듬더듬하며 물었다.

"너는 흡족하냐? 정말 흡족하게 생각하느냐?"

"그럼요. 흡족하고말고요."

어머니는 일어서서 딸의 머리 위에 성호를 그었다.

"내 믿음이 이렇게 깊어졌다."

하고 어머니는 말을 이었다.

"나는 지금 철학을 공부하고 있단다. 그래서 늘 생각에 잠기곤 해⋯⋯. 이제 내게는 모든 것이 햇빛처럼 분명하게 내다보이는구나. 인생은 프리즘을 들여다보는 것처럼, 곧 지나가버리는 거야. 이런 생각을 잊지 말아야 해."

"할머니의 건강은 어떠세요?"

"괜찮아. 네가 사샤와 함께 집을 나가서 전보를 보내왔을 때, 할머니는 그걸 읽으시다가 기절하셨단다. 그래 사흘 동안이나 자리에 누워 계셨어. 그 후부터는 날마다 성호를 긋거나 우시는 것이 일이었지만 지금은 그나마 많이 나아지셨

단다.”

어머니는 자리에서 일어나 방안을 이리저리 거닐고 있었다.

‘똑딱!’

야경꾼의 딱따기 소리가 들려왔다.

‘똑딱, 똑딱!’

“무엇보다 우리의 인생은 프리즘을 들여다보듯이 재빨리 지나가는 것을 잊지 말아야 해.”

하고 어머니는 말을 이었다.

“깨달은 생활이란, 이를테면 이 프리즘에 비친 여러 가지 색깔을 일곱 가지 원색으로 환원하게끔 그 원소를 해부하여 따로따로 연구하는 거란다.”

그 다음에 어머니는 무슨 말을 했는지, 언제 자기 방에서 나갔는지 나쟈는 전혀 알지 못하였다. 어느새 잠들어버렸던 것이다.

5월이 지나고 6월이 다가왔다. 나쟈는 그동안에 자기 집에 익숙해졌다. 할머니는 숨을 몰아쉬며, 사모바르의 준비에 분주하고, 어머니는 저녁마다 자기 철학을 강의하였다. 어머니는 여전히 혼자서 외롭게 살고 있어서 동전 한 닢도 일일이 할머니에게서 타서 쓰는 처지였다.

집안에는 파리 떼가 윙윙거리며 날아다니고 있었다. 천장이 날마다 낮아지는 것 같았다. 할머니와 어머니는 안드레이 신부와 안드레이 안드레이치를 만나는 것이 두려워 문밖에도 나가지 않았지만, 나쟈는 정원과 거리를 쏘다니면서 회색 담벼락과 그 안에 세워진 집들을 구경하곤 하였다. 그녀는 이 거리가 이미 오래 전에 낡아빠져 멸망을 기다리고 있는지, 혹은 새로운 운명을 기다리고 있는지 분간이 가지 않았다. 아, 새롭고 영화로운 생활이 어서 돌아와 주어야겠다! 인간은 어디까지나 정직해야 하고, 또 즐겁고 자유로워야 한다. 이를 위해 자기 운명에 대담하게 도전할 수 있는 생활을 해야 한다. 그런데 그러한 생활이 그녀에게 찾아온 것이 틀림없었다. 그렇게 되면 할머니의 집은 잘 정리되어, 지하실의 불결한 방에는 하인 네 사람만이 살게 될 것이다. 아니, 그때가 되면 이 집은 자취도 없이 사라지고 아무도 회상하는 사람이 없어질 것이다. 그런데 지금 나쟈를 즐겁게 해주는 것은 이웃에 사는 아이들뿐이었다. 그녀가 뜰 안을 거닐고 있으면, 아이들은 담벼락을 두드리고 시시덕거리며, 빈정대는 것이었다.

"여봐, 약혼녀! 여봐, 약혼녀!"

사라토프의 사샤에게서 편지가 왔다.

거기에는 춤추는 듯한 독특한 우스운 필치로 볼가의 여행은 성공적이었으나, 사라토프에서는 몸이 좀 약해져서 지금은 말도 제대로 못하고 있으며, 두 주일째 병원에 입원해 있다는 사연이 적혀 있었다. 나쟈는 이 편지가 무엇을 의미하는지 잘 알고 있었다. 그녀는 무슨 선고라도 받은 듯한 기분이었다. 그러나 이러한 예감과 사샤를 생각하는 마음은, 전과 같이 그녀를 슬프게 할 수는 없었다. 이것이 또 그녀를 괴롭게 하였다. 그녀는 생활의욕이 대단하여서 하루 속히 페체르브르그로 떠나고 싶었다. 사샤에 대한 그녀의 우정도 지금에 와서는 단지 그리움을 제공해줄 뿐, 먼 과거의 일처럼 생각이 되었다.

그녀는 밤을 뜬 눈으로 새웠다. 아침이 되자 창가에 앉아 귀를 기울였다. 아래층에서는 여러 사람들의 목소리가 들려왔다. 할머니는 당황한 어조로 무언가를 채문하고 있었다. 이어서 누구의 울음소리가 들려왔다. ……그녀는 아래층으로 내려갔다. 책상 위에 전보 한 장이 놓여 있었다.

나쟈는 할머니의 울음소리를 들으며 한동안 방안을 서성거리다가, 이내 전보를 펴 보았다. 어젯밤에 알렉산들 치모페비치가, 더욱 간단히 말하자면 사샤가 사라토프에서 폐병으로 죽었다는 내용이 적혀 있었다.

할머니와 어머니는 미사를 드리러 교회로 떠났다. 그러나 나쟈는 이 방에서 저 방으로 두루 돌아다니며 오랫동안 생각에 잠겨 있었다. 그녀는 자기 생활이 일찍이 사샤가 원한 대로 전환되어 있는 것을 분명히 느낄 수 있었다. 동시에 이 거리에서는 자기가 한 이방인으로, 고독하고 쓸모없는 인간에 불과하며, 한편 이 거리의 모든 것이 자기에게는 전혀 필요치 않으며, 모든 과거는 그녀에게서, 불탄 뒤에 바람에 날리는 재처럼 사라지고 말았다는 것을 확실히 깨달았다. 그녀는 사샤의 방에 가서 한동안 묵묵히 서 있었다.

"잘 가요. 그리운 사샤!"

그녀는 마음속으로 중얼거렸다. 그녀의 눈앞에는 한결 새롭고 광대한 생활이 떠올랐다. 그것은 아직 막연하게 신비에 넘쳐 그녀를 부르고 있었다.

그녀는 짐을 꾸리러 아래층으로 내려갔다. 그리고 이튿날 아침에 집안 식구들과 작별인사를 나누고, 이제는 영원히 헤어질 것을 예상하면서, 희망에 가득 찬 상쾌한 마음으로 이 거리를 떠났다.

흥정

흥정

한낮이었다. 지주 볼드이레프는 외투를 벗고 명주수건으로 이마의 땀을 닦고 나서, 읍사무소로 들어섰다. 그는 상고머리에 눈이 툭 튀어나오고, 키가 호리호리하며, 어깨가 떡 벌어진 사나이였다. 안에서는 사각사각 펜을 놀리는 소리가 들려왔다.

"조회하러 왔는데 어디로 가면 좋을까요?"

그는 찻잔을 담은 쟁반을 들고 나오는 수위에게 물었다.

"잠깐 조회를 하고, 등록된 서류 사본을 얻으려고 하는 데요……."

"저리로 가시죠. 저기 창가에 앉아 있는 분이 담당서기예요.”

수위는 쟁반으로 구석 방향의 창문을 가리켰다.

볼드이레프는 한 번 헛기침을 하고 창문가로 갔다. 거기에는 티푸스처럼 얼룩진 책상에 마주앉은 젊은 서기가 색깔이 다 바랜 제복을 입고, 커다란 코를 장부 속에 처박다시피 하며, 열심히 뭔가를 쓰고 있었다. 그는 네 묶음의 머리칼이 쭈뼛하게 곤두서고, 온통 여드름투성이의 얼굴에 코가 기다란 사나이로, 때마침 한 마리의 파리가 오른편 콧구멍 근처를 기어 다니고 있었다. 그리하여 그는 아랫입술을 삐죽하게 내밀고 연신 코밑으로 입김을 내보내고 있었는데, 그것이 그의 얼굴에 몹시 걱정스러운 표정을 북돋아주고 있었다.

“실례합니다……. 당신께…….”
하고 볼드이레프는 말을 꺼내었다.

“저의 사건에 대한 조회를 의뢰했으면 하는데요. 저는 볼드이레프라고 합니다……. 그리고 3월 2일부로 등록된 서류 사본도 한 장 떼어 주셨으면 합니다.”

서기는 잉크병 속에 펜대를 꽂아 놓고, 잉크의 묻힘새를 바라보아 잉크 방울이 떨어지지 않는 것을 확인한 뒤 다시 서류를 꾸미기 시작하였다. 그의 입술은 아직도 삐죽하게 나와 있었지만 이제 입김을 보낼 필요는 없었다. 파리는 어느

새 그의 귀에 가서 앉아 있었으니 말이다.

"조회를 해 주실 수 있을까요?"

얼마 후에 볼드이레프는 다시 공손히 물었다.

"저는 볼드이레프라고 하는 지주인뎁쇼……."

"이반 알렉세이치!"

서기는 공중에 대고 이렇게 큰소리로 말하였다. 아직 볼드이레프를 알아보지 못한 표정이었다.

"상인 알리코프더러 이번에 올 때에 경찰서에 들려서 신고서의 사본에 증명을 받아 오라고 전해 줘. 벌써 수천 번이나 일렀는데……."

"저는 구굴리나야 공작부인의 상속자와의 사이에 일어난 상속사건 때문에 문의하러 왔는데요……."

하고 볼드이레프는 말하였다.

"유명한 사건이지요. 좀 봐 주십시오."

서기는 여전히 볼드이레프를 거들떠보지도 않은 채, 입술에 앉은 파리를 잡아서 유심히 들여다보다가 옆으로 홱 던져버렸다. 지주는 다시 헛기침을 하고 나서, 바둑판같은 무늬의 남수건으로 '킹' 하고 코를 풀었지만, 이것 역시 별로 효과가 없었다. 아무도 그를 거들떠보지 않았던 것이다. 약 2분쯤 침묵이 흘렀다. 볼드이레프는 주머니에서 1루불의 지폐를 꺼내어 서기 앞에 펴놓은 장부 위에 슬그머니 얹어 놓자 직원은 이마를 찌푸렸다. 그리고 짐짓 걱정스러운 얼굴을 하고 장부를 앞으로 끌어당기더니, 장부를 탁 털어버리는 것이었다.

"잠깐만 조사해 주셨으면 고맙겠습니다……. 구굴리나야 공작부인의 상속자가 어떤 처지에 있는지 알고 싶습니다. ……미안하지만 좀 수고해 주십시오."

그러자 골똘히 생각만 하던 서기는 자리에서 벌떡 일어나 한쪽 팔꿈치를 긁적거리며 책상 저쪽으로 걸어갔다. 1분쯤 지나서, 책상으로 다시 돌아온 그는 다시 장부를 뒤적이기 시작하였다. 그 위에는 1루불짜리 지폐가 또 한 장 얹혀 있었다.

"저 단지 1분이만 수고하시면 됩니다……. 한 가지만 조회하려고 하니까요."

서기는 못 들은 체하고 다시 무엇인가 옮겨 적기 시작하였다.

볼드이레프는 얼굴을 찌푸려 펜을 놀리고 있는 서기들을 멍하니 바라보았다.

'모두들 쓰기만 하는군!' 그는 길게 한숨을 내뿜으며 생각하였다.

'제길 진절머리 나게도 쓴다!'

그는 책상에서 물러나 양어깨를 축 늘어뜨리고, 사무실 한복판에 멈춰 섰다. 수위는 찻잔을 들고 다시 그의 옆을 지나가다가, 그가 낙심한 것을 눈치 챈 것인지 가까이 다가와서 나지막한 소리로 물었다.

"어떻게 되었어요? 조회를 하셨나요?"

"조회를 부탁하였는데 글쎄 꿩 먹은 벙어리군요."

"그럼 석 장쯤 쥐어 주셔야 해요……."

하고 수위는 귀띔을 하였다.

"벌써 두 장을 드렸는데요……."

"좀 더 쓰세요."

볼드이레프는 다시 책상으로 돌아와, 3루불짜리 푸른 지폐를 얹어 놓았다. 서기는 다시 장부를 앞으로 잡아당겨 뒤적거리기 시작하다가 문득 생각난 듯이 볼드이레프를 쳐다보는 것이었다. 그의 코는 번지르르하니 개기름이 돌며 불그스름하게 물들고, 히죽이 웃는 바람에 주름살이 접혀갔다.

"아……. 무슨 일로 오셨어요?"

하고 그는 새삼스럽게 물었다.

"제 사건에 대하여 조회를 해 보려구요……. 저는 볼드이레프라고 합니다."

"아 그렇습니까? 구굴린스 사건 말씀이지요? 알겠습니다. 무슨 부탁이신가요?"

볼드이레프는 용건을 설명해 주었다.

서기는 회오리바람이라도 일으킬 듯이 활기를 띠었다. 그는 즉시 조회를 하고 사본을 작성하라고 지시를 하고 나서, 손님에게 의자를 권하는 것이었다. 이 모든 일이 눈 깜짝할 사이에 이루어졌다. 그는 손님에게 날씨에 대하여 묻기도 하였다.

이윽고 볼드이레프가 일을 마치고 돌아가게 되자, 그는 공손한 미소까지 띄워 보이면서, 손님 앞에는 언제나 무릎을 꿇을 용의가 있다는 듯이 그를 층계 아래까지 전송해 주었다.

볼드이레프는 어쩐지 미안한 생각이 들었다. 그리고 이상하게도 어떤 힘에 이끌려 호주머니에서 지폐를 한 장 꺼내어 서기 앞에 내밀었다. 그러자 서기는 연신 허리를 굽실거리고 싱글벙글하면서, 마치 요술쟁이처럼 재빨리 지폐를 처치해 버렸다. 지폐조각은 허공에서 한 번 번쩍 모습을 드러냈을 뿐이었다.

"흠! 인간이란 역시……."

지주는 거리로 나오면서 이렇게 생각하는 것이었다. 그리고는 발길을 멈추어 손수건으로 이마의 땀을 훔쳤다.

뚱뚱이와 홀쭉이

뚱뚱이와 홀쭉이

니콜라예프스카야 역에서 두 소꿉친구가 우연히 만났다. 한 사나이는 뚱뚱보고 한 사나이는 홀쭉이었다. 뚱뚱이는 방금 역에서 식사를 마친 뒤라, 입술은 무르익은 비계처럼 윤기가 돌고 기름기가 흘렀다. 그에게서는 헤레스주(酒)와 오렌지의 향기가 풍겨왔다. 한편 홀쭉이는 차에서 막 내린 뒤라 등에는 트렁크와 보따리, 마분지통 등을 잔뜩 얹고 있었다. 그리고 그에게서는 햄과 커피 찌꺼기 냄새가 풍겨왔다. 빼빼 마른 몸에 턱이 기다란 그의 아내는 그의 등 뒤에서 사방을 기웃거렸으며, 키가 훤칠한 중학생 아들은 한쪽 눈을 가늘게 치뜨고 서 있었다.

"헤이, 포르피리……"

뚱뚱이는 홀쭉이를 보자 이렇게 외쳤다.

"아니, 자네 웬일인가? 야아, 이거 대체 몇 해만인가!"

"야아!" 홀쭉이는 깜짝 놀라며 외쳤다.

"이거, 미이샤가 아닌가! 여기서 자네를 만나다니, 대관절 어디서 오는 길인가?"

두 친구는 서로 부둥켜안고 세 번이나 키스를 하고 나서, 눈물이 글썽하여 서로 상대방의 모습을 훑어보았다. 두 사람은 어떻게 반가웠는지 어쩔 줄을 몰랐다.

"아니, 이거!"

홀쭉이는 키스를 하고 나서 말하였다.

"정말 뜻밖이네! 깜짝 놀랐어! 그래 내 꼬락서니가 어떤가? 자넨 여전히 미남이로군! 그리고 역시 멋쟁이야! 요즘 재미는 어떤가? 돈 좀 벌었나? 결혼도 하고? 자네가 보다시피 난 벌써 결혼 했네……. 자 인사를 하게, 집사람일세. 루이쟈 반첸바흐가 출신으로……. 루터교 신자야……. 그리고 이애는 아들이야. 나파나일이라고 하네. 올해 중학교 3학년이야. 애 인사드려. 이분은 어릴 적부터 아버지 소꿉친구란다."

나파나일은 멍하니 생각에 잠겨 있다가 모자를 벗었다.

"중학도 동기고"

하고 홀쭉이는 말을 계속하였다.

"자네 놀림 받던 일 생각나? 자네는 담배로 정부기관의 도서를 태웠다고 해서 '헤로스트라토스'라고 놀림을 받았었지. 그리고 나는 고자질을 잘한다고 해서 '에피알리트'라고 놀림을 받고, 핫 핫 핫……. 그땐 정말 맹꽁이었어! 애 나파나일아. 머뭇거릴 것 없이 아저씨한테로 가까이 오너라."

그러나 나파나일은 무슨 생각이 들었는지 아버지 등 뒤로 숨어버렸다.

"그래 자네는 요새 무얼하고 있나?"

하고 뚱뚱이는 싱글벙글하며 친구에게 물었다.

"어디 근무하나? 꽤 출세했겠군!"

"관청엘 다니네. 2년 전에 8등관으로 승급했네. 그리고 스타니슬라프 훈장을 받았지. 봉급은 얼마 안 돼. ……그러나 그까짓 것 뭐 관계있나! 아내는 음악을 가르치고 나는 부업으로 나무 담배상자를 만들고 있네. 멋진 담배 케이스야! 하나에 1루불씩 팔고 있는데, 열 개 이상 사는 사람에게는 할인도 해주네. 이렇게 해서 그럭저럭 살아가네. 지금까지는 본청에 나가고 있었지만, 이번에는 소속기관의 과장으로 영전해 오는 길일세. 그래 앞으로는 이곳에서 근무하게 되었네. 그건 그렇고, 그래 자넨 어떤가? 아마 5등관쯤은 됐을 테지? 안그래?"

"그보다는 좀 더 올라갔어."

하고 뚱뚱이는 말하였다.

"나는 3등관이라네. 훈장도 두어 개 되지."

홀쭉이는 갑자기 새파랗게 질려서 돌처럼 굳어버렸으나, 곧 싱글벙글 웃기 시작하였다. 그 얼굴과 두 눈에서는 불꽃이 튀는 것 같았다. 그는 몸을 움츠리고 등을 굽혔다. 그의 몸은 점점 조그맣게 오그라들었다. ……그와 동시에 등에 얹은 트렁크, 보따리, 마분지 통도 마구 오그라들었다. ……그리고 아내의 기다란 턱은 더욱 길어지고, 나파나일은 부동의 자세로 꼿꼿이 서서 교복의 단추를 재빨리 다 채워 버렸다……

"각하! 축하합니다! 소꿉친구라고 할 수 있는 당신이 어느새 그렇게 출세하게 되셨으니 얼마나 반가운지 모르겠습니다! 히, 히, 히!"

"아니 그러지 말게!"

뚱뚱이는 이마를 찌푸렸다.

"아니 무슨 말을 그렇게 하나? 우리는 서로 소꿉친구가 아닌가, 나한테 공대를 하다니."

홀쭉이는 더욱 오그라들면서 아첨을 하였다.

"각하의 자비로우신 배려……. 생명선과도 같사옵니다. ……각하 이 애는 나파나일이라고 하는 제 자식 놈이고……. 제 처 루이쟈는 루터교 신도로서……."

뚱뚱이는 무어라고 대꾸하려고 하였지만, 홀쭉이 얼굴에 너무나 아첨하는 감미로운 존경의 빛이 서려 있었다. 뚱뚱이는 구역질이 날 정도로 기분이 언짢아져, 홀쭉이를 외면을 한 채 작별의 악수를 청하였다.

홀쭉이는 3등관의 손에서 세 손가락만을 잡고 이마가 땅에 닿도록 허리를 굽혀 공손히 인사를 했다. 그리고는 중국 인처럼 "히, 히, 히" 웃어 보였다. 그의 아내도 빙긋 눈웃음을 쳤다. 나파나일은 한쪽 발을 비비다가 모자를 땅에 떨어뜨렸다. 세 사람은 모두 황송하고 기뻐서 어쩔 줄을 몰랐다.

상자 속에 든 사나이

상자 속에 든 사나이

미로노시츠코예 마을 한쪽에 있는 프로코피 이장 댁 헛간에서 사냥꾼들이 하룻밤을 묵게 되었다.

일행은 두 사람으로, 수의사인 이반 이바누이치와 중학교 교사인 불킨이었다. 이반 이바누이치는 침샤 기말라이스키라는 괴상한 두 개의 성을 갖고 있었다. 그런데 그 성이 그에게는 전혀 어울리지 않았으므로, 그 고장 사람들은 다만 이름과 부칭만으로 그를 부르고 있었다. 그는 읍에서 가까운 어느 양마장에 살고 있었으며, 오늘은 시원한 바람이나 쏘일 겸 사냥하러 나왔던 것이다.

한편 중학교 교사 불킨은 여름이면 으레 P백작 댁에 식객으로 와 있었으므로, 이 고장의 본토박이나 같았다.

두 사람은 좀처럼 잠을 이루지 못하였다. 키가 후리후리
하고 긴 수염을 단 빼빼 마른 늙은이 이반 이바누이치는 문
옆에 앉아서 연신 담배를 피우고 있었고, 달빛이 그를 희미
하게 비춰주었다. 한편 불킨은 헛간 마른풀 위에 누워 있었
는데, 어둠 속이라 잘 보이지 않았다. 두 사람이 여러 가지
이야기를 주거니 받거니 하다가, 이장 마누라 마브라가 화제
에 오르게 되었다. 그녀는 건강하고 현명한 여자였으나, 평
생토록 한 번도 마을 밖으로 나가본 일이 없었다. 따라서 거
리가 어떻게 되어 있고, 철도가 어떻게 생겼는지도 모르고,
근래의 20년 동안은 언제나 페치카 앞에 앉아서 날을 보내
며, 외출은 반드시 밤에만 한다는 것이었다.

"그게 뭐 놀라운 일인가요?"

하고 불킨이 말하였다.

"이 세상에는 꿀벌이나 달팽이 모양으로 자기 껍질 속으
로 들어가 박히려는 사람들이 적지 않지요. 말하자면 은폐하
는 사람들 말예요. 어찌 보면, 격세유전의 한 현상인지도 모
르지요. 즉 우리의 먼 조상들이 집단을 이루지 못하고 혼자
동굴 속에 살던 시대로 되돌아가려는 현상 말예요. 그러나
또 어찌 보면, 그건 다만 여러 가지 성격의 하나인지도 모르

지요. 그걸 분명히 알 사람이 있나요? 나는 자연과학자가 아니니까 잘 모르지만, 마브라와 같은 사람이 그다지 드물지 않은 것만은 확실해요. 두 달 전에 읍에서 죽은 내 친구 베리코프라는 희랍어 교사만 하더라도 이런 사람 축에 속해요. 아마 선생님도 그 사람에 대한 이야기를 들었을 거예요. 그는 괴짜였어요. 맑게 갠 날에도 외출하면 으레 덧신을 신고, 우산까지 받쳐 들 뿐만 아니라, 솜으로 누빈 두터운 외투까지 걸치고 다녔지요. 그리고 우산은 우산주머니에 넣고, 시계는 잿빛 사슴 가죽으로 싸고, 연필을 깎는 칼까지 조그마한 주머니 속에 넣어 가지고 있었어요. 항상 높다란 옷깃에 얼굴을 파묻어 마치 얼굴까지 자루 속에 들은 것처럼 보일 때도 있었어요. 코에는 검은 안경을 걸치고, 재킷을 입고도, 귀까지 솜으로 싸매고 다녔지요. 그리고 마차를 타면 반드시 휘장을 치라고 호통이었어요. 아무튼 이 사나이는 언제나 무엇으로든지 목을 감쌌어요. 이를테면 자기를 외부의 영향에서 보호해줄 수 있는 무슨 상자 같은 것을 만들려는 끈질긴 버릇이 있었던 거예요. 그리하여 자기 자신도 좀처럼 그 버릇을 버릴 수 없었던 거예요. 그는 언제나 초조와 공포, 불안에 허덕이며 살았어요. 자기의 소심증과 현실에 대한 증오심을 변호하기 위해 그랬는지도 모르지요. 그리고 이 사나이는 항상 과거를 찬미하고 아무렇지 않은 일도 극구 칭찬하는 것이었어요. 또 그가 학교에서 가르친 희랍어도 그래요. 그게 그에게는 이를테면 덧신과 마찬가지 역할을 하여, 현실을 외면하기 위한 하나의 수단에 지나지 않았지요."

"희랍어는 얼마나 듣기 좋은 아름다운 말인가?"

그는 언제나 달콤한 표정으로 이렇게 말하고는, 자기 말을 입증이라도 하려는 듯이 눈을 가늘게 뜨고 손가락 하나를 쳐들고, '안뜨로쁘스!' 하고 발음해보는 것이었어요.

그는 자기 사상까지도 상자 속에 감춰 두려고 했어요. 그는 무엇을 금지하는 공고(公告)라든가 신문 논설 같은 것에 대해서만 비상한 관심을 갖고 있었어요. 예컨대 밤 아홉 시 후에 기숙사에서 학생들의 외출을 금지하는 공고라든가, 육체 본위의 사랑을 금하는 논설 같은 것이 비위에 맞았던가 봐요. 그는 무엇이든지 금지만 하면 된다고 생각해서 해방이라든가, 허가라든가 하는 말은 의심스럽게 생각하곤 했어요. 가령 연극 서클이나 독서회, 다방과 같은 것을 시 당국이 허가하면 그는 번번이 고개를 설레설레 옆으로 저었어요. 그리고는 나지막한 소리로 이렇게 말하는 것이었어요.

"그건 할 수 없다고 치더라도 아무 일도 생기지 말아야 할 텐데……"

이쯤 되고 보니, 자기와는 전혀 관계없는 사람들이 법을 어기거나, 탈선을 하거나, 규칙에 위배될지라도 두통거리가 되었던 거예요. 가령 동료들 중에서 누가 미사에 늦게 참여했다거나, 중학생이 나쁜 짓을 했다는 소문이 들리거나, 여자 사감선생이 늦은 밤까지 어떤 장교와 함께 걸어가는 것을 보았다는 소문이 나돌면, 그는 입버릇처럼 '아무 일도 생기지 말아야 할 텐데.' 하고 걱정하는 것이었어요.

그는 직원회의 때에도 언제나 중학교와 여학교 아이들이 행실이 나쁘다느니, 교실에서 너무 떠든다느니 하면서 당국의 귀에까지 들어가 말썽이 생겨서는 안 될 텐데, 아무런 일도 생기지 말아야 할 텐데, 하며 괜한 걱정을 하는 것이었어요. 그리고는 2학년생의 페트로프와 3학년생 에고로프를 제명해야 한다고 우기는 것이었어요. 그의 이런 특이한 사고방식과, 피해망상증과 의심 때문에 우리가 무척 애먹었는데, 그 후의 그의 모습은 더 가관이에요. 연방 한숨을 내쉬며, 상을 찌푸리고, 그 고양이만한 얼굴에 안경을 걸친 모습이 하도 딱하여, 우리는 마지못해 페트로프와 예고로프의 품행 점수를 깎는 동시에 둘 다 한 방에 가둬 두었다가 끝내는 퇴학처분을 하고 말았어요.

그리고 이 사나이에게는 동료들의 하숙을 순찰하는 괴상

한 버릇이 있었는데, 어느 교사 집에 가나 우두커니 잠자코 앉아서, 무엇인가 살피는 듯한 태도를 취하는 거예요. 그리하여 한두 시간 우두커니 앉아 있다가 자기 집으로 가버리는 거예요. 그의 말에 의하면, 그렇게라도 찾아가는 것은 동료들과 친근한 관계를 맺기 위해서라나요. 하긴 우리들의 하숙집에 찾아와서 그처럼 우두커니 앉았다가 돌아간다는 것은 그에게도 괴로운 일이었을 테지요. 그런데 자기 딴에는 그것도 동료에 대한 자기 의무를 다하는 것이라고 생각했던 모양이에요.

교직원들은 저마다 그를 두려워했어요. 교장까지도 진저리를 냈을 정도니까요. 우리 교직원들로 말하면 트르게네프나 스체드린과 같은 작가들의 작품을 통하여 가르침을 받은 꽤 똑똑하고 머리가 좋다는 사람들이었는데, 그 덧신을 신고, 우산을 들고 다니는 사나이가 15년 동안이나 학교 전체를 자기 손아귀에 넣고 흔들었던 거예요. 아니 우리 학교뿐만 아니라 읍 전체가 그의 손아귀에서 놀아났던 거예요.

부인들도 토요일마다 하던 가정연극을 이 사나이가 알아차릴까봐 중단하고, 승려들도 이 사나이가 보는 데서는 육식이나 카드놀이를 하는 것을 두려워했어요. 아무튼 이 사람 때문에 최근의 15년 동안은 읍민들이 무슨 일에나 겁을 먹었던 거예요. 큰소리로 말을 하거나, 편지를 쓰거나, 이웃과 사귀거나, 책을 읽는 것까지도 망설이게 되고, 심지어는 가난한 사람들을 도와주거나, 그를 가르쳐 주는 것까지도 꺼림직 하게 생각할 정도였어요……."

이때 이반 이바누이치는 기침을 한 번 하고나서, 담배를 한 모금 빨았다. 그리고는 달을 쳐다보며 띄엄띄엄 말하였다.

"아무튼 스체드린이나 트르게네프나 마클과 같은 문학자들의 작품을 읽을 줄 아는 인텔리들까지도 그에게 굴복되어 참아 왔다는 사실이 문제가 되는 거지요."

"베리코프는 나와 한 집에 살았어요."
하고 불킨은 하던 말을 계속하였다.

"더구나 같은 2층에서 문지방 하나를 사이에 두고 말예요. 그러므로 자주 만났지요. 내가 그의 사생활을 자세히 알고 있는 것은 그 때문인데, 그 괴팍한 생활은 집안에서도 마찬가지였어요. 그는 잠옷차림에 실내모를 쓰고, 덧문을 내린 다음에, 빗장을 잠그고 있었어요. 이를테면 자기 자신에게 굴욕과 동시에 어떤 제약을 가하는 거지요. 그리고는 '아, 아무 일도 생기지 말아야 할 텐데.' 하고 되풀이하는 것이었어요. 그는 고기를 입에 대지 않았어요. 읍민들이 자기더러

채식주의를 지키지 않는다고 비난할까봐 두려워했던 거예요. 그리하여 그는 채식이라고는 할 수 없고, 육식이라고도 할 수 없는 식사를 했어요. 버터에 튀긴 생선 같은 것을 주로 반찬으로 해먹는 것이었어요. 그리고 혹시 외부에 나쁜 소문이라도 날까하여 식모를 두지 않았어요. 대신 육십에 가까운 좀 미련해 보이는 주정뱅이 영감을 고용하였는데, 요리사격인 이 아파나시란 영감은 겨우 밥이나 할 수 있을 정도였어요. 그나마도 영감이 한때 군대에서 식사당번을 한 일이 있기 때문이라나요. 영감은 날마다 팔짱을 끼고 문간을 서성거리며 긴 한숨을 내쉬었어요. 그리고는 언제나 똑같은 말을 입버릇처럼 하곤 했어요.

"요즘엔 저런 괴짜들이 꽤 많단 말이야!"

베리코프의 침실은 흡사 무슨 상자처럼 매우 작았는데, 침대에는 언제나 휘장을 쳐 놓았어요. 그는 잠자리에 들어가면 으레 이불을 머리끝까지 뒤집어쓰는 것이었어요. 얼마나 답답했겠어요. 바람이 불 때마다 침실 문이 덜거덩거리고, 페치카에서는 불타는 소리가 요란했지요. 부엌에서는 영감의 긴 한숨소리가 새어나오고. 불길한 한숨소리 말예요……. 베리코프는 이불 속에서도 두려워했어요. 무슨 불행한 일이 생기지 않을까, 아파나시가 자기를 해치지나 않을까, 도둑이 들지나 않을까 하는 일들 말이지요. 그러니 잠이 들어도 밤새 무서운 꿈을 꿀 수밖에. 아침에 나와 함께 학교에 출근할 때 보면, 그 외로운 얼굴이 흰 종잇장 같았어요. 그가 복무하고 있는 학교는 필경 그에게 귀찮은 공간이었을 거예요. 사람들이 언제나 들끓고 있거든요. 고독을 벗 삼는 사람들은 다 그럴 테지만, 그는 나와 함께 길을 걸어가는 것조차 거추장스럽게 생각했나 봐요.

"교실에서는 벌써 야단법석들이겠군!"

그는 마치 자기감정을 상대방에게 설명이라도 하려는 듯이 말하는 것이었어요.

"말씀이 아니야!"

"그런데 말예요. 이 희랍어 선생이 한번 장가를 들 뻔했어요."

이반 이바누이치는 헛간 쪽을 내다보며 다급히 물었다.

"뭐요? 농담이겠지요!"

"물론 잘 납득이 가지 않을 테지만, 장가를 들 뻔한 것은 사실이에요. 하루는 학교에 미하일 사브비치 코발렌코라는 선생 한 분이 부임하게 되었는데, 그 선생은 젊고 호리호리하며, 얼굴이 거무튀튀하고 손은 큼직한 대장부처럼 생겼어요. 그의 얼굴 생김새만 보아도 목소리가 굵직할 것 같았어요. 아닌 게 아니라, 그의 목소리는 흡사 나무물통을 두드릴 때 나는 소리를 연상케 했어요. 누이 바렌카는 서른 안팎으로 보이는 올드미스였는데, 그녀도 키가 호리호리하고 날씬한 몸매에, 얼굴빛이 검붉고 눈썹이 짙었어요. 말하자면 보통 처녀와 좀 다른 말괄량이였어요. 그녀의 입에서는 소러시아의 노래가 떨어지지 않았으며, 곧잘 히히덕거렸어요. 별로 대수롭지 않은 일에도 '호호, 하하……' 하고 큰소리로 웃어대는 것이었어요. 지금도 잊혀지지 않지만, 제가 처음으로 그의 누이를 알게 된 것은, 교장 댁 명명일 축하 파티에서였어요. 예의상 마지못해 얼굴을 내민 그 무뚝뚝한 교직원들 틈에 난데없이 비너스가 나타났어요. 그녀는 손을 허리에 얹고 방안을 왔다 갔다 하면서 히히덕거리는가 하면, 노래도 부르고, 춤도 추었어요. ……그녀는 자기감정에 도취되어 '바람이 분다면'이라는 노래를 부르더니, 다른 노래를 연달아 부르는 것이었어요. 우리는 그녀의 노랫소리에 홀딱 반했어요. 심지어 베리코프까지도 반했으니까요. 그리하여 그는 그녀의 곁에 앉아서, 정답게 웃으며 말을 거는 것이었어요.

"당신의 그 부드럽고 맑은 소러시아의 노랫소리는 마치 고대 희랍어를 상기시켜 주는군요!"

그녀는 그 한마디가 무척 마음에 들었어요. 그리하여 정다운 목소리로 베리코프에게 말했어요. 가쟈츠키이군에 자기네 농장이 있고, 거기 어머니가 살아 계시며, 배나무와 탐스러운 참외, 호박 등이 많다는 것이었어요. 그리고 소러시아에서는 호박을 '카비카'라고 한다나요. 이 고장에서 말하는 카바카(선술집)를 그 고장에서는 '시노코'라고 말한다느니, 그 고장에서 먹는 보르스치(수프)는 별미라느니 하는 이야기를 늘어놓는 것이었어요.

우리가 그녀의 이야기에 귀를 기울이고 있는 동안에 똑같은 생각이 머릿속에 떠올랐어요.

"두 분을 결혼시키면 좋겠군요."

하고 교장부인은 나지막한 소리로 나에게 말하는 것이었어요. 그때 우리들의 머릿속에는 별안간 베리코프가 독신이라는 생각이 떠올랐어요. 우리는 지금까지 그의 생활의 중요한 부분을 까맣게 잊어버린 일을 새삼 이상하게 생각하였어요. 아무튼 이 사나이가 여성과 어떤 관계를 맺을는지, 또 이 중대한 문제를 어떻게 해결할는지, 꽤 흥미 있는 일이 아닐 수 없었어요.

전 같으면 전혀 흥미꺼리가 되지 않았을 테지요. 언제나 덧신을 신고 휘장을 친 침대 속에서 자는 사나이가 연애를 하리라고는 상상조차 못할 일이니까요.

"저 선생은 벌써 사십 고개를 넘으셨다지요? 그리고 저 처녀는 서른이라니까…… 어울릴 것 같군요"
하고 교장부인은 말하는 것이었어요.

우리 시골에서는 필요치도 않고, 대수롭지도 않은 일들을 심심풀이로 떠드는 버릇이 있지요. 정작 해야 할 일은 하지 않으면서 말예요. 대관절 신랑 자격이 있다고는 생각조차 못 할 베리코프에게 짝을 지어줄 필요가 어디 있겠어요. 그런데 교장부인을 비롯하여, 사감부인, 그리고 모든 교직원의 부인들은 마치 인생의 큰 목적이라도 찾아낸 듯이 활기를 띠고 있지 않겠어요. 심지어 전보다 한결 아름답게 보이기까지 했어요.

하루는 교장부인이 극장 특별석에 앉아 있었대요. 그 열에 바렌카가 부채를 들고 행복스러운 얼굴을 하고 앉아 있었는데, 그 옆에는 그녀와 나란히 몸집이 작달막하고 등이 좀 굽은 베리코프가 촌뜨기처럼 앉아 있었다는 거예요.

어느 날 내가 만찬회를 베풀려는데, 동료의 부인들은 베리코프와 바렌카를 초대하라고 당부하는 거예요. 말하자면 기계가 돌아가기 시작한 셈이죠. 바렌카 자신도 분명히 결혼에 반대하지 않는 모양이더군요. 하긴 동생한테 얹혀사는 그녀의 마음이 얼마나 편하겠어요? 더구나 사이가 좋지 않아,

자주 옥신각신하며 욕을 퍼붓기가 일쑤였으니까요.

이 오누이가 다투는 장면을 이야기하지요. 키다리 대장부 코발렌코가 수를 놓은 셔츠를 걸치고 걸어가요. 앞머리는 이마까지 길게 늘어뜨린 채에요. 그리고 한 손에 책을 끼고 다른 손에는 매듭이 가득한 지팡이를 들었어요. 그 뒤를 바렌카가 책을 옆에 끼고 따라가요.

"얘 미하일리크! 너 이 책 안 읽었지?"

하고, 그녀는 큰소리로 말해요.

"너 안 읽은 게 분명해……."

"원 누이두! 다 읽었대두 그래!"

그는 지팡이로 보도 위를 마구 치면서 소리를 지르는 거예요.

"아니 너 역정은 왜 내는 거야? 대수롭지 않은 일 가지구……."

"난 읽었단 말이야."

그는 더욱 언성을 높여 말하였어요. 집에서도 언제나 남남끼리처럼 곧잘 싸웠으니, 그 생활에 진저리나지 않을 리가 있어요? 그녀에게는 몸 둘 곳이 필요했을 테지요. 하긴 그 나이가 되면 결혼문제가 심각하지 않을 수 없을 테니, 그녀의 처지로서는 상대방에 대하여 이러니저러니 운운할 여지가 없었을 거예요. 그래서 '아무라도 좋으니 결혼해야겠다. 희랍어 선생도 무방하다'는 심정이었을 테지요. 이 여자뿐만 아니라, 요즘 처녀들은 그렇게 생각하는 경향이 많아요. 상대가 어떤 사람이건 시집만 가면 그만이라는 거죠. 어쨌든 그녀가 베리코프에게 호감을 갖고 있는 것만은 사실이었어요.

한편 베리코프는 우리를 자주 방문하는 것처럼, 코발렌코네 집도 자주 찾아갔어요. 그는 방에 들어가서 말없이 우두커니 앉아 있었어요. 하지만 바렌카는 '바람이 분다면'이라는 노래를 그에게 들려주기도 하고, 그 무엇을 깊이 생각하는 것 같은 눈동자로 그의 얼굴을 빤히 들여다보기도 했어요. 그런가 하면 갑자기 '호호…….' 하고 웃음을 터뜨리기도 하구요.

누구나 애정관계, 특히 결혼문제에 있어서는 제 3자의 말이 상당히 큰 영향을 주는 것 같아요. 동료의 부인들은 저마다 그가 결혼해야 한다느니, 그의 생활에서 결혼 이외의 일들은 아무 값어치도 없느니 하고 여러모로 설득하였어요. 그리고는 엄숙한 얼굴로 결혼은 인생의 대사라고 판에 박힌 말을 늘어놓았던 거예요.

"선생도 바렌카에 대해서는 대충 알고 계셨으리라고 믿어요. 그녀도 결코 나쁜 여자는 아니거든요. 오히려 매우 재미 있는 데가 있어요. 그리고 5등관의 따님으로 집에는 큰 농장 도 갖고 있어요."

그러나 무엇보다도 중요한 것은 베리코프에게는 그녀가 참된 사랑을 기울인 첫 번째 여인이었다는 점이에요. 그도 그녀에게 매혹되어 드디어 결혼을 하려고 생각하게 되었어 요."

"으흠……. 인제야 그 덧신과 우산을 집어치울 때가 온 거 군요."
하고 이반 이바누이치가 말하였다.

"그렇지만 그것을 치워버릴 수는 없었어요. 그 후 사나이 는 상에 바렌카의 초상화를 모셔 놓고는 틈만 나면 내 방에 건너와서 그녀에 대한 이야기를 하는 거예요. 그리고 신혼생 활에 대한 여러 가지 문제와 결혼의 중요성 등에 대하여 이 야기를 늘어놓았어요. 그는 코발렌코네 집에도 자주 드나들 었지만 그의 생활태도는 조금도 변함이 없었어요. 오히려 결 혼에 대한 결심은 일종의 병적인 영향을 준 것 같이, 그는 날이 갈수록 메말라가고 얼굴이 창백해졌어요. 내가 보기에 는 더욱 깊숙이 상자 속에 틀어박히려고 하는 것 같았어요.

"나는 바렌카가 마음에 들어!"

하고 그는 어느 날 히죽 웃으며 나에게 말했어요.

"누구나 결혼해야 한다는 것쯤은 나도 잘 알고 있네······. 그러나 이번 일은 자네도 알다시피 너무 갑작스럽게 일어나서 좀 생각해 봐야겠네."

"생각하고 말고가 어디 있나, 결혼하면 그만이지."

"아니야. 그래도 결혼은 인생의 대사가 아닌가? 앞날의 책임과 의무를 잘 생각해 봐야 나중에 말썽이 없을 테니까. 이 일 때문에 요즘에 나는 잠도 잘 못자네. 솔직히 말해서 나는 그 오누이가 두렵네. 그들은 자네도 알다시피 좀 독특한 사고방식을 갖고 있지 않나? 무슨 일에 있어서나 남들과는 다른 생각을 갖고 있어. 게다가 성질들도 과격하단 말이야. 그러니 결혼 후에 무슨 일이 생길지 누가 알아."

그리하여 사나이는 청혼도 하지 못하고 날짜만 끌었어요. 교장부인과 우리들은 실망했어요. 결국 이 사나이는 앞날의 책임과 의무 같은 것만 밤낮 생각하다가 세월을 다 보낼 판국이니 말예요. 그러면서도 날마다 바렌카와 산책을 하는 거예요. 아마 자기로서는 그것을 하나의 의무라고 생각했던가 보죠. 그리고 여전히 틈만 나면 가정생활에 대한 이야기를 하려고 내 방에 건너오는 거예요. 분명히는 알 수 없지만, 드디어 청혼을 했는지도 몰라요. 그리고 만일 그 큰일이 일어나지 않았더라면 하나의 심심풀이에 지나지 않는 이 불필요한 결혼이 성립되었을지도 몰라요.

한 가지만 더 말씀드리지요. 그녀의 동생 코발렌코가 베리코프를 처음 만난 그날부터 그를 몹시 미워했던 거예요.

"도무지 저로서는 알고도 모를 일입니다."

하고 코발렌코는 어깨를 치켜 올리며 불평을 했어요.

"저 걸레 같은 녀석과 어떻게 함께 지냅니까? 그 구역질 나는 낯짝을 보고 잘도 견디시는군요. 이런 곳에서 하루하루를 보내시는 여러분은 용하기도 합니다. 이 분위기는 숨이 막힐 지경입니다. 여러분은 이러고도 교육자요, 또한 스승이라고 자처할 수 있어요? 이곳은 학교가 아니라 경찰서군요. 그리하여 파출소의 그 고리타분한 냄새까지 풍기는군요. 저는 이곳에 좀 더 있다가 시골로 내려가렵니다. 거기에 가서 새우잡이라도 하면서 소러시아의 아이들이나 가르치겠어요. 전 곧 떠날 터이니 그렇게 아시고 여러분이나 저 유다(예수를 판 제자)와 함께 지내세요. 그런 녀석은 진작 죽어 없어져야 해요!"

이어서 그는 굵직한 소리로

"하하……."

하고 크게 웃고 나서, 두 팔을 벌리며 나에게 말하는 거예요.

"그 녀석이 무엇 때문에 내 집에 자주 찾아와서 우두커니 앉아 있는지 모르겠어요. 제까짓 게 나한테 무슨 용건이 있겠어요? 멍하니 앉아서 사람의 얼굴만 뚫어지게 쳐다보고 ……."

그는 베리코프더러 '거미'라고 별명을 짓는 거예요. 그러므로 우리는 그의 누이가 베리코프에게 시집을 갈 심산이라는 말을 차마 입 밖에 낼 수 없었어요. 그런데 어느 날 교장 부인이 코발렌코더러 성실하여 사람들에게 존경을 받고 있는 베리코프에게 누이를 출가시키면 좋을 것이라는 말을 비쳤어요. 그러자 그는 얼굴을 찌푸리고 투덜거리는 것이었어요.

"누이가 그 독사한테 시집을 가건 말건 제가 알게 뭡니까. 저는 남 일에 간섭하지 않는 사람입니다."

그 후 어떤 장난꾸러기가 말예요. 덧신을 신고 바짓가랑이를 걷어 올린 베리코프가 우산을 받쳐 쓰고 바렌카와 나란히 걸어가는 모습을 만화로 그렸어요. 그리고는 그 밑에 사랑에 빠진 '안크로포스'라고 적어 넣었는데, 그 표정이 신기할 정도로 닮아 있었어요. 그런데 그 만화를 중학교와 여학교 선생들은 물론, 신학교 교수, 심지어는 관리들에게까지 한 장씩 나누어 주었어요. 아마 어느 만화가가 그걸 그리는

데 며칠은 소비한 것 같았어요. 베리코프도 그 만화를 받았고, 그건 그에게 치명적인 상처를 안겨 주었어요.

그날은 5월 초하루 일요일이라 교직원과 학생들이 학교에 일단 모였다가 소풍을 떠나기로 되어 있었어요. 바로 그날 아침에 베리코프는 나와 함께 집을 나섰어요. 그런데 그의 얼굴은 새파랗게 질려 있고, 먹구름이 뒤덮인 것 같은 표정을 하고 있었어요.

"세상엔 별의별 사람이 다 있군."

하고 그는 내뱉듯이 말하였는데, 그의 입술은 파르르 떨고 있었어요. 그것을 보자 나는 가엾은 생각이 들었어요. 우리 일행이 목적지를 향해 반쯤 걸어왔을 때 코발렌코가 자전거로 뒤를 따라왔는데, 그 뒤엔 바렌카가 자전거를 타고 왔어요. 그녀의 검붉은 얼굴은 약간 피로한 듯이 보였지만, 여전히 싱글벙글하며 명랑한 태도를 잃지 않았어요.

"저희는 먼저 가 보겠어요!"

하고 그녀는 말했어요.

"어쩌면 날씨가 이렇게 좋을까?"

이윽고 자전거를 탄 그 오누이는 우리들의 눈에서 멀리 사라졌지만, 창백한 베리코프의 얼굴은 완전히 흰 백지장으로 변하고, 정신을 잃은 것만 같았어요. 그는 발길을 멈추고 한참 나를 쳐다보았어요.

"도대체 저것들은 뭐야?"

하고 그는 비꼬았어요.

"혹시 내가 잘못본 건 아닌가? 소위 중학교 교사가, 더구나 여자의 몸으로 자전거를 타고 쏘다니다니!"

"뭐가 어때?"

나는 말했어요.

"운동 삼아 괜찮지 뭘 그래!"

"뭐 괜찮다구?"

그는 내가 대수롭지 않은 일처럼 말하자 더욱 화를 내며 외쳤어요.

"그게 될 말인가?"

그는 크게 놀랐어요. 그리고 더는 걸어갈 기력이 없었던지 그만 집으로 돌아가고 말았어요.

이튿날 그는 온종일 신경이 날카로워 두 손을 마주 비벼대며, 온몸을 부들부들 떠는 것이었어요. 나는 그의 얼굴을 보고, 기분이 심히 언짢은 걸 곧 알아차렸어요. 그는 이날 생전 처음으로 결근을 했고 식사도 별로 하지 않았어요. 그런데 저녁때가 되자, 여름철인데도 두터운 옷을 걸치고, 코발렌코네 집으로 비칠비칠 찾아갔어요. 마침 바렌카는 외출하고 집에 없었어요.

"어서 앉으시오."

코발렌코는 얼굴을 찌푸리며 쌀쌀맞게 말했어요. 그는 잠에서 덜 깬 얼굴이었는데, 아마 저녁식사를 마치고 한잠 잤던가봐요. 그래서인지 입이 삐죽하니 나와 있었어요. 베리코프는 10분 남짓 우두커니 앉아 있다가 입을 열었어요.

"오늘은 마음을 좀 진정시켜 보려고 들렀죠. 나는 마음이 무척 괴로워요. 어느 짓궂은 놈팽이가 나와 당신 누이를 만화로 그렸지 뭐요. 그러나 나는 그 만화가 나와 아무런 관계도 없다는 것을 분명히 이야기해야 하겠기에……. 나는 이런 만화의 재료가 될 만한 일을 한 적이 없어요. 나는 어디까지나 예의를 저버리지 않고 처신해 왔지요."

코발렌코가 입술을 삐죽이 내민 채 잠자코 있자, 베리코프는 나지막한 울먹이는 소리로 말을 이었어요.

"한 가지만 더 말하지요. 당신으로 말하면 교편을 잡은 지 얼마 안 되고 나는 오랫동안 교단을 지켜 왔어요. 이를테면 교직의 선배로서 당신에게 주의를 주겠어요. 이것은 적어도 내 의무라고 생각해요. 다름이 아니라 당신은 언제나 자전거를 타고 잘 다니는데, 그런 취미는 제 2세 교육을 담당한 사람으로서는 삼가야 해요."

"왜요?"

코발렌코는 굵직한 목소리로 반문하였어요.

"설명을 더 해야 알겠어요? 그래 몰라서 묻는 거요? 교사가 자전거를 타고 다녀도 괜찮다면 학생들이 거꾸로 서서 다녀도 탓할 수 없지 않아요? 일단 안 된다고 공고한 일을 여겨서는 안 돼요. 나는 어제 무척 놀랐어요. 당신의 누이를 보고 한심스러워 눈앞이 캄캄했어요. 부녀자가 자전거를 타고 쏘다니다니 될 말입니까?"

"그래 날더러 어쩌란 말이요?"

"앞으로 주의해야죠. 내가 바라는 것은 이것뿐이오. 당신은 아직 젊어 앞길이 창창하니 신중하게 처신해야지요. 당신이 이 점이 좀 부족해요. 당신은 밤낮 수놓은 셔츠바람으로 책을 옆에 끼고 다니더니, 이번에는 자전거까지 몰고 다니고 말예요. 사실은 교장이 알게 되면 곧 장학관의 귀에 들어갈 게 아녜요."

"나와 누이가 자전거를 타건 말건 제 3자가 무슨 상관이오?"

코발렌코는 버럭 화를 내며 말하였어요.

"만일 내 사생활이나 가정생활에 간섭하는 자가 있다면 누구를 막론하고 모가지를 분질러 놓을 테다!"

베리코프는 새파랗게 질려 자리에서 벌떡 일어났어요.

"당신이 그런 식으로 나오면 할 말이 없소."

하고 그는 말했어요.

"제발 앞으로는 상관에 대해서 말을 삼가요. 내게 말한 식으로 해서는 안 돼요. 상관을 대할 때에는 존경하는 마음을 잊지 말아야 해요."

"그러니 내가 어쨌다는 거요? 상관을 헐뜯었단 말이오?"

코발렌코는 화가 치밀어 증오에 가득 찬 눈초리로 노려보며 따지기 시작했어요.

"제발 내 일에 대하여는 간섭 마시오. 솔직히 말하지만 난 당신 같은 사람하곤 상종하기 싫소. 난 걸레 같은 놈은 질색이오."

화가 머리끝까지 치민 베리코프는 안절부절 못하였어요. 아마 이 사나이는 난생 처음으로 이런 모욕을 당했을 거요.

"당신 맘대로 하구려."

그는 층계 앞을 나서면서 이렇게 덧붙여 말했어요.

"한마디만 더 해야겠어요. 혹시 우리가 주고받는 이야기를 누가 들었을지 몰라요. 말이 퍼지면 시끄러울 테니 교장에게 미리 알려야겠어요. ……언쟁을 하게 된 동기를 대강 이야기하겠어요."

"뭐 보고를 해? 맘대로 하시오!"

코발렌코는 별안간 그의 목덜미를 휘어잡고 아래로 휙 밀어버렸어요. 그러자 베리코프는 덧신과 함께 층계 아래로 뒹굴었어요. 이윽고 그는 부시시 몸을 일으켜 안경이 깨어지진 않았나 하고 코를 만져보는 것이었어요. 그런데 공교롭게도 그가 층계 아래로 굴러 떨어졌을 때, 마침 바렌카가 두 부인과 함께 들어오는 길이었어요. 베리코프는 이 사실이 무엇보다도 두려웠어요.

"이걸 어째! 큰 웃음거리가 될 테니 말이야, 차라리 죽어 버릴까, 일이 이렇게 되면 읍민들이 다 알게 될 것이 아니야. 그리고 교장과 장학관도 물론 알게 될 거야. 아, 아무 일도 생기지 말아야 할 텐데…… 또 만화가 한 장 더 그려지겠군…… 그리고 결국은 파면이 되고……."

그가 자리에서 부시시 일어나자 바렌카는 그를 알아보고 흉한 얼굴과 구겨진 외투와 덧신을 바라봤어요. 그녀는 영문을 잘 몰라, 그의 부주의로 층계에서 굴러 떨어진 것이라고 속단하고 집이 떠나갈 듯이 웃는 것이었어요.

"하하…… 호호……."

이 벼락같은 웃음소리가 청혼은 물론 이 지상에서의 생존까지도 결말을 짓고 말았어요. 그는 집에 돌아오자마자 바렌카의 초상화를 치워버리고, 잠자리에 누워 다시는 일어나지 않았어요.

사흘이 지나 하인 아파나시가 찾아왔어요. 주인이 아무래도 죽을 것 같으니 의사를 불러야 하지 않겠느냐고 의논하는 것이었어요.

나는 베리코프의 방에 가 보았어요. 그는 휘장 속에서 담요를 뒤집어쓰고, 가만히 누워 있었는데, 내가 혹시 무슨 말을 물으면 그는 다만 "아니" 또는 "응" 하고 대답할 뿐이었어요. 아파나시가 이 사나이 곁에서 우울한 얼굴을 하고 서성거리며 커다란 한숨을 연방 내쉬는 것이었어요. 그럴 적마다 그의 입에서는 술 냄새가 풍겼어요.

그 후 한 달이 지나 베리코프는 죽었어요. 중학교, 여학교, 그리고 신학교의 교직원들이 모여서 그의 장례를 치렀는데, 영구 속에 들어간 그의 얼굴은 평화로워 보이고 명랑해 보이기까지 했어요. 영원히 상자 속에 들어가 다시는 밖에 나가지 않게 된 것이 기쁘기나 한 듯이 말예요. 이제 그는 자기 이상을 달성한 셈이지요.

장례식 날은 마치 그의 명예를 존중하듯이 날씨도 잔뜩 찌푸리고 있어, 우리 일행은 덧신을 신고 우산을 썼어요. 바렌카도 장례식에 나왔는데, 무덤 속에 영구가 놓이자, 그녀는 울음을 터뜨렸어요. 소러시아의 여자들은 웃지 않으면 우는 두 가지의 감정만 갖고 있을 뿐, 그 중간의 기분이란 있을 수 없다는 걸 나는 그때 알았어요.

솔직하게 말해서 베리코프와 같은 사람이 죽어서 장례를 치렀다는 것은 기쁜 일이라고 할 수 있겠지요. 우리 일행은 저마다 엄숙한 표정으로 묘지에서 돌아왔어요. 아무도 자기 감정을 드러내려고 하지 않았어요. 그것은 마치 우리가 어렸을 때, 어른들이 집을 비우고 나간 뒤에, 마음대로 한두 시간 뛰어놀던 때의 표정과 비슷한 것이었어요.

아아, 자유, 자유, 자유를 누릴 수 있다는 그 암시는 설사 보잘것없는 희망이라 하더라도 인간의 마음에 활기를 주는 거예요. 안 그래요?

우리는 묘지에서 돌아오면서 마음이 한결 가벼워지는 것을 느꼈지만, 일주일도 못 가서 우리의 생활은 종전과 다름없이 추하고, 무의미하고, 지루한 것이 되어버렸어요. 그렇다고 무슨 공로로써 금지된 생활을 하는 것은 아니었지만 자유는 보장되지 않았어요. 요컨대 전보다 조금도 나아진 것 없는 생활이었어요. 우리는 베리코프 한 사람을 땅에 묻었지만, 아직도 그와 같이 상자 속에 들어있는 사람이 세상에는 많아요. 그리고 앞으로도 이런 사나이들이 얼마나 많이 생기겠어요!"

"옳은 말이요"

하고 이반 이바누이치는 말하고 나서, 담뱃대에 불을 당겼
다.

"아무튼 앞으로도 많이 나타날 거예요"

하고 불킨은 다시금 강조했다.

그리고 이 중학교 교사는 헛간에서 밖으로 나왔다. 그는
키가 작달막하고 몸이 뚱뚱하며, 대머리에다가 허리까지 내
려오는 턱수염을 기르고 있었다. 두 마리의 사냥개가 그를
따라나섰다.

"저 달을 좀 보시오!"

그는 달을 바라보며 말하였다.

밤이 깊었다. 오른편으로 멀리 십 리나 뻗은 마을이 한 눈
에 보였고, 삼라만상은 깊이 잠들어 있었다. 아무 움직임도
보이지 않고, 아무 소리도 들리지 않았다. 자연계에 이런 고
요가 있으리라고는 생각할 수 없었다. 달이 밝은 밤에 농가
며 볏가리가 잠든 넓은 마을을 내다보니, 마음도 한결 적적
하였다. 이 세상에 괴로움과 번민, 슬픔이 다시 어두움의 적
막 속에 잠겨버렸다. 이 정막 속에서는 거리도 한결 평화로
워 보였다. 애수에 잠겨 더 아름답게 보이는 것이었다. 별들

도 다정스런 눈으로 이 거리를 내려다보는 듯하였다. 그리하여 이 세상은 아무런 악의도 없는 평화로운 곳으로 보였다. 왼쪽으로는 마을 한끝에서 멀리 지평선까지 넓은 벌판이 내다보였는데, 달빛을 가득 받은 벌판에는 그림자 하나 찾아볼 수 없고, 아무 소리도 들리지 않았다.

"사실 그래요."

이반 아바누이치가 말하였다.

"그렇지만 우리가 이 숨 막힐 듯한 거리에서 살아가며, 무의미한 서류를 작성하거나, 카드놀이를 하는 것도 상자 속의 생활과 다름없는 것이 아닐까요? 그리고 우리가 게으르고 수다스럽고, 우매하고 주책없는 마누라들과 평생을 같이 살며 쓸데없이 지껄이는 것도 일종의 상자 속의 생활이 아니겠어요? 혹시 원한다면 교훈적인 이야기를 하나 해 드릴까요?"

"아뇨, 이제 그만 자야겠어요."

불킨은 말하였다.

"그럼 내일 또 뵙겠어요!"

두 사람이 헛간 속으로 들어가 마른 풀 위에 드러누워 담요를 뒤집어쓰고 자려고 할 때, 별안간 바삭바삭하는 발걸음 소리가 들려왔다. 누가 헛간 곁을 지나가는 모양이었다. 그

발길 소리는 얼마 안가서 한참 멈췄다가 다시 들려왔다.

"도둑인가보죠."

하고 불킨은 말하였다. 발길 소리는 다시 멎어버렸다.

이반 이바누이치는 옆으로 드러누우며 말하였다.

"사람들은 허튼 소리를 듣거나 모욕과 멸시를 당하고도 꾹 참기 때문에 바보라는 말을 듣는 수가 많아요. 자기 자신은 정직한 자유인이라고 주장하기도 하고, 자기 자신을 기만하고 비웃기도 하지요. 이것은 다 한 조각의 빵과, 몸 둘 거처와, 아무런 가치도 없는 지위 때문이 아니겠어요. 그러나 앞으로 이렇게 살고 싶지는 않아요!"

이윽고 불킨은 잠이 들었다. 그러나 이반 이바누이치는 자리에서 엎치락뒤치락하면서 연신 한숨을 내쉬다가 벌떡 일어나 문 앞에 나와 앉아 담뱃대에 불을 켜 대었다.

사모님

사모님

어느 날 모든 일에 공정하고 너그러운 사람이라고 자처하고 있는 N현 교육감 표도르 페트로비치는 사무실에서 브레멘스키라는 교사와 이야기를 하고 있었다.

"브레멘스키 선생, 아무래도 어려울 것 같소"

하고 그는 말하였다.

"자리에서 물러나는 수밖에 도리가 없을 것 같소 목소리가 그래 가지고서는 계속해서 교단을 지키기가 어려운 일이오. 그런데 어쩌다가 목소리가 그렇게 된 거요?"

"네, 땀을 흠뻑 흘리고 나서 찬 맥주를 몇 잔 들이켰더니 그만 그렇게……."

하고 교사는 'S' 소리만 유난히 강하게 쉰 목소리로 말하였다.

"저런 그런 기막힌 일이 있나! 14년 동안이나 교직에 복무해온 사람이 순식간에 그런 변을 당하다니! 그런 일 때문에 앞길이 막혀버린대서야 될 말이오. 그래 앞으로 어떻게 할지 대책은 있소?"

교사는 할 말이 없었다.

"가족은 몇 사람이나 되오?"

하고 교육감은 물었다.

"네, 처와 자식이 둘 있습니다."

교사는 거칠게 쉰 목소리로 대답하였다.

교육감은 더 할 말이 없었다. 그는 자리에서 일어나 흥분한 얼굴로 방안을 왔다 갔다 하였다.

"어떻게 하지? 묘안이 떠오르지 않는군!"

하고 그는 입을 열었다.

"교원생활을 계속할 수는 없고, 아직 연금을 받을 연한도 차지 않았으니……. 그렇다고 갈 데로 가라고 방임해 둔다는 것은 인정상 차마 할 수 없는 일이고……. 14년 동안이나 교육계에 근무했으니, 우리 사람이나 다름이 없지 않소. 그러니 우리가 당신에게 힘이 되어 주어야 할 텐데……. 내 입장에서 생각해 봐요. 내가 당신에게 어떤 도움을 주면 좋겠소?"

다시 침묵이 흘렀다. 교육감은 방안을 거닐며 생각에 잠겼고, 뜻하지 않은 재앙으로 말미암아 기가 죽은 브레멘스키도 의자 한 귀퉁이에 걸터앉아 생각에 잠겨 있었다.

이윽고 교육감은 별안간 얼굴에 활기를 띠고 손가락까지 탁탁 튀기며 말하였다.

"좋은 수가 있소. 왜 진작 이 생각을 못했는지 모르겠군! 다음 주일에 여기 서기 한 사람이 정년으로 퇴직하게 되어 있는데, 그 자리에 당신이 들어오는 것은 어떻겠소?"

브레멘스키는 그렇게까지 자기 일을 걱정해주리라고 생각지 못하였다. 그는 기뻐서 어쩔 줄을 몰랐다.

"그럼, 잘됐어. 곧 이력서를 쓰도록 하시오."
하고 교육감은 말하였다.

그는 브레멘스키를 보낸 후에, 가슴이 후련해지는 것을 느꼈다. 무엇보다도 쉰 목소리를 하는 그 교사의 궁색한 몰골이 얼씬거리지 않게 된 것이 다행스러웠다. 그리고 빈자리를 그에게 주기로 한 것은 자기가 성실하고 교양 있는 인간으로서 일을 양심껏 공정하게 처리한 증거라고 생각하게 되자, 만족스러웠다. 그러나 그 만족감도 오래 가지는 않았다.

집에 돌아와 식탁에 앉기가 바쁘게 마누라 나서타샤 이바노브나는 갑자기 말을 꺼내었다.

"어머나, 하마터면 깜빡 잊어버릴 뻔 했네! 바로 어제 니나 세르게예브나가 찾아와서 어떤 청년 한 사람을 부탁하고 갔어요. 당신 계신 데 이번에 자리 하나가 난다지요?"

"응, 그러나 그 자리는 벌써 메워버린 걸."
하고 교육감은 얼굴을 찌푸리며 말하였다.

"내가 정실인사를 절대로 용납하지 않는다는 것은 당신도 잘 알고 있지 않소?"

"네, 그건 저도 알고 있어요. 그렇지만 니나 세르게예브나의 부탁은 특별히 들어 줘야 하지 않아요. 그분은 우리를 한 집안이나 다름없이 생각해 주고 있어요. 그러나 우리는 지금까지 아무런 보답도 해 드리지 못했지 않아요. 그러니 이번만은 청을 들어 주셔야 해요. 당신 마음대로 일을 처리하면 그이가 어떻게 생각하겠어요. 또 제 꼴은 뭐가 되고요?"

"대관절 어떤 사람을 부탁하는 거요?"

"폴쥬힌이래요."

"아니 폴쥬힌이라니? 신년 연회 때에 차츠스키를 연주한 그 사람 말이오? 그래 그 사람이? 절대로 안 돼!"

교육감은 들었던 수저를 놓아버렸다.

"안 돼!"

하고 그는 되풀이하여 말하였다.

"절대로 안 돼!"

"아니 왜요?"

"아, 젊은 녀석이 제가 직접 나설 일이지, 그래 여자들의 힘을 빌어? 보나마나 쓸개 빠진 놈이야! 왜 제 발로 나한테 찾아오지 못해?"

그는 밥상을 물리고 나서 서재의 소파에 파묻혀 그날 신문과 편지를 읽기 시작하였다. '친애하는 표도르 에트로비치 씨!' 시장부인에게서 온 편지였다. '언젠가 당신은 저더러 보기 드물게 매력 있는 여자라고 말씀하셨습니다. 이제 당신이 하신 그 말씀이 진담인지 아닌지를 가릴 때가 왔나봅니다. 2, 3일 내로 이번에 퇴직하는 서기 자리를 부탁하러 폴쥬힌이라는 청년이 당신을 찾아갈 것입니다. 착실하고 훌륭한 청년임을 내가 보장합니다. 내 청을 들어 그를 채용해 주시기를……'

이러한 사연이었다.

"천만에! 절대로 안 될 말이야!"

하고 교육감은 중얼거렸다.

그 후에도 그는 날마다 폴쥬힌을 부탁하는 추천장을 받아야 했다.

그리고 어느 날 맑게 갠 아침에 폴쥬힌이 집에 찾아왔다. 알맞은 체격에 반반히 면도질을 하고, 새까만 양복을 새로 맞춰 입은 청년이었다.

"공무에 관한 일은 집에서 이야기할 수 없으니 사무실로 찾아오게."

교육감은 그의 청을 듣고 나서 퉁명스럽게 말하였다.

"실례했습니다. 교육감님 제가 아는 분들이 다 댁으로 찾아가 뵈어야 한다고 하기에……."

"으흠……."

교육감은 불쾌한 눈초리로 젊은이의 삐죽한 구두를 바라보며 거친 목소리로 말하였다.

"자네 엄친께서는 꽤 풍족하게 지내시는 줄 내가 알고 있네. 자네가 구태여 그런 취직자리를 구해야 할 딱한 처지는 아니지 않나? 봉급도 몇 푼 안 되고……."

"저는 봉급을 바라고 일자리를 구하지는 않습니다. 말하자면……. 관청 일을 보는 것이……."

"하긴 그럴 테지. 그러나 아마 한 달쯤 지나면 싫증이 나서 집어치우게 될 걸. 그러나 반면에 그 자리를 자기의 천직으로 삼고 열심히 일할 사람들이 있다는 것을 잊어서는 안 돼. 그들은 넉넉지도 않은 처지라 그 자리를……."

"아니올시다. 교육감님!"

폴쥬힌은 교육감의 말을 가로막았다.

"열심히 일할 것을 맹세합니다."

교육감은 화가 치밀었다.

"내 말을 들어 보게."

그는 멸시하는 듯한 쓴 웃음을 지으며 청년에게 물었다.

"그렇다면 어찌하여 자네는 바로 나한테 찾아오지 않고 부녀자들에게 청을 드리는 거야?"

"저는 그것이 교육감님의 기분을 상하게 할 줄은 미처 몰랐습니다."

하고 폴쥬힌은 얼굴을 붉히며 대답하였다.

"만일 추천장 정도를 가지고는 안 되신다면, 무시험채용 증명서를 보여드리겠습니다."

그는 호주머니에서 종잇장을 꺼내어 교육감 앞에 두었다. 공문의 형식으로 되어 있는 이 증명서의 아랫줄에는 분명히 지사의 서명이 적혀 있었는데, 어느 사모님의 성가신 청탁에 못 이겨 내용도 잘 읽어보지 않고 싸인 해버린 것이 분명하였다.

"할 수 없군. 손들었네……. 손을 들어."

교육감은 증명서를 읽고 나서 한숨 섞인 소리로 말하였다.

"도리가 없지……. 내일 이력서를 내게……."

폴쥬힌이 가버리자 그는 참을 수 없는 증오감으로 하여 전신을 부르르 떨었다.

"망할 놈의 자식 같으니!"

그는 방안을 왔다 갔다 하고 씩씩거리며 내뱉듯이 말하였다.

"저런 쓸개 빠진 놈의 청을 들어 줘야 하다니! 계집들의 궁둥이나 쫓아다니는 개만도 못한 녀석! 에이, 쓸개 빠진 녀석!"

그는 방금 폴쥬힌이 나가버린 문에다 대고 퉤하고 침을 뱉었다. 그러나 그는 곧 당황하지 않을 수 없었다. 마침 그때 관공서 건물 관리부장의 부인이 서재로 들어왔기 때문이다.

"교육감님, 저 잠깐 보세요. 제 청을 꼭 들어주셔야 해요……. 지금 계신데 자리 하나 비어 있다지요. 내일이나 모레쯤 폴쥬힌이라는 청년이 찾아갈 거예요!"

부인은 연방 웃어 넘겼고, 교육감은 얼빠진 사람처럼 흐리멍덩한 눈으로 멍하니 여자를 바라보며 인사치레로 웃는 시늉을 하였다.

이튿날 교육감은 사무실에서 브레멘스키에게 차마 사실대로 이야기할 수 없어 한동안 망설이고 있었다. 그는 별별 궁리를 다 해 보았으나 말을 어떻게 꺼내야 할지 알 수 없었다. 교사에게 모든 사실을 솔직히 털어놓고 용서를 구하고 싶었지만, 술에 취한 것처럼 혀가 굳어버리는 것이었다. 그는 귓속이 윙윙거렸다. 그러자 부하 앞에서 이런 난처한 입장에 놓인 자기의 처지에 분통이 치밀었다. 그는 두 주먹을 불끈 쥐고 책상을 탁 치며 자리에서 벌떡 일어나 볼멘소리로 외쳤다.

"당신 자리는 없어요! 없어! 나는 죽을 지경이오! 제발 아무 말도 말아 줘요! 날 더 이상 더 괴롭히지 말아요, 제발 ……."

그는 이렇게 말하면서 밖으로 나가버렸다.

정조

정조

공중인 루뽠체프의 아내는 이웃 별장으로 휴가를 온 변호사 일리인과 함께 숲 속 길을 거닐고 있었다. 그녀는 스물다섯쯤 된 젊고 아름다운 여자로 이름은 소피아 페트로브나라고 하였다. 저녁 다섯 시경으로, 숲길 위의 하늘에는 흰 구름이 솜처럼 떠다니고, 구름 사이로 군데군데 파란 조각같은 하늘이 엿보였다. 어느 구름송이는 높은 노송 가지 끝에 걸린 것처럼, 좀처럼 움직이지 않았다. 그날은 고요하고 무더웠다.

숲길 앞은 나지막한 철길 둑이 가로놓여 있었다. 오늘은 웬일인지 총을 든 보초가 그 길을 왔다 갔다 하고 있었다.

바로 그 제방 뒤에는 녹슨 지붕에 여섯 개의 원정각이 솟아 있는 커다란 교회가 보였다.

"이곳에서 당신을 만나리라고는 꿈에도 생각지 못했어요."

소피아 페트로브나는 눈을 아래로 내리깐 채 파라솔 끝으로 길가에 떨어진 잎사귀를 쿡쿡 찌르면서 말하였다.

"그렇지만 당신을 만나게 된 것을 다행스럽게 알고 있어요. 저는 모든 것을 솔직히 털어놓고 당신과 이야기를 하고 싶었어요. 이반 미하일로비치씨, 당신이 저를 정말 사랑하고 존경하신다면, 앞으로는 제 뒤를 쫓지 말아주세요! 당신은 제 뒤를 그림자처럼 따라다니면서 이상한 눈초리로 저를 바라보며 사랑을 고백하고, 또 이상한 편지도 보내오고……. 대체 언제까지 그렇게 하실 작정이세요? 그리고 어쩌자고 그렇게 하시는 거예요?"

일리인이 아무 대꾸도 하지 않자, 소피아 페트로브나는 몇 발짝 더 걸어가서 다시 말을 이었다.

"저희들이 알게 된지도 어느덧 5년이 되었어요. 그런데 당신은 지난 몇 주일 동안에 아주 딴 사람처럼 변해버렸어요. 저는 당신을 이해할 수 없어요."

그녀는 남자를 흘깃 곁눈질 해 보았다. 일리인은 눈을 가늘게 뜨고 솜처럼 흰 구름을 멍하니 바라보고 있었는데, 그의 얼굴에는 듣기 싫은 말을 억지로 참아가며 들어야 할 때 느끼는 일종의 혐오감과 허탈한 표정이 떠올랐다.

"당신이 그것을 이해하지 못하다니 놀라운 일이에요."
하고 루뱐체프 부인은 어깨를 치켜 올리며 말을 이었다.

"당신이 하고 있는 일이 얼마나 파렴치한가를 아셔야 해요. 저는 남편이 있는 몸이에요. 그리고 남편을 사랑하고 존경하고 있고 저에게는 딸까지 있어요…… 그런 걸 당신은 일체 무시하나요? 게다가 당신은 저와 오래 전부터 사귀어 오는 처지라 가정생활에 대한 저의 태도며, 가정윤리에 대한 저의 심정을 잘 알고 계시지 않아요……."

일리인은 화가 나는 듯이 기침을 하고 길게 한숨을 내쉬었다.

"가정윤리라……."
하고 그는 중얼거렸다.

"아, 하나님 맙소사!"

"그래요! 저는 남편을 사랑하고 존경하고, 가정의 평화를 무엇보다도 더 소중히 생각하고 있어요. 남편 안드레와 딸을 불행하게 하느니 차라리 제가 죽어버리는 것이 낫다고 생각하고 있어요. 그러니 저를 더 괴롭히지 말아 주세요. 그리고 전과 같이 좋은 친구가 되어 주세요. 제발 당신의 얼굴에는 어울리지 않는 그 한숨과 탄식을 버리세요. 자, 이것으로 모든 것은 해결이 되고 끝이 났어요. 앞으로는 다시 입 밖으로 내지 않기로 해요. 이제 우리 다른 이야기나 해요."

소피아 페트로브나는 그의 얼굴을 다시 한 번 힐끔 쳐다보았다. 그는 여전히 멍하니 하늘을 쳐다보고 있을 뿐이었는데, 새파랗게 질린 얼굴을 하고 화가 몹시 치미는 듯 떨리는 입술을 지그시 깨물고 있었다. 그녀는 그가 무엇 때문에 그렇게 화를 내고 있는지 알 수 없었으나, 그 창백한 얼굴빛이 가엾은 생각이 들었다.

"그렇게 화만 내지 마시고 친구가 되어주세요. 네?……"
그녀는 다정스럽게 말하였다.

"아시겠지요? 그럼 우리 악수해요."
일리인은 그녀의 포동포동한 작은 손을 꽉 잡고 천천히 자기 입술로 가져갔다.

"저는 철없는 중학생이 아닙니다."
하고 그는 중얼거렸다.

"저는 사랑하는 여자와 친구가 되는 것만으로는 만족할 수 없어요."

"이제 그만! 모든 것이 끝이 나고 해결되었으니까요. 우리는 어느새 벤치까지 왔군요. 자, 여기 앉아요……"

그녀는 가장 어렵고 복잡한 일을 거뜬히 처리하고 괴로운 문제의 결말을 내어버린 뒤였다. 그러므로 그녀는 조용히 안식에 젖어 있었다. 이제 그녀도 가벼운 한숨을 내쉬며 일리인의 얼굴을 조용히 쳐다볼 수 있는 여유가 생겼다. 그녀가 그를 쳐다보자 자기를 사랑하는 남자를 정복하였을 때 느끼는 여자의 우월감이 그녀의 마음에 어떤 충족감을 주었다. 그녀는 씩씩하고 사나운 얼굴에 시커먼 턱수염을 기른 이 억세고 건장한, 대사라고까지 이름난 이 총명하고 교양 있는 남자가 자기 옆에 앉아서 순순히 고개를 숙이고 있는 것을 보자, 어쩐지 마음이 흐뭇하였다. 두 사람은 잠시 아무런 말 없이 앉아 있었다.

　"아직 아무것도 해결되지 않고 또 끝나지도 않았어요!" 하고 일리인은 입을 열었다.

　"당신은 무슨 경문이라도 읽듯이 나는 남편을 사랑하고 존경한다느니, 가정의 윤리가 어떻다느니 하고 말하지만, 그런 건 이미 잘 알고 있어요. 오히려 제 편에서 그 이상의 말을 당신에게 해 드릴 수도 있을 거예요. 솔직히 말씀드린다면, 저도 저의 행동이 도리에 어긋난 짓이라고는 생각하고 있어요. 달리 생각할 도리가 없으니까요. 그렇지만 누구나 다 알고 있는 그런 이야기를 되풀이한들 무슨 소용이 있겠어요. 그런 입에 바른 소리로 동정을 하느니 차라리 제가 무엇을 해야 할 것인가에 대하여 말씀해 주세요."

"벌써 여러 차례 말씀드리지 않았어요. 이곳을 떠나시라고요."

"당신도 아시다시피 지금까지 다섯 번이나 당신 곁을 떠나 보았지만, 번번이 되돌아오곤 했어요. 그 당시의 여행권을 보여 드릴 수도 있어요. 모두 소중히 간직하고 있으니까요. 그런데 아무래도 당신 옆을 떠날 수는 없는가 봐요. 저는 싸우고 있어요. 괴로운 싸움을 계속하고 있어요. 그러나 제가 정신적으로 단련이 안 되어 있고 힘이 부족하고 용기가 없다면 그래봤자 아무 소용도 없는 거예요. 인간이 자연의 힘에 항거할 수는 없으니까요. 아시겠어요? 자연에 항거할 수는 없는 거예요. 설사 제가 이 고장을 떠난다고 하더라도 자연의 힘은 제 옷자락을 놓아 주지 않아요. 저는 정말 저속하고 무기력한 존재예요."

일리인의 얼굴은 빨갛게 상기되었다. 그는 자리에서 일어나 벤치 옆을 서성거리기 시작하였다.

"저는 개처럼 으르렁거려요!"

그는 주먹을 불끈 쥐며 말하였다.

"저는 자기 자신을 미워하고 멸시해요! 마치 불량소년처럼 남의 부인의 꽁무니를 쫓아다니며, 병신같이 편지질이나 하고⋯⋯. 이게 무슨 꼴이에요⋯⋯. 에잇!"

그는 자기 머리를 쥐어뜯으며 입속으로 이렇게 부르짖었다. 그러고는 다시 자리에 앉았다.

"그런데 당신도 정직하지 못합니다."
하고 그는 침통한 얼굴로 말하였다.

"당신이 참으로 저의 행동을 못마땅하게 생각한다면 어찌하여 여기 나오셨어요? 무엇 때문에 나오신 거요? 저는 당신에게 보낸 편지에서 오직 '예스냐?', '노우냐?'의 최종적인 답변만을 원했지만, 당신은 결정적으로 답변해 주지 않았어요. 대신에 날마다 우연히 나하고 만나는 기회를 만들어 번번이 똑같은 설교만을 되풀이하고 있습니다."

루반체프 부인은 깜짝 놀라면서 얼굴을 붉혔다. 그녀는 정숙한 부인이 갑자기 자기의 나체를 드러내 보였을 때와 같은 수치를 느꼈던 것이다.

"당신은 마치 제가 당신을 희롱하고 있다는 투군요."
하고 그녀는 말하였다.

"저는 당신에게 언제나 분명한 대답을 해 왔어요. 그리고 오늘도 당신에게 거듭 부탁하였던 거예요."

"아니, 이런 일에 부탁이 또 뭐예요? 만일 당신이 '어디론가 가버리세요!' 하고 잘라서 말하신다면, 저는 벌써 여길 떠났을 거예요. 그러나 당신은 나에게 그런 말은 한 적이 없고 한 번도 분명한 대답을 해주지 않았어요. 늘 애매한 말만 해 왔어요. 정말로 당신은 나를 희롱하는 게 아닌지…… 혹은…….”

일리인은 말끝을 흐리면서 주먹으로 머리를 받쳤다. 소피아 페트로브나는 처음부터 지금까지 자기가 그에게 취해온 행동을 곰곰이 돌이켜보았다. 그녀는 자기 행동뿐만 아니라, 마음속에서 처음부터 그의 사랑을 거절해 왔다는 것을 부인할 수 없었지만 한편 변호사의 말에도 다소의 진실이 내포되어 있는 것 같기도 하였다. 그러나 그녀는 그 진실이 어떤 것인지는 분명히 알 수 없었다.

그녀는 일리인에게 뭐라고 대꾸해야 할지 적당한 말이 떠오르지 않았지만, 잠자코 있기도 뭐하여 어깨를 으쓱 치켜올리면서 말하였다.

“그럼 저한테도 책임이 있단 말씀예요?”

“당신이 성실치 못하다고 탓하는 것은 아닙니다.”
하고 그는 한숨을 내쉬었다.

“우연히 그렇게 말이 입 밖으로 나왔을 뿐이에요……. 당신이 성실치 못하다는 것은 당연하고도 자연스러운 일이기도 합니다. 만일 세상 사람들이 약속이나 한 듯이 갑자기 성실한 사람이 되어버린다면, 세상은 온통 뒤죽박죽이 될 거예요."

소피아 페트로브나는 철학을 논할 처지가 못 되었다. 그러나 화제를 바꿀 수 있는 기회가 온 것이 기뻐서 이렇게 물었다.

"그건 왜요?"

"왜냐구요? 성실이란 야만이나 짐승들에게만 필요한 것이니까요. 문명이 여자의 미덕과 같은 안일한 욕구를 들고 나온 이상, 성실이란 벌써 무용지물이 된 거예요."

일리인은 시큰둥한 얼굴로 지팡이로 모래를 쑤셔대었다.

루반체프 부인은 잠자코 듣고만 있었다. 이해가 가지 않는 말이었으나, 듣기가 싫지 않았다. 센스 있는 사나이가 자기처럼 평범한 여자에게 소위 '현명한' 이야기를 들려주는 것이 기쁘기까지 하였던 것이다. 그리고 아직도 분노가 가시지 않은 파리한 그 얼굴을 보는 것도 그녀에게는 만족스러웠다. 그녀는 그 말을 잘 알아들을 수는 없었으나, 현대의 지성인답게 큰 문제를 척척 해결해 나가면서 결론으로 이끌고 가는 그의 멋진 대담성에 감동하지 않을 수 없었다.

그녀는 갑자기 사나이에게 마음이 끌리는 자기 자신에 깜짝 놀랐다.

"저는 무슨 말씀인지 도무지 납득이 가지 않아요."
라고 그녀는 다급히 말하였다.

"무엇 때문에 성실 문제를 꺼내시는 거예요? 다시 한 번 말씀드리지만, 제발 앞으로 선량한 친구가 되어 주셔서 더는 괴롭히지 말아 주세요. 부탁이에요."

"알겠습니다. 좀 더 저 자신과 싸워 보죠!"
하고 그는 한숨을 내쉬었다.

"힘껏 노력은 해보겠습니다. ……그렇지만 이 싸움의 결과는 예측할 수 없군요. 저의 이마에 총알을 박을지 아니면 ……. 주정뱅이가 되어버릴지. 아무튼 좋은 결과는 바라기 어려울 겁니다. 모든 일에는 한도가 있으니까요. 자연과의 투쟁도 마찬가지죠. 한 가지 묻겠는데요, 광증에 대하여는 어떻게 싸워야 하죠? 가령 당신이 술에 취했다면, 무슨 방법으로 그 흥분을 가라앉힐 수 있을까요? 그리고 당신의 모습이 제 마음속에서 떠나지 않고 언제나 여기 이 소나무처럼 눈앞에 떠오른다면 저는 어떻게 해야 하지요? 말씀해주세요. 저의 사상, 저의 희망, 저의 꿈이 저 자신의 것이 아니라, 제 마음속에 도사리고 있는 어떤 악마의 것이 되었을 때, 그 저주스러운 불행에서 벗어나려면, 저는 어떤 일을 해야 합니까? 저는 당신을 사랑합니다. 당신을 사랑하기 때문에 저는 정상적인 상태에서 벗어나 있어요. 사업도 버리고 하나님마저 잊어버렸어요. 저는 지금까지 이처럼 깊은 사랑을 느껴본 일이 없었어요!"

소피아 페트로브나는 결과가 이렇게 되리라고는 꿈에도 생각할 수 없었으므로, 일리인으로부터 몸을 비키며 놀라운 눈초리로 그의 얼굴을 쳐다보았다. 그의 눈은 눈물로 젖어 있고 입술은 바르르 떨고 있었는데, 무엇에 굶주린 듯한, 애원하는 듯한 얼굴을 하고 있었다.

"저는 당신을 사랑합니다!"

그는 자기 두 눈을 겁을 먹은 듯한 그녀의 커다란 두 눈 앞으로 가져가며 중얼거렸다.

"어쩌면 당신은 이리도 아름답습니까! 나는 지금 무척 괴롭습니다. 그러나 맹세하지요. 이렇게 괴로워하면서도 당신의 눈을 바라볼 수만 있다면 나는 한평생이라도 이렇게 앉아 있겠어요. 제발……. 아무 말도 말아주십시오!"

소피아 페트로브나는 갑자기 변한 그의 태도에 당황하여 그의 입을 봉할 수 있는 말을 고르기에 급급하였다.

'이곳을 피해 버리자!' 하고 그녀는 문득 생각하여, 자리에서 일어나려고 하였다. 그러나 먼저 일리인이 그녀의 발아래

무릎을 꿇었다. 그는 소피아의 무릎을 끌어안고 그녀의 얼굴을 물끄러미 바라보며 정열에 넘치는 목소리로 온갖 아름다운 말을 늘어놓았다. 그녀는 두려움으로 인해 마음이 혼란스러워 그의 말을 잘 알아들을 수 없었는데, 웬일인지 자기 두 무릎이 마치 따뜻한 목욕물에 잠기기라도 한 듯이 기분 좋게 조여드는 것이었다. 위태로운 순간이었다. 그녀는 어떤 고약한 잔인성 같은 것을 느꼈다. 그녀는 자기 자신의 감각 속에서 고개를 들고 있는 어떤 이상한 충동의 정체를 밝혀내려고 애를 썼다. 그녀는 정숙한 유부녀의 항거 대신에 주정꾼에게서나 찾아볼 수 있는 무기력과 나태와 공허감으로 가득 차 있는 자기 자신을 발견하였던 것이다. 그녀는 그만 화가 치밀어 올랐다. 단지 마음 한구석에서 '너는 왜 그 자리를 떠나지 않고 있느냐? 무엇 때문에 그렇게 앉아 있느냐?' 하고 능글맞게 놀려대는 소리만 의식하였을 뿐이었다.

그녀는 무슨 적당한 이유를 생각해 내려고 애쓰면서도, 어찌하여 거머리처럼 악착같이 달라붙는 그의 손을 뿌리치려고 하지 않는지, 또 누가 보는 사람이 없을까 하고 황급히 주위를 살펴보았는지를 생각했다. 도저히 이해할 수 없었다. 단지 소나무 숲과 흰 구름만이 두 사람의 희롱을 보았을 뿐이었다. 그러나 상관에게 보고하지 않겠다고 약속하고 뇌물을 받은 수위 할아버지처럼 시치미를 떼고 있었다. 보초는 말뚝처럼 제방 위에 서 있었다. 벤치 쪽을 유심히 바라보는 것 같기도 하였다.

'볼테면 보라지!' 하고 소피아 페트로브나는 생각하였다.

"그렇지만······. 저, 제 말 좀 들어 주세요!"
하고 그녀는 절망적인 어조로 말을 이었다.

"어쩌자고 이러시는 거예요? 앞으로 어떡하실 심산이에요?"

"모르겠어요. 저도 잘 모르겠어요······."

그는 불쾌한 질문이 성가시기라도 하듯이 손을 내저었다. 그리고는 나지막한 목소리로 이렇게 대답하였다.

쉬어버린 목소리 같은 기차의 기적소리가 들려왔다. 언제나 들어온 이 싸늘한 음향이 그녀로 하여금 정신을 차리게 하였다.

"이럴 시간이 없어요. 저는 그만 가봐야겠어요!"
하고 그녀는 재빨리 몸을 일으키며 말하였다.

"기차가 오고 있어요 ······남편이 저 차로 올 거예요. 그분 점심을 차려 드려야 해요."

그녀는 붉게 달아오른 얼굴을 돌려 제방을 보았다. 기차가 지나갔다. 기관차 뒤에 화차들이 길게 달려 있었는데, 그녀가 생각한 별장행 열차가 아니라 화물차였다. 기다란 화차 행렬이 하얀 교회당을 배경으로 마치 인생의 하루하루와도 같이 한 칸 한 칸 꼬리를 물고 연달아 지나갔다. 그 행렬은 끝이 없는 것 같았다.

그러나 이윽고 긴 행렬도 끝나고 말았다. 그리하여 등불이 켜진 차장이 타고 있는 마지막 차량이 숲으로 사라져버렸다. 그녀는 날쌔게 몸을 돌려 일리인을 돌아보지도 않고, 오솔길로 돌아갔다. 이제서야 비로소 자기 자신으로 돌아온 것 같았다. 그녀는 일리인에게서 당한 모욕보다 오히려 결단성이 없는 자기의 소행을 탓하고 싶었다. 정숙하고 순결하다고 자부하던 자기 자신이 파렴치하게도 다른 남자에게 무릎을 내맡겼다는 수치감 때문에 얼굴이 화끈거리는 것이었다. 그녀는 가족들이 있는 별장으로 돌아가야겠다는 생각밖에 없었다. 변호사는 힘없이 그녀의 뒤를 따랐다. 그녀는 오솔길에서 벗어나 좁다란 한길로 접어들었을 때, 뒤를 돌아보았다. 일리인의 무릎에 묻은 모래가 눈에 띄었다. 그녀는 제발 따라오지 말라고 손짓을 하였다.

집에 돌아온 그녀는 5분쯤 자기 방에서 창문을 바라보기도 하고, 책상을 돌아보기도 하였다.

'이 망할 년!' 하고 그녀는 자기 자신을 욕하였다. '망할

년!'

그녀는 자기 자신을 탓하면서 방금 일어난 모든 일을 곰곰이 되짚어 보았다. 그녀는 지금까지 일리인의 사랑을 거절해오면서도, 그와 이야기를 나누고 싶은 충동에 사로잡히지 않았던가? 그녀는 그 모든 일을 냉정하게 돌이켜보았다. 그리하여 지금은 숨이 막힐 듯한 수치감으로 자기 뺨을 힘껏 후려갈기고 싶은 충동을 억제할 수 없었다.

'가엾은 안드레이!' 그녀는 남편 생각을 하였다. 그리하여 가능한 상냥한 얼굴을 하려고 애를 썼다. '불쌍한 내 딸 바아라! 너는 엄마가 어떤 여자인지 모르고 있겠지만 나를 용서해다오! 나는 너희들을 사랑해……. 얼마나 끔찍이 사랑하고 있는지 몰라!'

그녀는 아직도 자기가 훌륭한 아내요 어머니이며, 일리인에게 말한 바와 같이 가정의 윤리를 짓밟을 정도까지 타락하지는 않았다는 것을 애써 자기 자신에게 입증하려고 했다. 그리고는 부엌으로 달려가 아직 남편의 식사준비가 되어 있지 않은 것을 보고, 식모를 마구 나무랐다. 그녀는 피로와 공복에 지친 남편의 얼굴을 떠올리고는 가엾어 못 견디겠는 듯 손수 상을 보았다. 이것은 일찍이 한 번도 없었던 일이다. 그리고 딸 바아랴를 보자 두 손으로 안아 올려 꼭 껴안았다. 그녀는 딸을 보기가 괴롭고 언짢았지만 그런 생각을 머리에서 몰아내고 싶었다. 그리하여 아버지가 얼마나 정직하고 선량하며, 또 훌륭한 사람인가를 딸에게 설명하기 시작하였다.

그러나 남편이 집에 돌아왔을 때, 그녀는 인사도 제대로 하지 못하였다.

그녀의 짐짓 조작된 감정은 불안과 괴로움만 안겨 주었을 뿐, 아무런 도움도 주지 않고 멀리 사라져버렸다. 그녀는 마음이 괴로워 안절부절 못하며 창가에 앉아, 인간이 고통에 처해 있으면, 자기감정과 사상을 지배하기 어렵다는 사실을 비로소 깨달았다. 그녀의 마음속은 너무나 많은 일들이 뒤엉킨 탓으로, 마치 날아가는 참새 떼를 헤아릴 수 없듯이 사리를 분간할 수 없는 혼란 속에 빠져버렸다. 그리하여 남편이 돌아온 것이 반갑지 않고, 식사를 하는 남편의 태도가 마음에 들지 않았다. 그녀는 별안간 자기의 마음속에 남편에 대한 증오심이 싹트기 시작하였다는 사실을 인정하지 않을 수 없었다.

공복과 피로가 쌓인 남편은 수프를 기다릴 사이도 없이 소시지부터 먹기 시작하였다. 그는 마치 게걸든 사람처럼 관자놀이를 실룩거리고, 쩝쩝 입맛을 다셔댔다.

'저런!' 하고 그녀는 생각하는 것이었다. '어쩌면 저렇게 망측스럽게 씹어 먹고 있을까……. 나는 저분을 사랑하고 존경하고 있지만…….'

그녀는 감정의 혼란에 못지않게 이성에도 혼란이 일어나고 있었다. 불쾌한 생각을 억누르고 있을 때, 흔히 인생경험이 부족한 사람들이 그렇듯이, 그녀는 애써 자기의 불행을 생각지 않으려고 하였다. 그러나 그녀가 애쓰면 애쓸수록 일리인의 얼굴이며, 그의 무릎에 묻은 모래며, 솜 같은 뭉게구름이며, 기차의 모습들이 더욱 눈앞에 선한 것이었다.

'그런데 나는 오늘 무엇을 하러 그런 데 갔을까? 내 불찰이지.' 그녀는 마음이 몹시 괴로웠다. '나는 과연 내 몸을 책임질 수 없는 부정한 여자인가?' 그녀는 일이 커지기 전에 결말을 내야겠다고 생각하였다. 그녀는 남편이 마지막 접시를 비울 때, 이미 굳게 결심하고 있었다. 모든 것을 남편에게 고백하고 위험에서 벗어나야겠다!

"여보! 당신하고 의논할 말이 있어요"

그녀는 식사를 마치고 피로를 풀기 위해 한잠 자려고 코트와 장화를 벗는 남편에게 이렇게 말하였다.

"뭔데?"

"우리 이곳을 떠나도록 해요!"

"아니! 가긴 어디로 간단 말이오? 도시로 돌아가기엔 아직 이르고……."

"그런 게 아네요. 여행을 가요. 어딘가로 떠나도록 해요……."

"여행을 간다……."

남편은 중얼거리며 기지개를 폈다.

"나도 가끔 그런 공상을 해 보지. 하지만 그럴 돈이 어디 있소. 또 사무실은 누구에게 맡기고."

그는 잠시 생각에 잠기더니 이렇게 덧붙였다.

"당신은 생활이 지루한 모양이구려. 정 소원이라면 혼자 가도록 하지!"

그녀는 이에 동의하였다. 그러자 별안간 이런 생각이 들었다.

'일리인이 잘 됐다고 생각하여 나와 같은 기차의 같은 칸에 타고 쫓아오지 않을까…….'

그녀는 이런 생각에 잠기면서, 식사는 배불리 하였으나 피로가 풀리지 않은 남편을 바라보았다. 그러자 줄이 죽죽 처진 양말을 신은 여자처럼 작은 남편의 발이 눈에 띄었다. 양쪽 뒤꿈치에는 모두 구멍이 나 있었다.

커튼 뒤에서는 벌이 유리창에 부딪치며 붕붕거리고 있었

다. 그녀는 양말 뒤꿈치의 실밥을 바라보기도 하고, 벌의 울음소리를 듣기도 하면서, 기차를 타고 여행을 떠나는 자기 모습을 눈앞에 그려 보았다.

'일리인은 밤낮 나와 마주 앉아서는 자기 자신의 무력함에 분격하기도 하고, 마음의 갈등으로 새파랗게 질리기도 하면서, 나에게서 잠시도 시선을 떼지 않을 것이다. 그는 자기 자신을 불량학생이나 다름없다고 생각하는가 하면, 나를 나무라기도 하고, 자기 머리칼을 쥐어뜯기도 할 것이다. 그러다가 밤이 깊어 승객들이 잠들거나 차에서 내려 정거장으로 나가는 틈을 타서 내 앞에 무릎을 꿇고, 숲 속의 벤치에서처럼 내 무릎을 껴안을 것이다!'

그녀는 이런 공상을 하고 있는 자기 자신을 발견하고 깜짝 놀랐다.

"그렇지만 혼자서는 가지 않겠어요."

하고 그녀는 말하였다.

"당신과 같이 가야 해요."

"괜한 소리 말아요."

남편은 한숨을 내어쉬었다.

"쓸데없는 소리 말구, 가능성이 있는 말이나 해요."

'내 사정을 알아차린다면 저분도 함께 나설 것이다!' 하고 그녀는 생각하였다.

어쨌든 그녀는 떠나기로 작정하였다. 그러자 함정에서 빠져나온 사람처럼 기분이 홀가분하여, 이성도 차츰 정상으로 돌아오고 마음도 즐거웠다. 뿐만 아니라 모든 일을 곰곰이 생각할 수 있는 여유도 생겼다. 어쨌든 이곳을 떠나야겠다는 생각에는 변함이 없었다.

어느새 남편이 잠들어버리고, 주위에는 어두움이 깃들기 시작하였다. 그녀는 응접실로 가서 피아노를 쳤다. 저녁 한때 창밖에서 떠드는 활기찬 소리며, 피아노의 멜로디보다 자기 자신의 고통을 용케 감당할 수 있다는 사실이 그녀의 마음을 흐뭇하게 하였다. '만일 다른 여자가 나와 같은 처지에 놓이게 되었다면' 하고 그녀의 양심이 소곤거리는 것이었다.

'그 여자는 틀림없이 이 어려운 고비를 극복하지 못하고 정열의 회오리바람에 휘말려 들고 말았을 것이다. 그러나 나는 수치심에 얼굴을 붉히고 괴로워하였을 뿐, 한낱 기우에 지나지 않는 위험에서 벗어나고 있지 않은가!'

그녀는 이러한 자기의 정숙함과 결단성에 감동하여 세 번이나 거울 앞에 가서 자기 얼굴을 들여다보았다.

어둠이 짙어지기 시작하자 손님이 모여들어, 남자들은 카드놀이를 하기 위해 식당에 자리를 잡고 부인들은 응접실과 테라스에 자리를 잡았다. 맨 나중에 일리인이 찾아왔는데, 슬픔에 잠겨 침울해진 그의 얼굴은 병자와 같았다. 그는 소파의 한끝에 앉아 있었다. 언제나 명랑하고 말하기를 좋아하던 그가 오늘따라 얼굴을 찌푸리고 눈두덩만 문지르고 있는 것이었다. 누가 뭐라고 물으면, 윗입술에만 억지로 미소를 띠고 귀찮은 듯이 퉁명스럽게 대답하곤 하였다. 그는 몇 차례 익살을 부렸으나 거칠고 무례하기 짝이 없었다. 소피아 페트로브나의 눈에는 그가 히스테리를 일으키고 있는 것처럼 보였다. 그녀는 피아노 앞에 앉아서 이 불행한 사나이가 농담을 하고 있을 처지가 아니며, 커다란 고뇌로 인해 마음의 갈피를 잡지 못하고 있음을 또렷하게 느낄 수 있었다. 그녀 때문에 그는 출세와 귀중한 청춘을 허송하면서 나머지 재산을 별장에 탕진하고 어머니와 동생들을 저버렸다. 그러나 무엇보다도 큰 문제는……. 그는 자기 자신의 고통스러운 투쟁에서 완전히 패배하였다는 사실이었다. 그러므로 그녀는 인정상으로 그에게 좀 더 친절한 태도를 보여 주어야 할 처지에 놓이게 되었다.

그녀는 이것을 절실하게 느꼈다.

지금 그녀가 만일 일리인에게 다가가서 '그래서는 안 돼요!' 하고 한마디 던졌다면 그는 그 목소리 속에서 도저히

항거할 수 없는 어떤 위력을 느꼈을 것이다. 그러나 그녀는
그에게 다가가지도 않고, 또 말도 건네지 않았다. 아니 그럴
생각조차 없었다. 그녀에게 청춘의 사소한 이기심이 이 밤처
럼 대견스럽게 느껴진 적은 없었다. 그녀는 가엾은 일리인이
침통한 얼굴로 가시방석에 앉은 것처럼 소파의 한 귀퉁이에
엉덩이를 올려놓고 있는 것을 보고 측은한 생각이 들었다.
그리고 한편으로는 미칠 듯이 자기를 사랑하고 있는 남자의
존재를 생각하자, 자기 자신의 육체적 매력과 승리감으로 인
하여 가슴이 뿌듯하였다. 그녀는 자기 자신의 청춘을 미모를
그리고 굳은 정조를 의식하였다. 그리고 이곳을 떠나리라고
마음먹은 지금에 와서, 자기 자신에게 모든 자유를 허용해버
렸다. 그리하여 그녀는 교태를 부리고 끊임없이 깔깔대기도
하고, 자기감정에 도취되어 노래를 부르기도 하였다. 모든
것이 즐겁고 유쾌하였다. 숲 속의 벤치 위에서 일어난 사건
이며, 자기를 바라보던 보초의 눈초리를 회상해보는 것도 재
미있는 일이었다. 손님들도, 일리인의 날카로운 익살도, 처
음 보는 그의 넥타이핀도 모두가 우습기만 하였다. 그 넥타
이핀은 눈에 다이아몬드가 박힌 늙은 뱀의 모양을 하고 있
었는데 그녀는 그 뱀에게 키스하고 싶을 정도로 그 넥타이
핀이 우스워 보였다.

그녀는 기분 좋게 취한 듯한 얄궂은 흥분 속에서 감상에 젖어 로맨스를 노래하였다. 그리고 마치 남의 슬픔을 빈정대기라도 하는 것처럼 잊어버린 희망이며, 흘러간 과거며, 인생의 말엽을 읊은 구슬프고 우울한 노래를 불렀다. '황혼기는 점점 가까이 다가오는데……' 하고 그녀는 노래하였는데, 그녀에게는 인생의 황혼은 너무나 먼 거리에 있었던 것이다.

'아무래도 내 마음속에는 심상치 않은 일이 일어나고 있나 봐.'

그녀는 웃음을 머금고 노래를 부르는 동안에도 이런 생각을 하였다.

열두 시가 되자 손님들은 각각 흩어지기 시작하였다. 일리인은 맨 나중에 집을 나왔는데, 그녀에게는 아직도 그를 테라스의 맨 아래 층계까지 데려다 줄 수 있는 용기가 남아 있었다. 그녀는 자기가 남편과 함께 여행을 떠난다는 말을 그에게 하고, 그 말이 어떤 파문을 던지는가를 알아보고 싶었던 것이다.

달은 구름 속에 묻혀 있었으나 변호사의 외투자락이며, 테라스의 커튼이 바람에 나부끼는 것을 분명히 볼 수 있었다. 그녀는 그의 창백한 모습이며, 또 억지로 미소를 지어 보려고 윗입술을 쭈뼛거리고 있는 것까지도 알아볼 수 있었다.

"소피아! 소중한 나의 사랑!"

그는 소피아가 무어라고 말하려는 것을 막으며 중얼거렸다.

"나의 사랑, 나의 사랑!"

그는 별안간 센티멘털한 발작을 일으키며 울먹이는 어조로 사랑의 말을 퍼붓기 시작하였다. 그러다 그 말은 점점 부드러워지면서 마침내 아내나 애인을 대하기라도 하는 듯 '너'라고 부르기까지 하였다. 그리고 그는 별안간 한 손으로 그녀의 허리를 껴안고, 또 한 손으로는 그녀의 팔을 잡았는데 그녀로서는 전혀 뜻밖의 일이었다.

"나의 보물, 나의 기쁨……."

하고 그는 그녀의 목덜미에 키스를 하며 속삭였다.

"마음을 돌려서 지금 바로 나에게로 와 주시오!"

그녀는 그의 품에서 빠져나와 분노로 가득 찬 반항의 기세를 보이기 위해 얼굴을 쳐들었으나, 결코 분노는 찾아볼 수 없었다. 그녀가 자랑해 오던 정숙과 결백도 판에 박힌 말을 지껄이는 것에 불과하였다. 그것은 극히 평범한 여자들이 이런 경우에 흔히 내뱉는 그런 말이었다.

"당신은 정신이 없군요!"

"자, 갑시다!"

하고 일리인은 말을 계속하였다.

"나는 저 숲 속의 벤치 옆에서 당신도 나와 마찬가지로 무기력하다는 것을 분명히 알게 되었어요. 소피아…… 당신도 괴로워하고 있지요? 당신은 나를 사랑하면서도 괜히 자기 양심에 대항하고 있는 겁니다……."

그녀가 자기에게서 떠나려는 것을 보자 그는 레이스 옷소매를 붙잡고 급히 말하였다.

"오늘이 아니면 내일이라도 당신 역시 사랑 앞에 수그러질 때가 올 테지요. 무엇 때문에 이와 같이 시간을 끄는 거요? 사랑하는 나의 소피아. 판결은 이미 내려졌어요. 어찌하여 그 집행을, 그 실천을 연기하는 거요? 왜 자기 자신을 속이는 거요?"

소피아는 그의 팔에서 빠져나와 집으로 뛰어갔다. 응접실에 들어가자, 그녀는 피아노의 뚜껑을 닫고 한동안 악보의 표지를 들여다보다가 그 자리에 털썩 주저앉았다. 그녀는 서 있을 수도 생각에 잠길 수도 없었다. ……흥분과 분노로 인하여 나태와 우수가 뒤섞인 일종의 연약성만이 그녀에게 남아 있었다. 그녀의 양심은 소곤거렸다.

'오늘밤에 내가 취한 태도는 바람둥이 처녀들처럼 추악하기 짝이 없었다. 너는 방금 테라스에서 남의 남자에게 포옹을 당하고 지금도 허리와 팔꿈치에 야릇한 감촉을 느끼고 있지 않느냐?'

응접실에는 아무도 없었다. 다만 촛불 한 대가 껌벅거리고 있을 뿐이었다. 그녀는 무슨 일이 일어나기를 기다리고 있는 것처럼 피아노의 의자 위에 멍하니 앉아 있었다. 그러자 심한 피로감과 어둠을 틈타 억제할 수 없는 괴로운 정욕이 일어나기 시작하였다. 그것은 마치 뱀처럼 그녀의 사지와 영혼에 달라붙어 점점 세차게 조여드는 것이었다. 그것은 이제는 여느 때처럼 그녀를 위협하는 것이 아니라 정정당당히 그 정체를 드러내는 것이었다.

그녀는 일리인을 생각하면서 반시간 동안이나 고요히 앉아 있었다. 이윽고 힘없이 자리에서 일어나 발길을 돌렸다. 남편은 벌써 자리에 누워 있었다. 그녀는 열어젖힌 창가에 앉아서 타오르는 정욕에 전신을 내맡겼다. 그녀의 머릿속에는 이미 혼란은 사라지고 말았다. 모든 감정과 이성은 오직 하나의 분명한 목표를 향해 줄달음치고 있었다. 그녀는 싸우려고 하였으나 곧 단념할 수밖에 없었다. 적이 얼마나 억세고 완강한가를 그녀는 비로소 깨닫게 되었다. 그런 적과 맞서서 싸우려면 불굴의 정신과 힘이 있어야 했으나 그녀의 혈통과 교육과 생활은 그녀에게 싸워서 이길만한 힘을 주지 못하였다.

'미친 년! 더러운 년!' 그녀는 자기 자신이 연약함을 저주하였다. '너는 본래 그런 여자였구나!'

그녀의 정숙한 미덕은 그 무기력으로 말미암아 여지없이 모욕을 당하고 뒤흔들렸다. 그녀는 자기가 알고 있는 모든 욕설을 총동원하여 자기 자신에게 퍼부었다. 그리고 굴욕적이고 수치스러운 여러 가지 진실을 뼈아프게 느끼는 것이었다. 그녀는 자신이 결코 정숙한 여자가 못되며 오늘까지 정조를 굳게 지켜온 것은 오직 그것을 깨뜨릴만한 기회가 없었기 때문이라는 것을 깨달았다. 그리고 그녀의 하루사이의 투쟁은 한낱 우스꽝스러운 희극에 불과하였다는 것을 알게 되었다.

'내가 싸워왔다고 하자.'

하고 그녀는 생각해 보았다.

'그것은 대체 어떤 성질의 싸움이었던가? 매춘부로 전락하는 여자도 몸이 팔리기 전까지는 싸우기 마련이나 나중에 가서는 몸을 맡겨버리는 것이다. 이런 것을 가리켜 감히 싸움이라고 말할 수 있을까? 마치 우유처럼 하루 사이에 썩어버리는 주제에…… 하루 사이에……'

그녀는 자기를 집에서 끌어내려는 것이 감정의 유혹도 아니고 일리인의 인격도 아니며, 오직 자기를 기다리는 관념적인 호기심에 불과했다는 것을 깨달았다. 그런 의미에서 자기 자신의 죄를 인정할 수밖에 없었다. ……별장에서 살고 있는 대부분의 유한마담들도 그런 과정을 통하여 정조를 깨뜨리고 있었던 것이다.

　'어미를 잃은 새끼처럼!'

　누군가 문밖에서 쉰 목소리로 노래하고 있었다.

　'간다면 지금이다!'

하고 그녀가 생각하자, 심장이 갑자기 세차게 뛰기 시작하였다.

　"안드레이!"

　그녀는 큰 목소리로 남편을 불렀다.

　"제발 우리……. 함께 떠나도록 해요?"

　"아니……. 소원이면 혼자 가라고 아까 말하지 않았어!"

　"그렇지만……."

하고 그녀는 말을 이었다.

　"만일 당신이 함께 가주시지 않으면 당신은 저를 잃어버리게 될지도 몰라요. 저는 아마 딴 남자를 사랑하나 봐요!"

　"뭐, 누구야?"

하고 남편이 물었다.

"누구건 당신에게는 마찬가지 아녜요?"

하고 그녀는 외쳤다.

남편은 자리에서 일어나 두 다리를 침대 밑으로 늘어뜨리고 놀라는 얼굴로 아내를 바라보았다.

"허튼 소리 말아!"

하고 그는 하품을 하였다.

그로서는 믿을 수 없는 일이었지만, 놀라는 눈치였다. 그는 한동안 생각에 잠겼다가 아내에게 몇 마디 대수롭지 않은 일을 이것저것 묻고 나서, 가정에 대하여 그리고 부정에 대하여 자기 자신의 견해를 말하였다. ……그는 약 10분쯤 천천히 지껄이고는 다시 자리에 누웠다. 그의 훈계는 아무런 효력도 발휘하지 못하였다. 이 세상에서 그따위의 견해는 수두룩한 것이었고 그 대부분은 직접 그런 불행을 당해보지 못한 사람들의 것이었다.

밤이 깊었는데도 밖에서는 별장 손님들이 오가고 있었다. 그녀는 어깨에 가벼운 코트를 걸치고 생각에 잠겨 있었다……. 그녀에게는 남편에게 이런 말을 할 수 있는 여유가 있었다…….

"여보 주무세요? 저 산책하고 올게요……. 함께 가시지 않겠어요?"

이것은 그녀의 마지막 부탁이었다. 아무 대답도 없었다. 그녀는 밖으로 나갔다. 서늘한 바람이 불고 있었다. 그러나 그녀는 바람도 어둠도 느낄 수 없었다. 다만 앞으로, 앞으로 발걸음을 옮길 따름이었다. 억제할 수 없는 힘이 그녀를 앞으로 떠밀고 있었다. 만일 걸음을 멈추기라도 하면 잔등을 떠밀어 줄 것만 같았다.

'망할 년!' 하고 그녀는 중얼거렸다. '더러운 년 같으니!'

그녀는 벌겋게 상기된 채 숨을 거칠게 몰아쉬었다. 그녀는 자기가 어디를 향해가는 것조차 잊어버리고 있었다. 그러나 수치심과, 이성과, 공포를 훨씬 능가하는 어떤 굳센 힘이 그녀를 자꾸 앞으로 밀고 가는 것이었다.

앨범

앨범

　해군성의 뾰족탑처럼 메마른 체형의 9등관 크라체로프는 지므이호프 장관에게 말하였다.

　"각하! 오랫동안 베풀어주신 어버이와 같은 온정에 대하여 충심으로 감사하는 바이며…"

　'십여 년의 오랜 세월에 걸쳐…….'
하고 자쿠신이 뒤에서 살짝 일러 주었다.

　"십여 년의 오랜 세월에 걸쳐 각하의 사랑을 받아온 저희들은 가장 뜻깊은……. 이날을 맞이하여 각하에 대한 존경심과 깊은 사의를 표시하려는 의미에서, 저희 일동의 사진, 모든 앨범을 각하에게 증정하기로 하였습니다. 앞으로 세상을 하직하시는 그날까지 부디 각하께서 만수무강하시기를 비는 동시에 끝까지 저희들을 보살펴 주시기를 바라 마지않습니다.

정의와 발전을 거듭하는 가운데 각하의 훌륭하신 교훈대로……."

자쿠신은 쉴 새 없이 돋아나는 이마의 땀을 씻으며, 일러 주지 않고서는 못 배기겠다는 듯이 이렇게 덧붙였다. 이미 그의 머릿속에 연설문이 마련되어 있었던 모양이다.

"각하의 깃발이"

하고 그는 끝을 맺었다.

"재능과 노력과 사회적인 자각의 터전 위에서 언제까지나 휘날리시기를 빌어 마지않습니다."

지므이호프 장관의 주름진 왼쪽 뺨 위에 한줄기 눈물이 흘러내렸다.

"여러분!"

하고 그는 떨리는 목소리로 입을 열었다.

"나는 여러분들이 보잘것없는 이 기념일을 이처럼 진심으로 축하해 주리라고는 상상조차 못했습니다. ……나는 너무나 감개무량하여……. 무어라고 말해야 할지……. 나는 결코 이 순간을 죽을 때까지 잊지 않을 것입니다. 여러분 믿어 주시오……. 나는 이 세상에 누구보다도 여러분의 행복을 바라고 있다는 것을……. 무슨 일이 있더라도 나는 오직 여러분의 이익을 위해……."

2등관인 지므이호프는 9등관 크라체로프하고 키스를 나누었다. 이 영광을 미처 예기하지 못했던 크라체로프는 너무나 감격하여 얼굴이 새파랗게 질렸다.

한편 지므이호프는 감동한 나머지 더 이상 말이 나오지 않는다는 듯이 손짓을 해 보이고, 이 귀중한 앨범을 증정 받은 것이 아니라 빼앗기기라도 한 것처럼 눈물겨워하는 것이었다. 이윽고 마음이 진정되자, 다시 감격스러운 말을 되풀이하고 부하들과 일일이 악수를 나누었다. 그리고는 우레와 같은 환호 속에 층계를 내려가서 마차에 몸을 싣고, 부하들의 축하를 받으며 사라졌다. 그는 마차 속에서도 전에 느끼지 못한 벅찬 감격에 젖어 눈물을 찔끔거리는 것이었다.

집에서는 새로운 기쁨이 그를 기다리고 있었는데, 가족, 친구, 친척들이 그를 위해 성대한 축하연을 마련하고 있었던 것이다. 그리하여 그는 자기가 정말 조국에 커다란 이익을 가져온 것처럼 느껴 자기가 이 세상에 태어나지 않았던들 조국에 큰 손실을 가져왔을지도 모른다는 생각조차 하게 되었다. 축하연은 축배와 연설과 포옹과 눈물 등으로 일관

되었다.

지므이호프는 자기의 공적이 여러 사람들에게 이처럼 진실하게 인정 되리라고는 생각하지 못하였다.

"여러분!"

하고 그는 디저트를 먹기 전에 말하였다.

"나는 바로 두 시간 전에 형식과 말이 아니라, 의무에 봉사라는 당연히 겪어야 하는 노고에 대한 대가로, 매우 만족스러운 보수를 받았습니다. 나는 오늘까지 공직생활을 통하여 한 가지 원칙만을 지켜왔습니다. 그것은 우리를 위한 대중이 아니라 대중을 위한 우리라는 것입니다. 그리고 오늘 나는 가장 큰 보상을 받았습니다. 부하들이 나에게 앨범을 기증해준 것입니다. ……자, 보십시오. 나는 정말 감격하지 않을 수 없었습니다."

"참 멋있는 앨범이군요!"

장관의 딸 올랴가 말하였다.

"15루불은 나가겠네요. 정말 멋지네요! 아버지, 이 앨범 저 주세요. 네? 제가 소중하게 간직할게요……. 참 멋지네요……."

연회가 끝나자 올랴는 앨범을 자기 방에 갖고 가서 책상 서랍에 넣어두었다. 이튿날 그녀는 그 앨범에서 관리들의 사진을 모조리 빼내어 마룻바닥에 던져버렸다. 그리고 그 대신 그 자리에 친구들의 사진을 붙였다. 관리들의 제복이 하얀 에이프런에게 자리를 양보한 셈이다. 장관의 아들 콜랴는 관리들의 사진을 주워 모아가지고 빨간 물감을 칠하였다. 콧수염이 없는 사람에게는 푸른 수염을 그려 넣고, 턱수염이 없는 사람에게는 갈색 수염을 그려 넣었는데, 나중에는 더 색칠 할 것이 없게 되자, 사진에서 얼굴만 도려내는가 하면, 핀으로 눈을 찌르기도 하고, 그것으로 군대놀이도 하는 것이었다. 콜랴는 9등관 크라체노프의 사진을 도려내어 성냥갑에 붙여서 아버지 서재로 갖고 갔다.

"아버지, 기념비에요! 멋있죠!"

지므이호프는 몸을 흔들며 껄껄 웃어대었다. 그리고는 아들의 재롱이 하도 귀여워 그 뺨에 힘껏 입을 맞춰 주었다.

"요 개구쟁이야! 엄마한테 보여드려라. 엄마한테……."

우체국에서

우체국에서

며칠 전에 이 마을의 우체국장 슬라드코피에르의 젊은 부인이 세상을 떠났다. 우리는 장례식을 마치고, 관례에 따라 작고한 부인을 추도하기 위해 우체국으로 갔다. 제사떡이 손님들 앞에 나오자, 홀아비가 된 노인은 서글프게 울먹이면서 말하였다.

"이 제사떡은 흡사 죽은 마누라의 살결처럼 불그스름하군요. 정말 이처럼 아름다웠어요! 꼭 이처럼 말예요!"

"그럼요."

하고 추도식에 모인 사람들은 맞장구를 쳤다.

"국장님 부인은 정말 아름다웠습니다. 참 보기 드문 미인이었지요!"

"그럼요…… 제 아내를 보고 누구나 놀랐으니까요…….
그러나 제가 아내를 사랑한 것은 그녀가 아름답기 때문이
아니었고, 그녀가 양순하였기 때문도 아니었어요. 이런 것은
다른 여자한테서도 찾아볼 수 있지 않겠어요? 그런 것들은
이 세상에서 얼마든지 찾아볼 수 있는 것입니다. 제가 아내
를 사랑한 것은 다른 정신적인 특색이 있었기 때문이었어요.
주여! 그녀를 천국으로 인도해 주시옵소서! 그녀는 활발하고
놀기를 좋아하는 성격이었지만, 저에게 끝까지 정숙했습니
다. 아내는 겨우 스무 살이고 저는 예순을 바라보는 늙은이
였는데도 불구하고, 저한테 끝까지 정숙했어요! 저와 같은
늙은이에게 끝까지 정조를 지켜 주었어요!"

그러자 우리와 함께 탁자에 앉아 있던 사제가 기침을 섞
어 가며 자신의 다른 생각을 유창한 웅변조로 말하였다.

우체국장은 사제를 향해 말하였다.

"그러시다면 제 말을 곧이듣지 못하시겠다는 말씀이시군
요."

"곧이듣지 않는다는 것이 아니라."

하고 사제는 머뭇거리면서 말을 이었다.

"그 뭐라 할까요. ……요새 젊은 부인들은 밀회가 잦고

프로반스의 소∙소∙식이 돼서요⋯⋯."

"그렇게 의심을 하신다니, 제가 여기서 입증해 드리지요. 저는 아내의 정조를, 말하자면 축성술(築城術)과도 같은 교묘한 전략을 써서 용케 지켜왔답니다. 이러한 저의 수단과 엉큼한 성격으로 말미암아 아내는 그 어떤 경우에 있어서도 저를 배반할 수 없었지요. 저는 아내의 정조를 지키는데 저의 교활한 지혜를 이용했던 겁니다. 저는 일종의 암호라고도 할 수 있는 어떤 말을 생각해냈어요. 그리하여 이 말만 해두면 아내의 정조에 대해서는 맘을 턱 놓고 잘 수 있었어요 ⋯⋯".

"그건 대체 무슨 말입니까?"

"아주 간단한 말이지요. 저는 온 거리에 이런 나쁜 말을 퍼뜨려 놓았는데, 아마 여러분들의 귀에도 들어갔을 겁니다. 나는 만나는 사람마다 이렇게 말했어요. '우리 집사람은 아무래도 이 거리의 서장 이반 알렉세이치 잘리흐바트스키와 좋게 지내나 봐!' 하고 말이지요. 이 한마디면 충분하였어요. 사람들은 경찰서장의 비위를 상할까봐 감히 아내를 건드리려고 하지 못했어요. 건드리기는커녕 서장의 의심을 살까봐, 제 아내의 모습을 보기만 하면 저쪽으로 도망치는 사람도 있었어요. 헤, 헤, 헤⋯⋯. 그럴 수밖에 없는 것이 그 털보한

데 의심을 받는 날이면 결코 재미없을 테니까요. 위생상태가 나쁘다고 해서 조서를 다섯 통씩이나 꾸미는 사람이니까 말다했지 뭡니까? 또 거리에서 당신의 고양이를 보았다면, 금방 주인이 없는 고양이라고 해서 조서를 꾸미는 사람이니까요."

"그럼 부인께서는 경찰서장하고 아무 관계도 없었단 말인가요?"

하고 우리는 놀라운 얼굴로 물었다.

"암요 그건 다 제 술책이었어요 ……헤, 헤, 헤, ……어때요. 저는 이런 교묘한 방법으로 여러 젊은이들을 속여 왔지요 이렇게 해서 저는 아내가 정조를 지키게 할 수 있었어요"

한동안 침묵이 흘렀고, 우리는 탁자에 앉은 채 입을 다물고 있었다. 코가 빨간 뚱뚱보 영감한테 이처럼 감쪽같이 속아 넘어간 줄 알게 되자 울화가 치밀기도 하고, 한편으로 부끄럽기도 하였다.

"그래? 다시 한 번 결혼해 봐라!"

하고 사제는 중얼거렸다.

함정

함정

1

흰 여름제복 차림의 장교가 안장 위에서 몸을 재치 있게 흔들면서 로트슈타인의 유산인 보드카 양조장의 넓은 뜰 안으로 말을 몰고 들어섰다. 따스한 햇볕이 이 육군 중위의 별 달린 계급장, 백양나무의 흰 줄기, 뜰 안에 흩어진 유리조각 위로 쏟아지고 있었다. 삼라만상이 한여름의 밝고 싱싱한 생기를 띠우고, 푸른 나무 이파리들은 하늘을 향해 즐거운 듯이 살랑이고 있었다. 연기에 그을린 지저분한 창고도, 코를 찌르는 보드카의 냄새도 이처럼 상쾌한 기분을 방해하지 못하였다. 중위는 안장에서 가볍게 뛰어내려 달려온 하인에게 말고 삐를 넘겨주었다. 그리고 가느다란 검은 콧수염을 만지작거리며 현관에 들어섰다. 여러 해 동안 사람의 발길에 낡기는 했으나, 아직도 반들거리는 깨끗한 층계를 올라갔다. 그러자 좀 무뚝뚝하고 나이가 지긋한 하녀가 맞아 주었고 중위는 잠자코 명함을 내주었다. 하녀는 명함을 받아 들고 안으로 들어갔는데, 명함에는 '알렉사드르 그리고리예비치 소콜리스키'라고 적혀 있었다. 그녀는 곧 도로 나와 아주머니께서 몸이 편찮아 만나실 수 없다고 전하였다. 중위는 아랫입술을 비쭉 내밀면서, 잠시 천장을 쳐다보고 나서 말하였다.

"야단났군! 이봐요, 내 청을 좀 들어 줘요"

그는 시원스러운 어투로 말하였다.

"가서 수산나 모이세예브나 아줌마에게 꼭 말씀드릴 것이 있다고 전해요. 2, 3분이면 충분해요. 꼭 만나 뵈어야겠으니 좀 만나게 해줘요."

하녀는 한쪽 어깨를 으쓱해 보이며 느릿느릿 안으로 들어갔다.

"들어 오시래요!"

중위는 하녀의 뒤를 따라, 화려하게 꾸민 넓은 방을 대여섯이나 지나고 복도를 거쳐서 네모반듯한 커다란 방에 들어

섰는데, 발을 들여놓자마자 방안에 가득 가꿔 놓은 여러 가지 화초가 그를 놀라게 하였다. 그는 코를 찌르는 듯한 재스민의 짙은 달콤한 향기에 취하였다. 어떤 꽃나무는 벽을 따라 들창을 가리기라도 할 듯이 천장에까지 두 줄기로 뻗어 올라갔다가 아래로 늘어지기도 하고 어떤 꽃은 방구석에서 둥그렇게 빛나고 있었다. 거실이라기보다는 오히려 온실과 같은 느낌이 들었다. 화초 속에서는 곤줄매기, 방울새, 카나리아와 같은 새들이 지저귀며 법석대고, 들창 유리에 부딪치기도 하였다.

"여기서 만나 뵙는 것을 양해하세요."

요염한 여자의 목소리였다. 'a'소리가 분명치 않으나 귀에 별로 거슬리지는 않았다.

"어제 편도선을 앓았어요. 그래서 다시 도질까봐 오늘은 꼼짝 않고 있어요. 그런데 무슨 말씀이신지……."

바로 방문 맞은편에 값진 중국식 잠옷을 걸치고 수건으로 머리를 싸맨 여자가 뒤로 젖힌 머리 밑으로 베개를 고이고, 늙은이들이나 사용하는 커다란 안락의자에 앉아 있었다. 털실로 뜬 머릿수건 사이로 핏기 없고, 기다란 코가 뾰족하게 도드라지고, 크고 검은 한쪽 눈만이 보일 뿐이었다. 폭이 넓은 중국식 옷은 그녀의 키와 몸매를 완전히 가리었지만, 예쁘장한 흰 손하며, 목소리, 코, 한쪽 눈만 봐도 그녀의 나이는 기껏해야 스물여섯이나 스물여덟밖에 되지 않아 보였다.

"고집을 부려서 죄송합니다."

중위는 뒤꿈치에 달린 박차를 잘각거리며 말하였다.

"제 이름은 소콜리스키라고 하며, 사촌형 알렉세이 이바노비치 크류코프의 위임을 받고 왔습니다. 여기서 가까운 곳에 살고 있는 형은……."

"아 알겠습니다."

하고 수산나 모이예세브나는 중위의 말을 가로막으며 말하였다.

"저 그 크류코프라는 이를 알고 있어요. 그리 좀 앉으세요. 저는 사람이 눈앞에 서 있는 것을 좋아하지 않아요."

"제 사촌형을 대신하여 한 가지 부탁드릴 말씀이 있어서 찾아왔습니다."

중위는 다시 한 번 박차를 잘그락거리며 자리에 앉아서 말을 이었다.

"돌아가신 당신의 부친께서 지난겨울에 제 사촌형의 보리를 사 가신 일이 있습니다. 그런데 아직 청산이 덜되었습니다. 수표의 날짜는 앞으로 일주일 남아 있습니다만 많은 돈은 아니니 그 돈을 오늘 주실 수 없을까요?"

중위는 이렇게 말하면서 좌우를 힐끗힐끗 살펴보았다.

'나는 이 여자의 침실에 들어와 있는 게 아닐까?'

하고 그는 생각하였다.

방 한쪽 모퉁이에 무성하게 자란 장미꽃 넝쿨이 높이 뻗어 올라가 지붕을 이루고 있는 그 아래에 아직도 잠자리가 구겨진 침대가 놓여 있었던 것이다. 그리고 바로 앞에 놓인 두 개의 안락의자에 여자의 옷가지가 걸려 있어 주름진 레이스가 달린 옷자락과 팔소매가 양탄자 위로 늘어져 있었다. 그리고 방바닥엔 허리끈이며, 두서너 개의 담배꽁초, 캐러멜 껍질 등이 여기저기 널브러져 있고, 침대 밑에는 코끝이 둥글거나 뾰족한 갖가지 슬리퍼가 줄지어 있었다. 그러고 보니 달콤한 재스민 향기는 꽃에서 풍겨 나오는 것인지, 여자의 침대와 슬리퍼에서 풍기는 것인지 알 수 없었다.

"그래 수표의 액수는 얼마나 되죠?"

"2,300루불입니다."

"아유!"

이 유태 여자는 나머지 한쪽 눈을 마저 드러내 보이며 말하였다.

"많은 돈이 아니라고 하시더니! 하긴 오늘 갚거나 한 달 후에 갚거나 마찬가지지요. 그렇지만 아버지가 돌아가신 후

두 달 동안 여기저기서 독촉하는 돈이 어떻게 많은지 정신을 못 차리겠어요. 외국으로 길을 떠나야 할 텐데, 시끄러운 일들이 저를 붙잡고 늘어지는군요."

그녀는 눈을 가늘게 뜨고 종알거렸다.

"보리다, 수표다, 이자다…… 진저리가 날 지경이에요. 어제는 세무서원이 왔길래, 입도 못 벌리게 하고 쫓아버렸지요. 고지서를 갖고 달라 붙길래 한마디 쏘아붙였어요, 나는 당신 같은 사람을 꼴도 보기 싫으니 그 고지서 갖고 귀신한테나 가보라고 말예요. 그랬더니 그 작자는 제 손에 키스하고 나서 찍 소리도 못하고 가버리더군요. ……그런데 그 돈, 당신 형님께서 2, 3개월만 기다려 주실 수 없을까요……."

"그건 곤란합니다……."

중위는 빙긋이 웃으면서 말하였다.

"형님이야 1년이라도 기다릴 수 있겠지만, 제 사정이 그렇지 못합니다. 그래서 저는 이렇게 몸이 달아 쫓아다니는 것입니다. 지금 저한테는 돈이 꼭 필요한데, 형님 손에는 한 푼도 없어요. 그래서 제가 이렇게 나서서 돈을 걷으러 다니는 거랍니다. 방금 소작인한테도 들렀다오는 길입니다만, 또 딴 데도 가봐야 합니다. 이래서는 도저히 5,000루불을 마련하기가 어렵겠어요. 돈이 안 되면 큰일인데……."

"아니 뭣 때문에 젊은 양반이 그렇게 많은 돈이 필요하세요? 욕심도 많으시네요. 방탕한 생활을 해서 빚을 졌나요, 노름을 해서 돈을 잃었나요? 아니면 장가를 드시나요?"

"잘 알아 맞히셨습니다!"

중위는 빙그레 웃으며 엉덩이를 들썩하더니 다시 박차를 잘그락거렸다.

"실은 결혼비용 때문에 그럽니다."

그녀는 손님의 얼굴을 빤히 쳐다보더니 이미를 찌푸리며 한숨을 내쉬었다.

"무엇 때문에 남자들은 장가들기를 그렇게 좋아하는지 모르겠군요."

그녀는 손수건을 찾으려고 사방을 두리번거리며 말하였다.

"인생이란 한없이 짧고 부자유스러운 것인데, 사람들은 애써 자기 자신을 묶어 두려고 한단 말예요."

"각자 생각하는 것이 다르니까……."

"그렇죠. 사람은 각기 생각이 다르지만……. 당신은 아마도 가난뱅이한테 장가를 드시나 보군요. 열렬한 사랑 끝에 결혼을 하시게 되나요? 무엇 때문에 5,000루블이나 필요해요? 3,000이나 4,000루블을 가지고는 안 되나요?"

'꽤 수다스러운 여자로군!'

중위는 이렇게 생각하며 대답하였다.

"군대의 규칙상 28세 미만의 장교가 결혼하려면, 제대하든가 그렇지 않으면 5,000루불의 보증금을 내야 합니다."

"아하, 알겠어요. 그런데 저는 이렇게 생각해요. 당신은 방금 사람마다 생각하는 바가 다르다고 하셨죠? ……당신의 약혼자는 매우 훌륭한 분이라서 예의가 될지 모르지만……. 제가 보기에는 교양 있는 훌륭한 남자들이 어떻게 여자들과 함께 살 수 있는지 의문이 아닐 수 없어요. 아무리 생각해도 저는 납득이 가지 않아요. 저도 나이가 스물일곱이나 됐지만 지금까지 얌전하게 참아나가는 여자를 보지 못했어요. 모두들 겉으로는 얌전을 빼지만 뒷구멍으로는 딴판이에요. ……차라리 식모나 부엌데기가 낫지요. 저는 좀 안다는 여자들하고는 아예 상종도 하지 않고 있어요. 물론 그들 자신도 속을 주지 않고 저를 멀리하고 있지만 저로서는 오히려 그게 다행이에요. 그녀들은 돈이 필요하면 남편에게 바가지나 긁을 줄 알지, 자기가 팔을 걷고 나서는 일은 절대로 없지요. 자존심에서가 아니라 자신이 없고 겁이 나니까 그럴 밖에요. 그리고 제가 그들의 아픈 곳을 찌를까봐 벌벌 떨고 있지 뭐예요……. 그들이 저를 미워하는 줄 저도 잘 알고 있어요. 하기는 그럴 만해요. 저는 그녀들이 애써 하나님과 인간에게 숨기려고 하는 것을 파내어 폭로하니까요. 그러니 어찌 저를 곱다고 하겠어요? 아마 당신도 제 흉을 많이 들었을 거예요."

"저는 여기 온지 얼마 안 되기 때문에……."

"거짓말 마세요……. 눈에 빤히 나타나 있는 걸요. 그런데 당신의 형수는 잠자코 있었어요? 아무 감시도 하지 않고 젊은 남자가 그렇게 예쁜 여자와 가까이 하는 것을 방임해 둘 수는 없을 텐데요. 호, 호……. 그건 그렇고, 당신의 형님은 어떠세요? 상당히 미남자시더군요. 연회석에서 몇 번 뵌 일이 있지요. 왜 그렇게 저를 바라보세요. 저는 교회에 자주 나가요. 누구에게나 하나님은 한 분뿐이죠. 교양 있는 사람에겐 외모는 그다지 중요한 것이 못되지요. 속이 충실해야지……. 안 그래요?"

"그야 그럴 테지요."

중위는 웃으면서 대꾸하였다.

"속에 든 게 문제예요. 그런데 당신은 형님을 닮은 데라고는 하나도 없군요. 하긴 당신도 잘 생겼지만 형님은 훨씬 미남이시더군요."

"우리는 사촌간이니까 그렇지요."

"참, 사촌형님이라고 하셨죠? 그래, 돈은 꼭 받으셔야 해요? 왜 오늘이라야 하죠?"

"2, 3일이면 휴가가 끝나서요."

"그러나 어떡하지?"

그녀는 한숨을 내쉬었다.

"당신은 나중에 절 원망할 테지만, 돈을 드리겠어요. 결혼하고 나서 부부싸움을 할 때마다 '그 망할 유태년이 그때 돈을 준 것이 탈이야. 그러지 않았던들 나는 하늘을 나는 새들처럼 자유로울 텐데.' 하고 말예요. 약혼한 여자 예뻐요?"

"뭐 그저 그렇지요……."

"그런 말이 어디 있어요. 얼굴이 이러저러하게 생기고, 어디가 좋다거니 하고 말해야지요. 하긴 여자란 값없는 삶의 대가로 아름다운 얼굴을 남편에게 바치지는 않지요."

"거, 별말씀 다 하십니다. 그려!"

하고 중위는 웃으며 말하였다.

"아니 당신 자신이 여자이면서 그런 말씀 하세요?"

"여자란……."

그녀는 모를 미소를 지으며 말하였다.

"모두 이 세상에 태어날 때, 몸에 달고 나올 것을 달지 못한 게 저의 죄가 될 수야 없잖아요. 그게 저의 탓이라면, 당신이 수염을 달고 있는 것도 죄가 되게요! 저는 자존심이 강한 여자지만, 남들이 제가 여자임을 상기시킬 땐, 저 자신이 미워지기 시작해요. 이제 당신은 좀 나가 계셔요. 옷 좀 갈 아입어야겠어요 ……응접실에서 잠깐만 기다려 주세요"

중위는 그녀의 침실에서 밖으로 나왔다. 그는 우선 그 지독한 재스민 냄새를 털어버리기라도 하려는 듯이 크게 숨을 내쉬었다. 그 냄새 때문에 머리가 어지럽고 목구멍까지 싸해지는 것 같았다.

'세상에 별 여자가 다 있군!'

그는 사방을 두리번거리며 이렇게 생각하였다.

'이야기는 꽤 재미있게 지껄이는데……. 지나치게 수다스럽고 말이 많고 노골적이야. 머리가 좀 돈 여자인지도 모르지.'

응접실은 온갖 사치와 유행을 따라 화려하게 꾸며 있었다. 탁자 위에는 검푸른 빛깔로 라인 강의 풍경을 그린 접시, 옛날 촛대, 일본인의 골동품 같은 것들이 놓여 있었다. 그러나 이같이 화려한 장식품들은 오히려 주인의 취미가 고상하지 못함을 말해 주고 있을 따름이었다. 금박을 칠한 커튼 고리하며, 울긋불긋한 도배지, 색깔이 짙은 책상 보자기, 두툼한 액자 속에 들어 있는 서투른 서양화, 이 모든 것들은 그의 저속한 취미를 더욱 드러내고 있었고, 서로 조화가 되어 있지 않았다. 물건들이 방안을 가득 차지하고 있는데도, 꼭 있어야 할 것이 없는 것 같았고 또 그중에서 많은 물건을 내버려야만 할 것 같았다. 그리고 그 모든 장식품들을 일시에 장만한 것이 아니라, 경매 같은 때 싸구려로 조금씩 사들였다는 것을 알 수 있었다.

중위는 이런 방면에는 아무런 조예도 없었지만 방안을 장식한 모든 것들이 하나의 공통된 특징, 사치나 유행으로는 씻어버릴 수 없는 결점을 갖고 있다는 것을 알 수 있었다. 방을 아늑하게 꾸며보려는 의도나, 정신적인 뉘앙스를 살리려는 흔적은 전혀 찾아볼 수 없어서, 응접실은 마치 정거장의 대합실이나 클럽이나 극장의 복도처럼 살풍경해 보였다.

방안에서 유태인의 체취를 느끼게 하는 것은 고작해야 야곱과 이삭이 만나는 장면을 그린 커다란 한 폭의 그림 밖에 없었다. 중위는 사방을 둘러보고, 어깨를 한번 치켜 올리고 처음 알게 된 이 집 안주인의 그 뻔뻔스럽고 대담한 언행을 다시 되새겨보았다.

이윽고 방문이 열리며 그녀가 나타났는데, 허리를 깎아낸 것 같은 날씬한 몸매에 검고 기다란 원피스를 걸치고 있었다. 중위는 그녀의 코와 눈, 희고 여윈 얼굴과 양털 같은 새까만 곱슬머리가 마음에 들지 않았지만, 미운 얼굴은 아니었다. 그가 이방인에게 편견을 갖고 있는 탓인지, 그녀의 검은

곱슬머리와 짙은 눈썹이 그 창백한 얼굴에 어울리지 않는
것 같았다. 그리고 그녀의 코와 귀가 흡사 양초로 녹여 만든
것처럼 희게 보이는 것은 그 독한 재스민의 향기 때문이기
도 한 것 같았다. 여자가 이빨을 드러내며 생긋이 웃어 보였
다. 중위는 그 희멀건 잇몸이 역시 마음에 들지 않았다.

  '이 여자는 혹시 황달병 환자가 아닐까…….'
하고 그는 생각하였다.

  '아마도 이 여자는 칠면조처럼 신경질이 대단할 거야.'

  "기다리게 해서 미안해요. 그럼 가시지요!"
하고 그녀는 종종걸음으로 앞장을 서다가 화분에 핀 노란
꽃잎사귀를 뜯으며 말하였다.

  "돈은 곧 드릴게요. 그리고 점심도 대접 하겠어요…….
2,300루불이라고 하셨죠? 돈을 다 세고 난 후에 많이 드세
요. 어떠세요, 우리 집 방들이 마음에 드세요? 이 고장 여자
들은 글쎄 저한테서 노린내가 난다고 흉을 보지만, 터무니없
는 트집이에요. 술통에 빠졌다가 맡아보세요. 저한테서 무슨
냄새가 나나……. 당신은 아마 제 말을 믿으시겠지요. 한번
은 우리 집에 노린내를 피우는 의사가 왕진을 온 일이 있어
서, 나는 의사더러 어서 모자를 집어쓰고 딴 데나 가서 냄새
를 피우라고 쫓아버렸죠. 제 몸에서는 노린내가 아니라 약냄

새가 나는 거예요. 아버지가 중풍으로 1년 반이나 누워 계시는 동안에 약 냄새가 집안에 온통 배버렸어요. 자그마치 1년 반이나 누워 계셨거든요. 가엾긴 하지만 돌아가시길 잘 했지요. 아직도 생존해 계시면 얼마나 고통스럽겠어요!"

그녀는 응접실과 비슷하게 꾸민 방 둘과 넓은 홀을 지나서 서재로 장교를 안내하였다. 역시 장식품을 가득 늘어놓은 부인용 책상 옆 방바닥에 몇 권의 책이 펼쳐져 있고 옆방으로 문이 열려 있어 점심을 차려놓은 식탁이 내다보였다.

그녀는 쉴 새 없이 지껄이며 호주머니에서 열쇠꾸러미를 꺼내어 둥그스름한 뚜껑이 비스듬히 달린 궤짝을 열었다. 뚜껑이 열리자 궤짝에서는 아에오로스의 하프를 연상케하는 애달픈 멜로디가 울려나왔다. 그녀는 다시 열쇠 하나를 골라 또 하나의 뚜껑을 열었다.

"여기 지하로 통하는 비밀통로와 출입구가 있어요."

그녀는 양가죽으로 만든 조그만 손가방을 꺼내며 말을 이었다.

"별 괴상한 궤짝도 다 있지요? 이 가방 속에는 제 재산의 4분의 1이 들어 있어요. 자 보세요. 배가 불룩하지 않아요? 어디 한번 제 목을 졸라보시죠?"

그녀가 중위를 바라보며 생긋 웃자 중위도 따라 웃었다.

'알고 보니 꽤 멋진 여자군!'

그는 여자의 손가락 사이에서 뒹구는 열쇠들을 바라보며 이렇게 생각하였다.

'그래 요것이로군!'

그녀는 가죽 가방의 열쇠를 찾아내었다.

"그럼 이 빚쟁이 양반아 수표를 이리 주세요. 돈이란 사실 무의미한 거예요. 그래도 여자들은 돈이라면 혹하죠! 저는 아시다시피 유태인이기 때문에 슈물리나 양켈리(고골리의 작품에 나오는 구두쇠 유태인의 이름으로 유태인을 비꼬아 부르는 말)를 좋아는 하지만 돈벌이에 어두운 우리네 셈족의 피가 싫어요. 돈을 벌어서는 꽁꽁 뭉쳐 두면서 무엇 때문에 그렇게 돈벌이에 눈이 어두운지 자기 자신도 잘 모르고 있거든요. 그런 점으로 보면 저는 슈물리보다는 기병을 더 닮았다고 할까요. 저는 돈을 꼭 움켜쥐고 있는 것을 싫어해요. 아무튼 저한테는 유태인답지 않은 면이 많아요. 어때요, 제가 말할 때 'a'소리의 악센트가 너무 강하게 들리지 않아요?"

"글쎄요……"

중위는 우물쭈물하다가 말을 이었다.

"말소리가 매우 유창하게 들립니다. 다만 'a'소리가 분명치 않은 것 같군요."

그녀는 히죽이 웃어 보이며 가방에 달린 자물쇠를 열고, 중위는 호주머니에서 수표를 꺼내어 책상 위에 놓았다.

"악센트 하나로 유태인이라는 것을 쉽게 알아볼 수 있지요."

그녀는 명랑하고 상냥한 눈웃음을 치며 중위에게 말하였다.

"아무리 러시아 사람이나 프랑스 사람인체 해 보아도 소용없지요. 뿌흐(솜틀)라는 말을 한 번 시켜보세요. 빼흐흐흐라고 발음할 거예요. 그러나 저는 정확하게 발음할 수 있어요. 뿌흐, 뿌흐, 뿌흐!"

두 사람은 큰소리로 함께 웃었다.

'확실히 매력이 있는 여자야!'

중위는 속으로 감탄하였다.

그녀는 가방을 의자 위에 두고, 중위에게 한 걸음 다가서서 남자의 얼굴에 자기 얼굴을 가까이 대고 말하였다.

"저는 유태인 다음으로 러시아인과 프랑스인을 좋아해요. 여학교 때 역사 공부를 제대로 하지 않아서 잘 모르지만, 제 생각으로는 이 두 민족의 손에 지구의 운명이 달려 있는 것 같아요. 저는 오랫동안 외국에서 살아왔어요. ……마드리드 같은 곳에서도 반년쯤 살았지요. 러시아와 프랑스 이외에는 민족다운 민족이 없는 것 같아요. 여러 나라 말을 실례로 들어 볼까요. 독일 말은 망아지 소리를 내요. 그리고 영어는 우스꽝스럽기 짝이 없어요. '화이치, 휘이치, 휴이치' 이태리 말은 발음을 천천히 하면 괜찮게 들려요. 하지만 이태리 여자들이 재잘거리는 소리를 들어 보면, 유태인의 사투리가 그냥 튀어나와요. 그리고 폴란드 말은 말이 아녜요. 세상에 그보다 더 듣기 싫은 말은 없을 거예요. '네 뻬프시 뻬쁘쉐 뻬프셈 뻬프샤 보 모제시 프쉐뻬프시씨 뻬프샤 뻬프셈' 이건 '뽀뜨르야, 후추를 돼지고기에 너무 치지 말아라. 그러다간 매워서 못 먹을라.'라는 뜻이에요. 호호호!"

그녀가 크게 웃어대는 바람에 중위도 덩달아 그녀를 바라보며 너털웃음을 쳤는데, 그녀는 사나이의 단추를 손으로 만지작거리며 다시 지껄여대기 시작했다.

"당신은 물론 유태인을 싫어하시겠지만, 저는 그걸 가지고 왈가왈부하지 않겠어요. 어느 민족이나 다 흠이 있듯이 우리도 결점이 많아요. 그런데 그것은 과연 유태인의 탓일까요? 아니에요. 유태인이 다 나쁜 것은 아니지요. 나쁜 건 유태 여자들예요. 그들은 영리하지 못한데다가 욕심이 굉장히 많아요. 게다가 아무런 취미도 없고, 정서도 모르는, 따분하기 짝이 없는 족속들이지요 ······당신은 유태 여자와 함께 살아본 일이 없을 테니까 잘 모르실 거예요. ······그녀들에게서는 아무런 매력도 찾아볼 수 없을 거예요······."

그녀는 말꼬리를 얼버무렸다. 그러나 거기에는 지금까지 느껴온 재미도, 웃음도 이미 찾아볼 수 없었다. 그녀는 여기까지 지껄이고 나서, 지나친 자기 말에 스스로 놀라기라도 한 것처럼 입을 다물어버렸다. 그리고 그녀는 묘한 표정을 지었는데, 그녀의 시선은 중위에게서 떠나지 않았다. 그리고 벙긋 벌어진 두 입술 사이로 악물고 있는 이빨이 내다보이고, 얼굴은 물론 목덜미와 가슴팍에 이르기까지 고양이처럼 표독스러운 인상을 주었다. 그녀는 중위에게서 여전히 눈을 떼지 않고, 재빨리 허리를 굽혀 책상 위에서 무엇인가 움켜쥐었다. 눈 깜짝할 사이의 일이었다. 그녀의 손아귀에서 수표가 바삭바삭 소리를 내었다. 그는 그토록 상냥스럽던 그녀의 얼굴에서 웃음이 사라지고 비열한 행위를 하는 것을 보자, 어안이 벙벙하여 한 발짝 뒤로 물러섰다. 그녀는 앙칼진 눈으로 중위의 눈치를 살피며 움켜쥔 주먹을 허리께로 가져가더니 호주머니를 더듬고 있었다. 하지만 그 주먹은 물에서 나온 물고기처럼 호주머니 언저리를 맴돌 뿐 제 구멍을 찾아들지 못하였다. 그러자 이번에는 수표를 옷깃사이로 넣으려고 하였다. 순간 중위는 가벼운 비명을 올리며 거의 본능적으로 그녀에게 덤벼 수표를 움켜쥔 팔목을 꽉 붙잡았다. 그녀는 더욱 이를 악물고 사내를 뿌리치며 손을 빼내었다. 그러자 중위는 두 팔로 여자의 허리와 어깨를 힘차게 부둥켜안았다. 두 남녀 사이에 격투가 벌어진 것이다. 그는 여자에게 욕을 보이게 될 것이 두려워 수표를 움켜쥔 주먹만 꼼짝 못하게 잡으려 하였으나, 그녀는 남자의 품안에서 뱀장어처럼 비비 꼬며 팔꿈치로 상대방의 가슴을 떠밀고 움켜쥔 주먹을 이리저리 빼돌렸다. 그러자 중위의 손은 그 주먹을 쫓아 그녀의 몸에 닿지 않는 곳이 없었다.

'이거 참 일이 우습게 되어가는 걸!'

그는 마치 재스민 향에 정신을 빼앗기기나 한 것처럼 어안이 벙벙해졌다.

어느 편에서도 입을 다물고 있었다. 숨결만 더욱 거칠어 갔을 뿐이었다. 두 남녀는 서로 부둥켜안은 채 가구에 부딪치며, 이 구석에서 저 구석으로 밀었다 밀쳤다 하였다. 그러는 동안에 그녀는 제정신을 잃어가는 것 같았다. 그녀는 얼굴이 빨갛게 상기되고 눈을 지그시 감고 있었다. 이윽고 중위의 얼굴에 자기 얼굴을 맞대고 비벼대기까지 하였다. 그녀의 입술이 달콤한 향기를 뿜으며 사나이의 입술을 스쳐갔다.

마침내 그는 여자의 주먹을 붙잡았다. 손을 펴보았으나 수표는 이미 보이지 않았다. 중위는 그녀에게서 물러섰다. 그들은 머리칼이 흐트러지고 얼굴이 벌겋게 상기된 채 숨을 헐떡이며 마주 바라보았다.

그토록 표독스럽고 매섭던 그녀의 표정이 사그라지면서, 상냥스러운 눈웃음을 치기 시작하였다. 그러다가 한참을 깔깔대고 웃더니, 점심이 준비된 옆방으로 발길을 돌리는 것이었다. 중위는 그녀의 뒤를 어슬렁어슬렁 따라갔다. 그녀는 아직도 불그스레한 얼굴을 하고 숨을 몰아쉬며 식탁에 앉더니 포도주를 한 컵 들이켰다.

"나는 당신이 장난을 하고 있다고 생각해요. 그렇죠?"

중위가 먼저 말하였다.

"천만에요."

그녀는 빵조각을 입속에 넣으면서 대답하였다.

"그럼 어떻게 된 거요?"

"좋도록 해석하세요. 우리 점심이나 먹고 봅시다!"

"그런데⋯⋯. 속임수를 쓰다니 어찌된 일입니까?"

"있을 수 있는 일이지요. 그렇지만 저한테 설교를 할 생각은 아예 마세요. 저는 생각이 따로 있으니까요."

"돈을 주시지 않겠다는 말씀인가요?"

"물론이죠. 당신 같은 가난뱅이가 장가는 무슨 장가예요?"

"그렇지만 그 돈은 형님의 겁니다."

"그럼 당신의 형님은 나중에 그 돈을 무엇에 쓸까? 부인 옷감에? 하긴, 나한텐 상관이 없는 일이지만 말예요."

중위는 처음 찾아온 이 여자의 집에서 어떻게 되어 자기가 그런 무례한 행동을 하게 되었는지 알 수 없었다. 그는 얼굴을 찌푸리고 방안을 거닐며 애꿎은 조끼 깃만 잡아당기고 있었다. 하기는 자기가 그렇게 대담한 짓을 한 것은 이 유태 여자가 먼저 꼴사나운 행동을 했기 때문이다.

"참 어처구니가 없군요!"

하고 그는 투덜거렸다.

"저는 그 수표를 도로 받기 전에는 이 집에서 떠나지 않을 테니 그런 줄 아세요."

"아 그렇게 하심 저는 더욱 좋아요!"

그녀는 웃으며 말하였다.

"이왕이면 아주 우리 집에서 사시죠. 그렇게 되면 얼마나 좋을까!"

격투 끝에 흥분된 중위는 그녀의 웃음 섞인 얌체 없는 얼굴이며, 나불거리는 입술, 헐떡이는 가슴팍을 바라보며 엉뚱한 생각을 하였다. 그리하여 수표의 행방 따위는 염두에 없었다. 웬일인지 이 판국에 그는 북받치는 정욕을 느끼는 동시에 이 유태 여자의 난잡한 생활태도에 대하여 자기 형이 들려주던 이야기가 머릿속에 떠오르는 것이었다. 그런데 그 것은 그의 마음을 더욱 대담하게 할 뿐이어서, 그는 여자 곁에 털썩 주저앉아 수표 생각은 까맣게 잊어버리고 점심을 먹기 시작하였다.

"뭐 드시겠어요? 보드카? 포도주?"

그녀는 배시시 웃으며 물었다.

"그래 수표를 도로 받을 때까지 우리 집에서 기다리시죠? 며칠 동안이나 기다리시나 어디 두고 봅시다. 당신의 약혼자가 화를 내지 않을까요?"

2

오후 다섯 시가 지났다. 중위의 형 알렉세이 이바노비치 크류코프는 잠옷차림으로 슬리퍼를 끌고 집안을 돌아다니며 연신 창밖을 내다보곤 하였다.

그는 이미 허벅다리에 살이 찌고 머리가 벗겨져 집안에서 잔소리깨나 할 나이가 되었지만, 키가 후리후리하고 검은 구레나룻가 무성한 사나이다운 얼굴이, 유태 여자의 말대로 상당히 미남자였다. 그리고 어엿한 인텔리로서, 성실하고 원만한 인품을 지녔으며, 교양이 풍부하고, 과학, 예술, 종교에 대해 일가견이 있었다. 그리고 명예를 존중하는 기사도적인 성격을 지니고 있었으나, 한 가지 일에 몰두하는 일이 없는 게으름뱅이기도 하였다. 또한 호식가요, 애주가이기도 하며, 트럼프놀이 같은 것도 썩 잘하여서, 무슨 일에 그를 끌어들이려면, 마음을 움직일만한 어떤 자극적이고 비범한 일이라야 했다. 그 대신 일단 손 걸고 나서기만 하면 침식을 잊어버리고 적극적으로 움직이는 것이었다. 그는 격투에 대하여 핏대를 올리며 자기 견해를 토로하는가 하면, 장관에게 긴 진정서도 써 보내며, 온 군내를 분주히 돌아다니기도 하고, 수틀리면 남을 비열한 놈이라고 공공연히 공격하기도 하였으며, 재판을 걸어 남과 다투기도 하였다.

"그런데 왜 사샤는 여태 돌아오지 않는 거야?"
하고 그는 창밖을 내다보며 아내에게 말하였다.

"저녁을 먹을 때가 다되었는데……."

크류코프네 식구들은 중위가 돌아오기를 기다리다가 여섯 시가 되어서야 저녁 식사를 하였다.

밤이 깊어지고 밤참을 먹을 때가 되었다. 알렉세이 이바노비치는 문밖에서, 무슨 발자국 소리나 인기척이 들리지 않나 해서 귀를 기울이다가도, 이상한 일이라는 듯이 어깨를 치켜 올리곤 하였다.

'웬일일까?'

하고 그는 혼자 중얼거렸다.

'이 녀석이 아마 소작인 집에 눌러앉아 있는 모양이군.'

크류코프는 밤참을 먹고 나서, 잠자리에 들며, 동생이 소작인 집에서 한 잔 톡톡히 얻어먹고 자고 오는 줄 생각하였다.

소콜리스키는 이튿날 아침이 되어서야 집에 돌아왔는데, 풀이 죽고 낙심한 얼굴을 하고 있었다.

"조용히 할 이야기가 있어요……."

그는 형에게 가만히 속삭였다. 형제는 서재로 들어갔다. 중위는 문을 닫고 말을 꺼내기 전에 한동안 방안을 왔다 갔다 하였다.

"형님, 원 세상에 이런 일이 어디 있어요."

하고 그는 입을 열었다.

"뭐라고 해야 할지 모르겠군요. 아마 내 이야기를 믿기 어려울 테지만……."

그는 형을 외면한 채 얼굴을 붉히고 어제 당한 일을 더듬거리며 이야기하였다.

크류코프는 두 다리를 버티고 서서, 고개를 숙이고 동생의 이야기를 다 들었다. 그러고서는 얼굴을 찌푸리며 말하였다.

"아니 그게 정말이냐, 농담이냐?"

"농담이라뇨? 제가 지금 농담할 처지인가요?"

"도무지 납득이 안가는 구나!"

크류코프는 믿을 수 없다는 듯이 두 팔을 벌리며, 흥분한 어조로 말을 이었다.

"잘못은 네게 있는 거야. 그년이 그따위 짓을 하는 것을 보고도 너는 그년의 입술을 핥고 있었단 말이냐?"

"그러나 나도 어쩌다가 그리 되었는지 잘 알 수 없어요!"

중위는 죄송하다는 듯이 눈을 두리번거리며 말하였다.

"정말 알고도 모를 일이에요. 저도 생전 처음으로 그런 요물한테 걸렸거든요. 멀쩡한 정신을 갖고 그년에게 반해서 그런 건 결코 아니에요. 하도 몰염치하게 덤벼들기에……."

"몰염치하게 덤벼들었다고 해서 너한테 책임이 없단 말이냐? 그런 뻔뻔스럽고 치사한 짓을 하다니, 차라리 똥통에서 돼지새끼라도 꺼내어 날로 먹을 일이지……. 2,300루불 돈이 아깝다!"

"형님 너무 하세요!"

중위는 이마를 찌푸리며 대꾸하였다.

"내 그 2,300루불 갚아 드릴게요!"

"돈만 갚으면 그만이야? 돈이 문제가 아니다. 그까짓 돈, 돈은 없어도 살아! 네 그 얼빠진 어리석은 행동이 한심스럽단 말이다. 약혼까지 한 녀석이 약혼자를 두고……."

"형님, 진정하세요……."

중위는 얼굴을 붉히며 말하였다.

"저도 얼마나 자기 자신이 원망스러운지 모르겠어요. 정말이지 땅속으로라도 기어 들어가고 싶어요……. 큰 어머니한테 가서 5,000루불을 해 내라고 졸라야 할 생각을 하니, 기가 막히는 군요……."

크류코프는 좀처럼 화가 풀리지 않는지 한참 투덜거리고 있었다. 이윽고 마음이 좀 진정되자 그는 소파에 주저앉아 동생을 바라보고 입을 실룩거리며 웃고 있었다.

"육군 중위가……."

그는 경멸에 찬 어조로 비꼬았다.

"약혼까지 한 녀석이!"

그는 별안간 무엇에 찔린 사람처럼 벌떡 일어나 발을 쾅쾅 구르며 방안을 성급히 왔다 갔다 하였다.

"안 될 말이야. 그냥 둘 수는 없어!"

그는 두 주먹을 휘두르며 떠들어대었다.

"내가 수표를 찾아와야겠다. 내가 그년을 족쳐야지. 여자에게 손을 대서는 못쓰지만 그런 년은 병신을 만들어 놔야 해. 나는 육군중위와는 달라! 아무리 뻔뻔스럽게 덤벼도 나한테는 어림도 없지! 암 나한테는 안 되고말고. 암 나한테야 맥을 못 쓰지! 그런 계집년은 그냥 능지처참을 해야 돼!" 하고 그는 큰소리로 외쳤다.

"거기 누가 없느냐! 빨리 마차를 준비하라고 일러라!"

크류코프는 중위가 만류하는 것을 들은 체도 하지 않고, 급히 옷을 갈아입고는 마차에 올랐다. 그는 뒤도 돌아보지 않고 수산나 모이세예브나의 집으로 달려갔다. 중위는 한참이나 우두커니 창문으로 달리는 마차 뒤에 먼지가 구름처럼 피어오르는 것을 바라보다가, 늘어지게 기지개를 펴며 하품을 했다. 그리고 자기 방으로 돌아가, 15분 후에는 깊이 잠들어버렸다.

여섯 시가 되자 저녁을 먹으라고 그를 깨워 일으켰다.

"그이는 아무튼 친절도 하지!"

식당에서 형수는 시동생을 보고 이렇게 남편의 불평을 늘어놓았다.

"저녁상을 차려놓고 이렇게 기다리게 한담!"

"형님은 아직도 돌아오시지 않았어요?"

중위는 하품을 하며 말하였다.

"아마 소작인 집에 들르신 모양이죠."

그러나 크류코프는 밤참 때가 다 되어도 나타나지 않았다. 그의 아내와 소클리스키는 그가 트럼프에 미쳐서 소작인 집에서 자고 오나보다고 생각하였으나, 이런 추측과는 전혀 동떨어진 일이 벌어졌던 것이다.

크류코프는 이튿날 아침이 되어서야 집에 돌아왔다. 그러나 그는 아무 말 없이 자기 서재에 들어가 버렸다.

"아니 어떻게 된 일이에요?"

중위는 눈이 휘둥그레져서 형에게 나직한 소리로 물었다.

크류코프는 코웃음만 치며 손을 내저었다.

"대체 어떻게 되었길래 웃기만 하십니까?"

크류코프는 소파에 털썩 주저앉더니 얼굴을 틀어박고 웃음을 참느라고 어깨만 들먹거렸다. 그는 한참 후에 얼굴을 들었는데, 눈에는 눈물까지 어려 있었다. 그는 어리둥절하여 옆에 서 있는 중위를 바라보며 말하였다.

"거 문 좀 닫아라. 내 너한테 그 계집 이야기를 할게……."

"수표는 어떻게 되었어요?"

크류코프는 손을 내저으며 다시 너털웃음을 쳤다.

"글쎄 이야기를 들으라니까. 이만저만한 년이 아니더라!"

하고 그는 말을 이었다.

"하여튼 고맙구나. 네 덕분에 그런 계집을 알게 됐으니
……. 그건 치마를 두른 악마야. 그년 집에 들어서자 내 딴
에는 마음의 무장을 든든히 하고 양미간을 잔뜩 찌푸린 채,
무슨 큰일이라도 치르려는 듯이 주먹을 쥐고 말이다. '미리
말씀 드리지만 나하고는 농을 걸 생각은 마시오!' 이런 식으
로 나가며 땅땅 을러뗐더니, 그년이 눈물을 짜며 말하는 거
야. 너에겐 정말 농으로 그랬노라고……. 그러면서 돈을 주
겠다는 거야. 그리고는 그 이상한 궤짝 있는 데로 나를 데려
가더니 너도 들었을 테지만 유럽의 운명은 러시아인과 프랑
스인의 손에 달려 있다는 말부터 시작하여, 여자들에 대한
공격을 퍼붓는 거야. 나도 너와 마찬가지로 솔깃해서 듣고
있다가 결국은 그 함정에 빠지고 만 거야. ……그년이 나더
러 아주 미남이라고 한참 치켜세우더니, 얼마나 기운이 센가
보자고 하면서 팔뚝을 꼬집어 뜯기도 하고……, 그리고는…
…, 또……, 그 다음에는 너도 잘 알겠지. 그리하여 겨우 이
제 빠져나왔다. 하하하……. 너한테 흠뻑 반한 모양이더라!"

"참 잘도 하십니다!"

중위도 따라 웃으며 형을 비꼬아 주었다.

"버젓이 아내를 가진 분이……. 남의 존경을 받는 명사가

……. 부끄럽지도 않아요? 그런데 말이에요. 이건 농담이 아니에요. 그러니까 이 고장에는 타마라 여왕님이 새로 한 분 생긴 셈이군요…….”

“뭐가 생겼다고? 그런 카멜레온 같은 년은 러시아 전국을 뒤져보아도 찾아내지 못할게다. 그 방면에는 나도 풋내기가 아닌데, 그런 여자는 생전 처음 보았다. 아마도 귀신도 그 여자는 당하지 못할게다. 네 말마따나 그야말로 염치불구하고 덤벼드는 데는 안 넘어갈 재간이 없더라. 그년의 말과 행동이 어떻게 야단스러운지 녹아떨어질 수밖에 없더구나……. 아이고……, 수표를 어떻게 했냐고? ……휘이치, 페프시 (깨끗이 날아가 버렸지). 너나 나나 둘 다 죄 짓기는 매일반이었으니 손해는 반씩 나누기로 하자. 너는 1150루불만 변상하면 돼. 그리고 아주머니에게는 절대로 비밀로 해. 소작인 집에 갔었다고 말할 테니까…….”

크류코프와 중위는 얼굴을 소파에 틀어박고 한참을 배꼽빠지게 웃었다. 고개를 들고 서로 바라보다가는 다시 웃음보가 터져 나와 다시 얼굴을 파묻곤 하였다.

“약혼까지 한 녀석이!”

크류코프가 먼저 중위를 놀려대었다.

“육군중위가!”

"아내를 가진 사람이!"

소콜리스키도 지지 않았다.

"남의 존경을 받는 명사가! 한 집안의 가장이!"

그들은 점심상을 받고서도, 서로 눈짓을 하며, 암시에 찬 말을 주고받는 것이었다. 연달아 웃음이 터지는 바람에 냅킨에 음식이 떨어져 곁에 서있는 하인들을 놀라게 하였다. 점심이 끝나자, 그들은 명랑한 기분으로 엽총을 가지고 앞서거니 뒤서거니 하며 어린애들에게 전쟁놀이를 구경시켜 주었다. 저녁때 두 형제는 오랫동안 논쟁을 하였다. 중위가 주장하기를 결혼할 때 여자는 지참금을 되도록 적게 가져와야 한다는 것이었다. 설사 열렬한 연애결혼이라 할지라도 여자가 많은 돈이나 재산을 갖고 와서는 안 된다는 것이었다. 이에 대하여 크류코프는 책상을 주먹으로 치며 그런 당치않은 말이 어디 있느냐고 중위의 견해를 반박하였다. 아내가 자신 몫으로 재산을 소유하는 것을 꺼리는 남편은 이기주의자로, 전제군주나 다름이 없다는 것이었다. 형제가 다 흥분하여 체면도 잊고 고함을 지르며 야단법석을 쳤다. 이윽고 그들은 잠옷을 들고 자기 침실로 가, 곧 잠들어버렸다.

다시금 태평스러운 생활이 계속되었다. 대지 위에는 짙은 그림자가 덮여 있었다. 구름 속에서 천둥소리가 울려오고,

바람이 무언가 호소라도 하는 것처럼 윙윙거리며 스쳐갔다. 마치 자연도 소리를 내어 울 수 있다는 것을 알려 주려는 것 같았다. ……그러나 안일한 생활에 젖어버린 이들에게는 아무리 험상궂은 자연현상도 불안을 안겨줄 수는 없었다. 그들은 수산나나 수표에 대해서도 다시 입 밖으로 내려고 하지 않았다. 그 이야기를 입에 올리는 것은 웬일인지 창피스러웠기 때문이다. 그 대신 그들은 수산나와 저지른 일을 만족스러운 마음으로 회상해 보는 것이었다. 그것은 그들의 생애에서 우연히 당한 커다란 웃음거리로서, 두고두고 즐거운 추억으로 남을 것 같았다.

그 일이 있은 후 일주일 쯤 지난 어느 날 아침이었다. 크류코프는 서재에 앉아서 큰 어머니에게 문안편지를 쓰고 있었다. 책상머리에서는 소콜리스키가 말없이 서성거리고 있었다. 그는 지난밤에 잠을 잘 못자서 기분이 개운치 못하고 마음이 우울하였던 것이다. 그는 방안을 서성거리며 휴가의 기한이 끝나간다는 생각이며, 자기를 기다리고 있을 약혼자 생각, 시골 사람들은 쓸쓸하고 따분해서 어떻게 살아가나 하는 생각을 두서없이 하고 있었다. 그는 들창가로 가서 밖의 나무들을 우두커니 바라보며 담배를 세 대씩이나 연거푸 피웠다. 그는 별안간 형을 돌아보며 말하였다.

"형님, 청이 하나 있어요. 오늘 형의 말을 좀 빌려 주세요."

크류코프는 동생의 눈치를 살피는 듯 힐끔 쳐다보고는 이맛살을 찌푸리며 계속해서 편지만 쓰고 있었다.

"빌려 주시죠?"

그는 거듭 물었다.

크류코프는 다시 그를 쳐다보더니 책상 서랍을 열고 두툼한 돈 뭉치를 동생에게 주었다.

"자, 5,000루불이야……."

하고 그는 말하였다. "이건 내 돈은 아니지만 네 마음대로 쓰도록 해. 누구 돈이건 마찬가지니까. 역마차가 집에 들러 가도록 연락하고, 오늘 중으로 떠나도록 하여라. 부탁이야. 알겠지?"

이번에는 중위가 형의 눈치를 살피더니 웃음을 터뜨렸다.

"형님, 내 속을 빤히 들여다보았구려!"

하고 그는 얼굴을 붉히며 말하였다.

"실은 그 여자한테 가고 싶었어요. 내가 지난번에 그 집에 입고 갔던 그 여름 제복을 어제 저녁에 세탁해 왔는데, 아직도 재스민 냄새가 풍기더군요. 그 냄새를 맡으니 마음이 또 그리로 끌리는군요!"

"떠나도록 하여라!"

"네, 떠나야겠어요. 휴가도 끝났으니까요. 오늘 중으로 떠나도록 하겠어요. 무슨 일이 있어도 꼭 떠나겠어요."

점심 전에 역마차가 도착하였다. 중위는 형의 집안 식구들과 작별인사를 나누고 그들의 전송을 받으며 떠났다.

다시 일주일이 지났다. 숨 막힐 듯 음산하고 무더운 날이었다. 크류코프는 이른 아침부터 이 방 저 방으로 돌아다니며 창밖을 내다보기도 하고, 이미 거들떠보기도 싫은 사진첩을 뒤적거리기도 하며, 마누라와 아이들 보기가 무섭게 마구 잔소리를 퍼부었다. 웬일인지 그날은 아이들도 자기를 슬슬 피하는 눈치 같고, 마누라가 하녀들에게 지출이 많다고 짜증을 내는 것도 일부러 자기더러 들으라는 소리처럼 생각되었다. 이것은 가장인 그가 마음이 들떠 있는 징조였다.

그는 점심을 먹었으나, 수프도 군고기도 구미에 당기지 않았다. 그는 마차를 타고 느릿느릿 문밖에 나가 한 마장쯤 가서 멈추었다.

'대체 어디로 가면 좋을까?'

하고 그는 찌푸린 하늘을 쳐다보며 잠시 생각하고 있었다. 곧 그는 온종일 자기가 생각하고 바라던 것이 무엇인가를 분명히 알게 된 것 같았다. 그리하여 얼굴에 웃음까지 빙그레 떠올랐다. 그러자 그의 가슴은 한결 후련해지고 게슴츠레

하던 눈은 기쁨으로 반짝였다. 그는 말에 채찍질을 하였다. 그는 마차에서 흔들리면서 공상에 잠겨 있었다.

'그 유태 여자는 내가 찾아온 것에 얼마나 놀랄까. 그녀와 흥겹게 놀다가 즐거운 마음으로 집에 돌아가야지……, 좀 색다른 것으로……'

그는 이렇게 생각하는 것이었다.

'침체된 몸과 마음에 신선한 자극이 필요하단 말이야……. 술을 마신다든지 아니면 수산나라도 만나본다든지……. 그런 자극이 있어야 해……'

그가 양조장 뜰 안에 들어섰을 때는 벌써 날이 어두워지고 있었다. 열린 창문으로 웃음소리와 노랫소리가 새어나왔다.

'번개보다 더 밝고, 불길보다 더 뜨겁게……'

누가 굵직한 목소리로 노래를 부르고 있었다.

'쳇, 손님들이 와 있군 그래!'

크류코프로선 불쾌하기 짝이 없었다.

'집으로 되돌아갈까?'

그는 초인종에 손을 대고 잠시 망설였으나, 종은 울렸고 곧 낯익은 계단을 걸어 올라갔다. 그는 현관에서 발을 멈추고 홀을 들여다보았는데, 남자들이 대여섯 명 손님으로 와 있었다. 그가 잘 아는 이 고장의 유지인 관리와 지주들이었다. 깡마른 키다리가 피아노 앞에 앉아서 키를 두드리며 노래를 부르고, 나머지 사람들은 흥겨운 듯이 히죽이 입을 벌린 채 듣고 있었다. 크류코프가 한동안 거울 앞에 섰다가 홀 안으로 들어섰을 때, 수산나 모이세예브나가 즐거운 얼굴을 하고 나타났다. 몸에는 전날에 입은 그 검은 옷을 걸치고 있었다. 그녀는 크류코프를 보자 놀란 듯이 멈칫하고 섰다가 매우 반가운 듯이 앞으로 달려왔다.

"어머, 전 또 누구시라고……."

그녀는 남자의 손을 잡으면서 말하였다.

"정말 뜻밖이에요……."

"당신이 보고 싶어서……."

크류코프는 빙그레 웃으면서 그녀의 허리를 껴안았다.

"그 구라파의 운명이 러시아인과 프랑스인의 손아귀에 달려 있다는 이야기를 마저 들으려고요."

"정말 반가와요!"

그녀는 남자의 팔에서 슬그머니 몸을 빼면서 샐쭉 웃으며 말하였다.

"그럼 홀에 들어가세요. 다들 아시는 분이니까……. 전 차를 가져오라 할게요. 참, 알렉세이라 하셨죠? 어서 들어가세요. 곧 나오겠어요……."

그녀는 달콤한 재스민 향기를 풍기고 나서 안으로 들어갔다.

크류코프는 얼굴을 쳐들고 홀에 들어섰다. 동석한 사람들은 평소에 가깝게 지내는 친구들이었지만, 그가 머리만 끄떡여 보이자, 그들도 마지못해 아는 체를 하였다. 마치 그 자리가 매우 불결하거나 한 것처럼, 아니면 피차에 모른 체하는 것이 편하다는 묵계라도 있었던 것처럼.

크류코프는 홀을 지나 응접실을 거쳐서, 다른 객실로 가는 길에 역시 2, 3명의 안면 있는 친구들과 지나쳤다. 그러나 그들은 크류코프를 잘 알아보는 것 같지 않았으며, 술에 취해 흥겨워 보였다. 그는 그들을 곁눈질하며 이맛살을 찌푸렸다. 무엇하러 처자가 있고 인생체험이 풍부한 사회의 명사들이 이런 천하고 더러운 곳에서 즐거울 수 있는지 의아스럽기도 하였다. 그는 어깨를 한번 으쓱 치켜 올리고, 코웃음을 치면서 다른 방으로 갔다.

'정신이 멀쩡한 사람에게는 구역질이 나도, 술이 거나한 자들에게는 즐거운 장소가 될 수 있을 테지. 하긴 나도 저속한 오페레타나 집시 여자한테 갈 때에는 으레 술을 마시고 가지 않았는가……'

그는 수산나의 서재 앞에까지 와서 별안간 못에 박힌 듯이 문틀을 붙잡고 우뚝 멈춰 섰다. 그녀의 책상 앞에 앉아 있는 사람은 바로 동생이 아닌가! 그는 몸집이 뚱뚱하고 주름투성이인 어떤 유태인과 무엇인가 수군거리고 있었다. 자기 형이 거기 서 있는 것을 보자 얼굴이 홍당무가 되며 앞에 놓인 사진첩으로 눈을 돌렸다. 순간 크류코프는 이성이 돌아왔고, 온몸의 피가 머리로 쏠렸다. 그는 놀라움과 수치심과 분노로 인하여, 얼빠진 사람처럼 말없이 책상 옆으로 다가갔다. 소콜리스키는 감히 머리를 들지 못하였는데, 말할 수 없는 수치심 때문에 그의 얼굴은 일그러져 보였다.

"아, 형님이세요!"

그는 눈을 들어 애써 미소를 지으려고 하면서 입을 열었다.

"마지막 인사라도 하려고 왔어요. 내일은 꼭 떠나겠어요."

'그렇지만 이제 와서 내가 뭐라고 할 수 있나?'

하고 크류코프는 생각하였다.

'나도 여기 발을 들여놓고, 내 입으로 동생을 어떻게 나무랄 수 있겠는가?'

그는 잠자코 마른 침만 꿀떡 삼키고 나서 천천히 밖으로 나왔다.

'누가 그대를 천사라 부르느냐……. 땅 위에서 그대를 놓

아주지 않으니……'

　　홀에서 노랫소리가 들려왔다. 잠시 후에 크류코프의 마차
는 먼지투성이의 한길을 달리고 있었다.

안톤 체호프의 단편소설에 관하여

김 동 식(인하대학교)

1. 단편소설을 위해 태어난 러시아의 대문호

2010년 1월, 체호프(Антон Павлович Чехов, 1860.1.29~1904. 7.15)가 태어난 고향인 아조프 해에 면한 타간로그(Таганрог) 시는 도시의 이름을 세계 문학·문학사에 길이 남게 해준 대문호에게 감사의 표시로서 '상자 속에 든 사나이(Человек в футляре)' 동상을 건립했다.* 그러나 근대 단편소설을 완성시킨 소설가이자 위대한 극작가로 칭송되는 체호프 본인은 살아생

---

* 최정현, 「탄생 150주년 행사를 통해 바라보는 '안톤 체호프 현상'」, 『체호프 탄생 150주년 기념 국내학술대회』, 한국노어노문학회, 2010, p.1.

전에는 후대의 독자들에 의해 단지 자유로운 예술가로 기억되기를 희망하였다. 최초의 단편집 이후 말년의 작품까지, 전체를 통틀어 '진실'은 그의 문학적인 핵심어였다. 체호프의 길지 않은 생애 동안 쓴 각종 작품들은 540여 편에 이른다. 그중 400편 가량이 유머단편이며, 또 이 중에서 약 300편이 의과대학 시절과 그 뒤로 문단에서 인정받을 때까지의 2년 동안에 씌어진 것이다. 이처럼 수많은 단편과 유머소설 속에 등장하는 다양한 인물들, 그들의 숫자만큼이나 다양한 감정의 상태들, 또한 그들이 만들어낸 다양한 관계들과 일상의 자질구레한 디테일 및 사소한 해프닝들은 전 작품을 관통하여 다채롭게 변주된다. 이는 그가 존경해마지 않았던 러시아의 대문호 레오 톨스토이가 등장인물들의 운명을 통해 삶의 의미, 종교, 죽음 등의 거대한 주제를 장편소설의 육중한 서사 속에서 해결하려했던 신중함과는 비교되는 문학적 태도이다.* 체호프는 톨스토이와 같은 시대를 살았지만, 당시의 사회적 프레임인 귀족과 농민이라는 외계적 변수에 관심을 크게 두기 보다는 19세기 러시아의 사실주의에 충실히 입각하되 어디까지나 개인의 내적인 모순과 갈등에 초점을 맞춘 짧은 단편을 주로 집필한 작가이다.

---

* 문석우, 「체호프와 톨스토이: 미학적 특징을 중심으로」, 『노어노문학』 21, 1999, p. 479.

세계 3대 단편 작가를 거론할 때 예외 없이 꼽히는 체호프. 그의 작품들은 19세기 러시아의 일상의 단면을 옮겨놓은 이야기이지만, 시공을 뛰어넘어 21세기를 살고 있는 우리의 일상과도 자연스럽게 소통하는 힘을 지녔다. 도스토예프스키만큼의 방대한 스케일이나 톨스토이만큼의 깊이의 철학이 글의 표면에 드러나 있지 않음에도 불구하고, 그의 작품들은 이야기가 끝나는 지점에서 우리에게 무엇인가를 생각하게 만들고, 삶에서 부딪히고 겪는 여러 요철의 느낌을 자각하게 해준다. 오늘날 아프리카의 스와힐리 어(語)로도 그의 작품이 번역되어 읽히는 데서 알 수 있듯이,* 체호프는 여전히 전 세계 곳곳에서 실시간으로 읽히는 인기 작가이다. 지금 이 시간에도 지구촌 어느 극장에서인가는 그의 희곡이 연극이 상연되고 있을 정도로 시간과 공간의 장벽을 가로질러 사랑을 받고 있다.

체호프의 할아버지는 지주에게 돈을 주고 해방된 농노였고 아버지는 잡화상을 꾸려 가계를 근근이 유지했다. 아버지의 교육열 덕분으로 어린 체호프는 타간로그 김나지움에 입학하여 십 년 정도를 그리스 고전과 라틴어 경전에 천착한 당시로서는 최고의 중등교육을 받았지만, 러시아정교회에 광신적으로 헌신했던 아버지의 파산으로 인해 기숙사에 체류하는 마지

---

* 최정현, 앞의 글, p.3.

막 삼 년 동안은 아래 학년 소년들의 공부를 도우며 스스로 학비를 책임져야만 했다. 결국 고학으로 중등과정을 마친 체호프는 모스크바로 먼저 이주한 가족과 합류하고, 모교로부터 장학금을 받아 모스크바 대학 의학부에 입학한다. 이미 기울어진 가정경제를 책임지기 위해 잡지에 글을 써서 부모와 세 동생의 뒷바라지를 하는 한편, 의학 졸업시험 준비에도 만전을 기해 1884년에는 의사자격증을 받는다.

체호프 자신의 의학도로서의 학습 과정과 체험들은 그 후 많은 작품 속에서 의학생 인물들의 비극적 상황에 대한 무관심으로 표출되는데, 「아뉴타」(1886)의 스체판 클로치코프의 경우도 이에 해당한다. 갈 곳이 없어 지난 6, 7년 동안을 클로치코프와 비슷한 처지의 학생들의 집에 얹혀살다 종국에는 버림을 받아온 처녀 아뉴타에게 가난한 의학생인 그는 말하자면 여섯 번째 남자이다. 비록 당장은 살아가는 꼴이 말이 아니지만, 그에게도 의사시험에만 합격한다면 찬란한 미래가 보장되어 있다. 의학 지식의 암기를 위해 벌거벗겨 놓은 아뉴타의 가슴 위에다 늑골의 위치를 목탄으로 표시해 두는 클로치코프는 아뉴타가 추위에 오들오들 떠는 건 안중에도 없고, 심지어 이웃의 화가 페치소프가 그림 모델을 급히 구하기 위해 아뉴타를 빌려달라고 할 때도 주춤거림이 없다.

학창시절부터 체호프는 문학잡지와 ≪페테르부르크 신문≫ 등에 100줄에서 150줄로 한정된 짧은 단편과 수필을 일주일 간격으로 기고했고, 1883년에는 ≪파편(Oskolski)≫지에 이 주 간격으로 모스크바의 일상을 스케치하는 칼럼을 썼다.* 대체로 발랄한 기지와 웃음이 넘치는 그의 단편소설은 곧 문단의 주목을 끌었고, 졸업 무렵에는 번뜩이는 재치가 가득하고 부담 없이 읽을 수 있다는 호평과 더불어 독자의 열렬한 호응을 얻었다. 하지만 일각에서는 체호프의 문학작품이 도스토예프스키나 톨스토이의 문학처럼 강렬한 주제 의식을 창출하지 못한다며 혹평하기도 했다**. 이에 대해 체호프는 문학 창작이 인간 존재의 근원에 대한 심오하고 형이상학적인 문제에 대한 탐구나, 관념적이고 사변적인 사상의 모색과 정립이라는 명제를 함축해야 하는 소명을 지닌 것만은 아니라는 입장을 분명히 했다.*** 그에게 예술이란 구체적 삶의 현장에서 일정한 거리를 가지고 창작되어야 하는 것이고, 작가란 재판관의 입장이 아닌 객관적 증인의 입장에서 담담하게 이야기를 풀어나가야 하는 소임을 지닌 존재라는 믿음이 있었기 때문이다. 창작 초기부터 나타난 '객관주의 문학론'은 1883년에 쓴 다섯 편의

---

* 위키백과사전, 「안톤 체호프」
** 문석우, 앞의 글, p.483.
*** 위의 글, p.479.

단편소설 「어느 관리의 죽음」, 「뚱뚱이와 홀쭉이」, 「비뚤어진 거울」, 「고백」, 「바다에서 – 어느 선원의 이야기」에서도 드러난다. 이 작품들에서도 체호프는 될 수 있는 대로 화자의 시점과 작가의 목소리를 통해 작품에 개입하려는 작가적 욕망을 절제하고 있음을 알 수 있다.* 오히려 창작 초기부터 체호프는 매 작품에서 주제를 어떠한 구성 양식을 통해 형상화해내느냐에 깊은 관심을 갖고, 이를 실현하기 위해 주제가 가장 잘 녹아들 수 있는 구성상의 여러 가지 양식을 시도했다. 예컨대 초기 소설의 주제와 구성의 특징을 명료하게 보여주는 「뚱뚱이와 홀쭉이」는 겨우 83개의 제한된 수의 문장으로 이루어진 짧은 이야기다.** 그럼에도 체호프는 작품 구성의 무게 중심을 두 주요 등장인물인 뚱뚱이와 홀쭉이의 대화에 두고, 그들의 표정이나, 목소리, 제스처, 행위의 독특한 특징을 자신이 훗날 쓰게 될 단막극의 지문처럼 간결하게 다뤄놓았다.

* 이상룡, 「체호프의 초기 단편소설에 나타난 주제 구성의 특징」, 『노어노문학』 8, 1996, p.317.
** 위의 글, p.320.

2. 1880년대의 톨스토이의 영향과 1890년대 초반의
   사할린 체험

체호프에게 1886년은 의미 있는 해였다. 작가 D. V. 그라고 로비치가 보낸 재능을 낭비하지 말라는 충고의 편지에 감동한 그는 작가로서의 자각을 새로이 하여 희곡 「이바노프」(1887)와 중편 「대초원」(1888)을 집필했다. 이러한 열의 덕분으로 1888년에는 단편소설집 『황혼』으로 푸쉬킨 상도 수상했다. 그 즈음 의학도 시절부터 앓았던 폐결핵이 악화되자, 체호프는 당시 그가 존경해마지 않았던 톨스토이의 작품들과 마르쿠스 아우렐리우스의 『명상록』 등을 읽고, 울적한 심리상태가 간접적으로 반영된 단편집 『지루한 이야기』(1889)를 발표했다.

1880년대 창작의 총결산이라고 할 수 있는 이 단편집은 침체기를 맞은 러시아의 불확실한 미래와 혁명의 기운이 움트던 시대적 분위기를 담고 있다. 하지만 이즈음부터 체호프는 자신이 존경해마지 않았던 톨스토이가 종교적인 면을 지나치게 강조하는 점에 회의를 품기 시작하고, 연극 「숲귀신」까지 실패로 이어지자 문학으로부터 거리를 두었다. 설상가상으로 1889년 6월에는 형 니콜라이가 폐병으로 죽는 불운이 겹친다. 하지만 본업인 의사로 돌아가거나 집필을 선택하는 대신 시베리아 북

쪽에 위치한 사할린으로의 여행을 결심했다. 그 당시 러시아 죄수들이 강제로 끌려와 노역을 하는 유형지였던 사할린으로의 여행은 그야말로 모험에 속하는 것이었다. 시베리아 철도조차 건설되기 이전이었기에, 기차로 튜멘까지 가서 그곳에서 다시 마차를 타고 4천 킬로미터를 더 가야만 하는 힘든 여정이었다. 더군다나 형과 마찬가지로 폐병을 앓아온 체호프의 몸은 장시간의 여행을 버틸 만큼 건강하지도 못했다. 주변의 만류에도 강행된 사할린 여행의 목적은 체호프 자신이 삶과 예술 활동에 대한 불만이 컸기 때문인 것으로 추정된다. 여행을 떠나기 전인 1889년 5월에 출판업자인 수보린에게 "지난 2년 동안, 나는 내 작품이 인쇄되는 것을 보고는 구역질이 나더군······ 뭔가 내 영혼 안에서 정체되어 있어."라는 내용을 담은 편지를 썼다. 아마도 체호프는 무엇을 할 것인가 고민하다 민중들이 사할린 사람들의 비참한 실상에 관심을 갖도록, 그리고 자기 스스로 창작의 의무를 다하기 위해 여행을 감행했다고 생각된다. 사실 그는 여행을 조용히 준비하는 기간 동안에도 사할린 관련 자료를 수집하며 연구했고, 3년 뒤에는 거의 수정 없이 『사할린 섬』을 출판하였다. 실제로도 그가 사할린 섬에서 직면하게 된 끔찍한 현실은 여행 이전의 작품경향에서 벗어나게 해주는 계기를 제공했다. 그 한 예가 인간들을 억압하고 질식

시키는 차르체제의 감옥과 유사한 사회의 공포를 적나라하게 묘사한 중편 『6호실』(1892)이다. 조국 러시아가 처한 현실을 고발하며 예전과는 달리 적극적으로 자신의 의견을 표출하기 시작한 그는 착취당하는 민중과 부패한 인텔리겐치아 사회를 집중적으로 탐구하며 급속한 이념적·예술적 인식의 성숙을 마침내 이뤄냈다.* 이제 그는 예견할 수 없는 돌연한 것들이 인간의 운명을 얼마나 비참하게 꼬아 놓는지 보여주기 위해, 이전보다 길어진 중편의 플롯을 수용한다.** 나아가 농민을 신과 같이 순진무구한 존재로 보는 톨스토이의 교리를 비판하고, 농촌사람들을 톨스토이와는 다른 새로운 관점에서 묘사하기 시작했다.*** 전형적인 부농인 츠이부킨 가족에 초점을 맞추고 있는, 이 시기의 중편 『골짜기』(1900)의 인물들과 이야기는 잔인하다. 부친은 무엇이든지 거래하는 상점 주인이며 고리대금업자이고, 수사관으로 근무하는 큰 아들은 위조범으로 발각되어 체포된다. 둘째 아들은 귀머거리인데다 어리석고, 며느리 아크시니아는 농부들의 노동을 착취하는 탐욕스러운 여인으로 유산을 상속받게 될 집안 동서의 어린애를 뜨거운 물을 끼얹

---

* 문석우, 「체호프와 사할린 여행 : 그 문학적 의미」, 『노어노문학』 22권 3호, 2010, pp.277-287.
** 문석우, 「안톤 체호프의 장르발전 연구 – 러시아 형식주의 이론을 바탕으로」, 『러시아 소비에트문학』 5, 1994, p.152.
*** 문석우, 「체호프와 톨스토이: 미학적 특징을 중심으로」, p.484.

어 살해한다. 체호프는 1880년대에도 중편『초원』, 단편「피리」와「행복」 등에서 농민생활의 모습을 묘사한 적이 있었지만, 농촌이 처한 사회적 모순을 첨예하게 드러내지는 않았다. 그런데 사할린 이후, 톨스토이가 도시문명에 반대하면서 농촌의 삶을 여전히 신성시하는 견해와 원시적인 농민의 심성을 이상화하는 태도에 불만을 품게 된 체호프는 엉망이 되어버린 농촌의 현실에서 눈을 돌리지 않는다. 그리고 만행되는 신흥지주들의 난폭한 일면과 구습에서 벗어나지 못한 무지한 농민의 쇠락을 대비시킨 작품을 발표함으로써 당시의 마르크스주의자들과 고리키로부터 높은 평가를 받았다.[*]

3. 러시아 사실주의와 체호프 단편의 민중성

러시아 문학에서 톨스토이, 도스토예프스키, 체호프, 투르게네프 등 유명 작가들을 배출한 시기는 문예사조상 사실주의 시기에 해당하는 19세기다. 러시아문학의 사실주의는 낭만주의의 전통을 수용하고 그 한계를 극복하며 시작되었는데, 한편 당시의 엄격한 검열제도하에서 문학이야말로 거의 유일한

---

[*] 문석우,「체호프와 러시아 농촌소설」,『러시아어문학 연구논집』10권 1호, 2001, pp. 97-103 참조.

언론의 장으로 기능할 수 있었던 시대적 배경도 참작되어야 한다. 농노제와 귀족 관료제, 전제정치에 대한 비판과 저항은 소위 '비판적 사실주의'라고 불리던 러시아 사실주의의 주요 특징이자, 이 계열의 작품들은 한결같이 인간은 사회의 결정론적 힘의 산물로 나타낸다. 그러나 1905년 혁명 이전의 러시아의 현실을 간결하고도 진실하게 작품들 속에 담아내고 싶었던 체호프는 문학을 통한 사회 문제들의 급진적 해결을 자제했다. 그 대신 체호프는 이야기꾼의 입장을 취하며, 다분히 유물론적 존재인 주인공들의 일상생활을 화두로 삼았다.

사할린 여행으로 건강이 악화된 체호프는 1892년 모스크바에서 남쪽으로 50마일쯤 떨어진 멜리호보라는 마을로 주거지를 옮겼다. 그곳에서 그는 농민들을 무료로 진료해 주고 기근과 콜레라에 대한 대책을 마련하며 교량 및 도로 건설 등의 사회사업에도 힘을 기울였다. 그러면서도 단편소설 「결투」 (1892), 「상자 속에 든 사나이」(1898), 「귀여운 여인」(1899), 「개를 데리고 있는 부인」(1899), 중편 『골짜기』(1900) 등과 희곡 『갈매기』(1896), 『바냐 아저씨』(1897)들을 잇달아 발표했다. 러시아 고전문학의 훌륭한 사실주의 전통을 계승하는 이 작품들은 1890년대 초엽부터 새로운 조류를 형성한 러시아 상징주의·마르크스주의와의 마찰을 불러일으켰지만, 원숙기에 접어든 체호프의 작가적인 역량 또한 유감없이 발휘된 걸작들이다. 이들 작품은 이전 시기의 그의 작품을 지배하는 희극적·풍자적 아이러니가 탈각되고 비극적 아이러니가 전경화 된다.* 가령 「상자 속에 든 사나이」에서 '상자 속의 사나이'로 표상되는 희랍어 선생은 이 세계를 인식하는 기준을 희랍 고전 문화의 시대정신이었던 '조화와 균형'을 자신의 이념적 좌표로 받아들인 인물이다. 그래서 그는 타인들의 다른 관점이나 가치체계를 받아들일 이유가 없으며, 그를 아는 사람들도 그를 자신들의 사회에서 소외시킨다. 하지만 맑게 갠 날에도 덧신을 신고 우산까지 받쳐 들 뿐 아니라, 솜으로 누빈 두터운 외투까지 걸치고 다니는 베리코프가 세상을 떠났을 때, 주변 인물들은 "베리코프가 자기를 외부의 영향에서 보호해줄 수 있는 무슨 상자 같은 것을 만들려는 끈질긴 버릇이 있었다."고 회고하며 처음에는 자유를 찾을 수 있게 되었다며 홀가분해 한다. 그러나 그것도 잠시뿐, 이내 자신들도 의식하지 못하는 동안 형성된 새로운 '상자'에 갇혀 있음을 발견한다.** 수사법 상으로도 「상자 속에 든 사나이」에는 어휘의 반복, 가장

---

* 박미령, 「체호프의 단편과 민중서사시가와 연관성」, 『노어노문학』 11권 2호, 1999, p.509 ; 오원교, 「체호프 아이러니의 성격과 진화」, 『러시아어문학 연구논집』 18, 2005, p.15.
** 문석우, 「체호프 단편의 문체연구」, 『노어노문학』 5, 1993, p.46.

된 무지, 말 줄임, 생략 등이 두드러지는데, 이는 개인의 고립과 소외, 인간 상호간의 소통과 이해의 단절이라는 근대적 문제들을 드러내주는 장치이다. 베리코프의 경우만 봐도 의미 없는 소리를 반복하면서, 혹은 단순하게 "아니", "응"으로만 의사를 표시하면서, 현실을 외면하는 인물로 설정된 것을 알 수 있다.*

그간 많은 러시아 작가들은 직간접적으로 러시아 민속의 영향을 수용해왔다. 러시아 민속은 러시아의 '민중성'을 나타내기 때문이다.** 전반적으로 러시아에서는 시대적 상황이 변해도 민중에 대한 작가들의 애정이 지속되었고, 그들의 정신을 대변하고자 하는 노력이 계속되었던 만큼, 민중의 자유스럽고 해학적인 정신세계를 나타내는 민속은 근대의 작가들에게도 간과할 수 없었던 것이다. 전통적인 익살꾼이 사람들의 관심을 끌기 위해 자신의 이야기를 코믹하게 풀어나가는 방식처럼, 체호프 초기 작품의 특징인 도드라진 유머와 패러디의 해학에도 전통 민중서정시의 요소들이 녹아들어 있다. 체호프가 작품의 분위기를 창조할 때, 음악적인 요소와 소리의 반복을 이용한다는 것은 잘 알려진 사실이다. 직접적으로 사건 자체가 주는 긴장감의 고조에 치중하기보다 리듬이나 소리의 반

---

* 박미령, 앞의 글, p.519.
** 위의 글, p.505.

복, 자연현상에 객관적으로 상관된 등장인물의 감정을 표출하는 방식이 오히려 사건의 긴장감을 전달하고 다양한 정서를 불러일으켜 지루함을 없앤다. 하지만 이와 같이 초반의 단편들에서 나타나는 전통 러시아 서정시가의 영향의 특징들은 후반으로 갈수록 약화된다. 소설의 구조적인 면에서나 문체적인 면에서 19세기의 다른 러시아 작가들이 민속을 의도적으로 사용한 것에 반해, 체호프는 완전히 자신의 것으로 이를 소화해 냈다. 그의 중후기 단편들은 이야기꾼의 주관적 개입을 배제하되, 전통 민중시가에서 분위기를 만드는 기법들을 자신이 문체에 스며들게 하였다. 이를테면 「우수」(1886)는 아들을 잃은 마부 요나의 넋 나간 상태를 눈 속에 쌓여 유령처럼 하얗게 변한 모습을 묘사하며 시작한다. 거리에 땅거미가 덮이기 시작하고 손님들이 갈 길을 재촉할 때에도 요나는 "이번 주일에 제 아들놈이 죽었어요"라는 말을 되풀이한다. 전통적인 서정시가가 독백과 대화의 반복으로 주인공의 심리를 나타내듯이, 이 작품에서도 반복되는 문구는 리듬적인 효과를, 눈이 쌓인 분위기에 대한 묘사 또한 요나의 심리를 반영하는 역할을 담당한다.* 전·후반 소설을 통틀어 체호프의 주인공들은 주로 귀족이 아닌 농민이나 평민, 소외된 인간들이다. 바로 이

* 위의 글, pp.510-524 참조.

지점에서 체호프의 창작 또한 억눌린 민중들의 감정을 해소시키는 카타르시스 역할을 했던 전통서정시의 본연의 민중성과 맞닿아있다고 하겠다.

4. 한국문학속의 체호프, 21세기의 체호프

체호프는 1901년에 모스크바 예술극단의 여배우 올리가 크니페르와 결혼을 하고 모스크바 예술극단과도 강한 유대를 맺었다. 타간로그 시대부터 이미 연극에 흥미를 느끼며 직접 무대에 서기도 했던 그가 만년에 쓴 희곡작품들 「갈매기」(1896), 「바냐 아저씨」(1899), 「세 자매」(1901), 「벚꽃동산」(1903)은 근대 연극의 선구적 걸작들이다. 이 작품들에서 체호프는 일상생활의 무질서를 그대로 무대에 옮겨 놓은 듯, 이른바 극적인 행위를 직접적인 줄거리로 삼지 않는 새로운 형태의 회화극(會話劇)을 확립했다. 한편 체호프의 희곡들은 우리나라에 신극이 도입되는 과정에서도 중요한 하나의 서구극의 모범으로, 리얼리즘극의 도입과 정립에 있어서 커다란 역할을 했다.*
사실 체호프는 1904년 독일의 요양지 바덴바덴에서 눈을 감

---

* 엄순천, 「한국문학속의 러시아 문학」, 『인문학연구』 35권 1호, 충남대 인문학연구소, 2008, p.115.

앗을 때까지, 독특한 러시아문화를 바탕으로 탄생된 자신의 작품들이 외국독자들에게는 별 흥미를 끌 수 없을 것으로 보았다. 그러나 현실은 그의 예상과는 달리 서구 유럽사회 뿐만이 아니라 동양에서도 커다란 인기를 얻었다.* 일본에서는 1910~30년대에 체호프 작품이 활발히 번역·공연되는 등 소위 '체호프붐'이 일어났고, 이러한 분위기는 당시 일본의 식민지였던 우리나라에도 그대로 전달됐다. 1908년 러시아의 작가로는 처음으로 톨스토이의 작품이 우리나라에 번역 소개된 이래로 1910년대에는 러시아문학 수용의 맹아가 싹텄고, 이를 바탕으로 1920년부터 카프 해체기인 1935년까지 러시아의 리얼리즘문학과 사회주의 리얼리즘문학은 적극적으로 우리 문단에 흡수되었다.** 당시의 한국 근대문학에 체호프는 극작가와 단편소설 작가로 소개되었으되, 극작가로 우리에게 더 많은 인기를 누려온 것은 사실이다. 그럼에도 불구하고 단편소설 작가로써의 체호프는 「액자」가 순성(瞬星)에 의하여 1916년에 최초로 번역된 이후부터 해방 전까지 번역외국문학 중에서 톨스토이와 더불어 가장 많은 사랑을 받았다. 이러한 상황은 심지어 이데올로기로 인해 양국 간 소원했던 시절을 지나

---

* 안숙현, 「체호프의 세계관과 동양사상」, 『한국노어노문학회 정기논문 발표회 자료집』, 2000, p.24.
** 엄순천, 앞의 글, p.96.

1990년 러시아와의 외교수립이 맺어진 이후에도 꾸준히 지속되고 있다. 아마도 이는 우리들이 체호프를 단순히 인간의 삶과 사회의 문제점을 파헤친 작가로만 바라보는 것이 아니라, 체호프의 세계관에서 인위적인 굴레에서 벗어나 자연으로 돌아갈 것을 주장하는 동양사상과의 유사점을 발견했기 때문일 것이다.* 한편 우리 근대작가들에 미친 그의 영향 역시 간과할 수 없는데, 특히 「메밀꽃 필 무렵」의 작가 이효석의 주인공들은 사회에서 소외된 사람들, 우유부단한 사람들, 무기력한 사람들로 체호프의 인물들과 흡사하다. 자신의 유일한 희망이었던 아들을 잃고 막다른 삶에서 헤매는 「우수」의 마부 요나나 가난과 고독으로 점철된 인생의 끝자락에서 아들을 재회하는 「메밀꽃 필 무렵」의 허생원은 닮았다. 심지어 두 작가에게서 공통으로 발견되는 서정적이고 시적인 자연과 풍경 묘사 역시 비슷하다. 이효석은 1940년 ≪문장≫지 2월호 「가마의 십년」이란 글에서 체호프로부터 받은 영향에 대해 스스로 이렇게 고백한 바 있다. "가장 많이 읽은 것은 체호프의 단편집이었다. 십사오세에 체호프를 읽는다고 한들 그 멋을 정확히 이해할 리는 만무하다고 생각되나 일종의 문학적 분위기를 그런데서 터득했던 것은 사실인 것 같다."라고**

---

* 안숙현, 앞의 글, pp.24-25.
** 엄순천, 앞의 글, pp.116-117.

이 소설 선집에 소개된 「약혼녀」(1903)는 체호프의 마지막 단편소설이자, 성장소설이다. 주인공 나쟈는 다른 이의 희생에 근거한 착취적인 삶, 재산에 기대어 사는 무위도식의 삶, 세속화된 종교와 전통적인 관습을 신봉하는 맹목적인 삶을 살아온 처녀이다. 하지만 나쟈는 결혼을 포기함으로써 이런 익숙한 삶들과 과감하게 결별하고 다른 삶을 살아갈 가능성을 지닌 인간으로 다시 태어난다. 5월의 약혼녀 나쟈는 결국 7월의 어여쁜 신부가 되지는 못했지만* 「약혼녀」를 사회소설, 시대소설, 계몽소설의 맥락에서 살펴본다면 다른 의미로 읽힌다. 19세기에서 20세기로 넘어가는 러시아의 역사적 시간을 섭렵한 마흔 넷 중년의 안톤 체호프가 19세기적인 것들과의 결별을 의미한다고도 볼 수 있기 때문이다. 20세기의 새로운 미래에 뛰어들 준비를 마친 체호프에게 있어서 결혼을 앞두고 자신에게 예정된 인생이 진실하지 못하다고 고민하는 나쟈에게 진리를 찾아 떠나라고 독려하는 사샤는 다름 아닌 작가 분신이다. 하지만 체호프도 결국 그의 작품 속의 주인공처럼 한 치 앞에 다가올 운명을 모르는 작은 인간일 수밖에 없었다. "내게 가장 신성한 것은 어떠한 형태로 드러나든지 거짓과 폭력으로부터의 자유, 아주 절대적인 자유입니다. 이것이 내가 위대한 예

---

* 최행규, 「A. 체호프의 '약혼녀' 연구 – '약혼녀'의 성장소설적 읽기」, 『노어노문학』 22권 2호, 2010, p.296.

술가라면 가지고 있다고 할 수 있는 강령입니다."라고 밝힌 바* 있던 체호프는 이듬해 7월 영원히 지상의 삶과 결별한다.

러시아 문학사에서 고골리의 「외투」로부터 도스토예프스키의 『가난한 사람들』로 이어지는 '하찮은 인간'의 테마를 이어받은 체호프는 시대의 요구에 부응하되 자신의 독창적인 작품을 끊임없이 새롭게 탄생시켰다. 인간의 일상적인 삶에 집중하며, 개인과 사회의 개혁을 통한 보다 나은 내일을 암시하는 작품들을 창작하였기에 러시아 리얼리즘의 마지막 위대한 작가로 불릴 수 있다. 오늘날에도 그의 작품이 널리 애독되는 까닭은 그가 속악과 허위를 싫어하고 인간과 근로에 대한 애정을 북돋우어 밝은 미래에 대한 희망을 독자들의 가슴 속에 심어주기 때문일 테다.** 또한 체호프는 "재능 있게 쓴다는 것은 짧게 쓰는 것이다."라는 말을 남기며 간결성에 특별한 의미를 부여한 바 있는데, 이런 점에서는 해롤드 핀터나 사뮤엘 베케트의 글과 유사하다. 그러면서도 그의 다수한 작품의 주제를 일반화시키지 않고 개별화할 수 있었던 것은 작품으로부터 거리를 두며, 균형을 맞추는 법을 익혀온 청년 견습 작가 시절부터의 단련된 글쓰기의 덕이라고 하겠다. 의사가 환자의 병을

---

* 오종우, 「안톤 체호프의 문학의 진실」, 『한국노어노문학회 학술대회 자료집』, 2002, p.258.
** 엄순천, 앞의 글, p.95.

놓고 눈물을 흘리는 모습을 상상할 수 없듯이, 체호프도 작품 창작에서 스스로가 감상적이 되지 않도록 인물들이 처한 상황에 대한 동정심이 발생하는 것을 경계했다. 훗날 체호프의 문체는 고리끼에게 영향을 주었고, 그가 개척한 심리주의와 뽀드텍스트 기법은 현대의 러시아 산문작가들에게 커다란 영향을 끼쳤다.* 19세기 러시아 문학의 마지막 작가이자 문학사에서 19세기 문학과 20세기 현대문학의 교량역할을 다했던 대문호로서 앞으로도 체호프는 전 세계 사람들의 사랑을 꾸준히 받을 것이다.

---

* 문석우, 「체호프와 톨스토이: 미학적 특징을 중심으로」, p.485.

작가 소개 – 안톤 체호프

안톤 체호프(Anton Chekhov, 1860년 1월 29일~1904년 7월 15일)는 러시아의 단편소설가이자 극작가이다. 체호프는 1860년 흑해 위에 있는 아조프 해 연안의 항구 도시 타간로그에서 태어났다. 1867년 고향에서 고대 그리스어를 가르치는 예비학교를 다닌 후, 1869년 고전 교육을 목표로 하는 인문학교에 입학한다. 1872년 성적 불량으로 3학년 과정을 반복하며, 3년 뒤 고대 그리스어 시험에 낙제하여 다시 5학년 과정을 반복한다. 체호프 가족은 경제적인 어려움으로 체호프를 제외하고는 모두 모스크바로 나왔다. 15세의 체호프는 큰 형 알렉산드르와 함께 문학 창작에 열중하였다. 1879년 10월 모스크바 대학의 의학과에 입학하여 공부하지만, 상트페테르부르크나 모스크바의 잡지에 유머단편을 써서 그 원고료로 부모와 세 동생을 뒷바라지한다. 체호프는 문학잡지 『귀뚜라미(Strekoza)』, 『파편(Oskolski)』, 『자명종(Budilnik)』, 『페테르부르크 신문』 등에 100줄에서 150줄로 한정된 짧은 단편과 수필을 일주일이 멀다하고 기고한다. 체호프의 글은 호평을 받았으며 대학을 졸업할 무렵에는 이미 신진 소설가로서의 명성이 높았다. 23세 때 걸린 폐결핵으로 요양하게 되었다가, 1884년에는 또한 첫 단편집 『멜포네네의 우화』가 출판되었다. 1900년에는 러시아 아카데미 회원으로 선출되나 이에 항의하여 스스로 사임하고, 1904년에 폐결핵으로 44년의 생애를 마쳤다.

번역 – 이정은

전문번역가. 출판사 편집부에서 오랫동안 근무했다. 이러한 경험을 토대로 원서가 주는 감동에 최대한 가깝게 독자를 이끌기 위해 오늘도 모니터 앞에서 사전을 뒤적이며 번역에 임하고 있다.

작품 해설 – 김동식

문학평론가. 인하대학교 한국어문학과 교수.
대표 저서로는 『냉소와 매혹』, 『소설에 관한 작은 이야기』 등이 있다.

국문학 교수들이 추천한 글누림세계명작선

귀여운 여인

초판 1쇄 발행 2011년 12월 30일

지 은 이 안톤 체호프
옮 긴 이 이정은
펴 낸 이 최종숙
펴 낸 곳 글누림출판사

진   행 이태곤
책임편집 전희성
편   집 권분옥 이소희 박선주 임애정
디 자 인 이홍주 안혜진
마 케 팅 박태훈 안현진
관   리 이덕성

주   소 서울시 서초구 반포4동 577-25 문창빌딩 2층(137-807)
전   화 02-3409-2055(대표), 2058(영업), 2060(편집)
팩   스 02-3409-2059
전자메일 nurim3888@hanmail.net
홈페이지 www.geulnurim.co.kr
등록번호 제303-2005-000038호(2005.10.5)

정 가 14,000원
ISBN 978-89-6327-180-4 04890
     978-89-6327-167-5(세트)

출력·알래스카 인쇄·신화프린팅 제책·동신제책사 용지·에스에이치페이퍼